KB002847

종이비행기

종이비행기

구 소 은 소 설

봄의
영토

◈ **차례**

그대에게

*

*

그리움은 원죄
기다림은 속죄
망각은 우리를 구원하리니

그리하여 삶은 계속되고
우리는 처음인 듯 사랑하자

사람을 사랑할 수 없다면
퇴색한 사랑도 사랑이니
사랑을 사랑하자

*

*

서늘한 그늘 속에 가려진 그림자를 알아보는 눈
그 그림자에 감춰진 얼룩을 이해하는 마음

그것을 제대로 보고 느끼려는 끈덕진 노력이 소설을 쓰게 하는
원천이다.
모든 그림자는 고유하기에!

작품 하나를 완성했을 때, 내가 맨 처음 느끼는 것은 부족함이다.
숨기려 해도 드러나고야 마는 것
그것을 잊으려고 다시 원점으로 돌아가서 새 소설을 준비한다.
그나마 위안이 되는 것은, 초심으로 돌아갈 필요가 없다는 거다.
언제나 초심이기에!

목마른 자의 갈증, 메마른 자의 결핍
갈증은 없애야 하고, 결핍은 채워야 한다.

소설가는 답을 건네는 사람이 아니라 질문을 던지는 사람이다.
우리의 갈증과 결핍은 어디에서 언제부터 왜 시작되었는지,
왜 해소하고 해결하지 못하는지 끊임없이 물어야 한다.

장편소설 네 권을 쓰고 난 뒤, 나는 알았다.
글쓰기가 얼마나 두려운 일인지를.
그리고 쓴다는 행위보다 더 두려운 것이 있다.
쓰지 않는다는 것, 바로 그것이다.

시지프스가 굴러 떨어질 바위를 다시 정상에 올리는 심정이 꼭
이랬을 것 같다.

사실 뒤에 숨은 진실
진실 뒤에 숨은 사실
둘의 간격은 얼마나 될까.

우연과 인연과 운명의 삼각관계를 과연 정의 내릴 수 있을까.
나는 [종이비행기]를 쓰면서 끊임없이 나에게 물었다.
그리고 이제 독자들에게 묻는다.

당신은 알고 있나요?

***

전작들과 달리 [종이비행기]는 작가의 경험 일부를 바탕에 두고 썼다.

2008년 11월 3일, 병원에 강제 입원된 채 40여 일 동안 보고 듣고 느낀 것을 일기로 남겼다.

그것이 소설의 토대가 될 줄은 몰랐다.

프롤로그

영화가 시작되었다.

운명은 우연의 모습을 하고 있다.

얼마나 교묘한 위장인가.

그런가 하면 우연도 운명의 모습을 할 때가 있다.

얼마나 기발한 변장인가.

어쨌든 하나는 운명이고 하나는 우연인 게 분명하지만, 문제는 카멜레온 같은 그 둘을 구별하기가 어렵다는 거다.

까닭에 어떤 이는 우연과 운명을 뭉뚱그려 인연이라 말하기도 한다.

검은 대형 스크린 왼쪽 아래에서 노란색 종이비행기가 나타나더니 오른쪽으로 서서히 포물선을 그리며 날아가다가 아래로 떨어져 사라진다. 뒤이어 다른 색깔의 종이비행기가 위에서 나타나 옆으로 날아가는가 싶더니 한 바퀴 타원을 그린 뒤 역시 아래로 떨어져 모습을 감춘다.

검은 화면 중간에 다섯 글자가 하나씩 찍힌다.

종 - 이 - 비 - 행 - 기

다섯 글자가 종이비행기로 변하여 날아가자 빈 화면에 배우들 이름이 차례로 오른다.

은설은 시사회장을 떠나고 싶었다. 왠지 모를 불안이 그녀를 옥죄어왔다. 제목이 찍힌 뒤 스크린 위를 비행하던 종이비행기 하나가 그녀를 향해 날아와서 가슴을 정통으로 찔렀다. 늦지 않았다, 지금이라도 일어서자는 마음과 달리 안락한 객석 의자는 은설을 빨아 당겼고, 그녀는 의자 속으로 함몰되어버렸다.

스크린이 열리면서 한산한 병원의 제법 너른 공간이 나타나고, 중앙에 있는 간호사실 창문 너머 졸고 있는 간호사가 보였다.

카메라는 여자 화장실 내부로 옮겨가더니 칸막이 안에 선 채 변기 물을 몇 차례 흘려보내는 환자복을 입은 앳된 여자를 보여줬다. 그녀의 얼굴이 클로즈업 되었고, 표정이 무척 어두웠다.

잠시 뒤, 앳된 여자는 임산부처럼 배를 감싼 채 천천히 복도를 지나 너른 공간으로 나갔다. 그러고는 간호사실 창구 앞에서 머뭇거리는가 싶더니 환자복 상의 밑으로 제법 크고 묵직한 하얀 물체를 꺼냈다.

화면을 지켜보던 은설은 그것이 무엇인지 알았다. 이후에 어떤 일이 벌어질지도 알고 있었다.

01

쫑이비행기

S# 1 ─ 여자 화장실 내부 (오후)

변기 속에서 소용돌이를 일으키며 맑은 물이 아래로 내려간다.
물이 차오르자 변기 레버를 누르는 가냘픈 손, 앞서와 똑같이 물
이 빨려 내려간다.
다시 한 번 더 그 행위가 반복된다.
단발머리가 어깨까지 내려오는 연우(21세)가 변기 속을 물끄러미
쳐다보고 있다.
그녀의 시선이 세라믹 물탱크로 옮겨가고, 잠시 후 아랫입술을 지
그시 깨문다.

S# 2 ─ 병원 복도, 광장 (오후)

정적이 흐르는 복도를 따라 천천히 걸어가는 연우의 뒷모습이 보

인다.

연우는 병원 중간에 위치한 제법 너른 공간이 나오자 잠시 걸음을 멈춘다.

심호흡을 한 번 한 뒤 다시 걸음을 옮겨 간호사실 창구 앞에 서는 연우.

의자에 앉아 턱을 괸 채 졸고 있는 김 간호사(40대 중반)가 연우 뒷모습에 가려 절반가량 보인다.

간호사실 맞은편 벽에 걸린 시계바늘은 오후 4시 20분을 향해 가고 있다.

환자복 상의에서 변기 물탱크 뚜껑을 꺼내 힘껏 휘두르는 연우.

핑음과 함께 유리창이 박살나면서 사방으로 파편이 흩어지고, 그 소리에 화들짝 놀란 김 간호사가 자리에서 벌떡 일어난다.

S# 3 ─ 겨울 방 (오후)

밖에서 유리창 박살나는 소리가 들리자 벽을 향해 낮잠 자던 현자(54세)가 놀라 이불을 걷어차고 일어나 앉는다.

베개를 등에 괴고 앉아 책을 읽던 설하(33세)는 놀란 눈을 하고선 고개를 든다.

설하와 현자 중간에서 잠들었던 수정(24세)도 부스스 일어나 앉으며 어리둥절해 한다.

현자   뭐야, 뭔 소리야?

수정   (잠이 덜 깬 목소리로) 뭐가 폭발했어요?

병실 밖으로부터 사람들이 웅성거리는 소리가 들려오기 시작한다.
현자가 서둘러 밖으로 나가고, 뒤를 따라 수정과 설하가 슬리퍼를
발에 꿰고 방에서 나간다.

S# 4 — 광장 (오후)

고개를 떨어뜨린 채 그 자리에 조각상처럼 서 있는 연우, 유리 조
각이 튀어 자잘한 상처를 입은 얼굴과 손에 피가 배어나온다.
연우 주위에 세라믹 조각과 유리 파편이 어지럽게 흩어져 있다.
구경 나온 환자들은 유리를 밟지 않으려고 조심하면서 연우와 거
리를 두고 저들끼리 쑥덕거린다.
간호사실 옆, 통제구역 팻말이 붙은 문이 열리고, 거기서 나온 김
간호사가 연우를 사납게 노려본다.
김 간호사의 턱 옆으로 제법 길게 찢긴 상처에서 끈적한 피가 흘
러 하얀 가운 위로 몇 방울 떨어진다.
곧이어 체격이 건장한 최 주임(50대 중반)이 통제구역 안에서 나
와 유리와 세라믹 파편으로 엉망이 된 바닥을 휘둘러본다.

최주임   (우렁우렁한 목소리로) 다들 방으로 들어가.

환자 절반은 마지못해 방으로 돌아가고 겨울 방에서 나온 세 여자를 포함하여 절반은 상황을 구경하려고 꼼짝도 하지 않는다.

최주임   (더 큰 소리로) 방으로 들어가라는 소리 안 들려.

남아 있던 환자들은 움찔 놀라며 각자의 방으로 흩어지고, 혼자 남은 설하.
최 주임은 설하를 노려볼 뿐 더 이상 말이 없다.
연우에게 다가가는 설하의 슬리퍼에 유리 파편이 와자작 밟힌다.
순간, 연우의 빰을 후려치는 김 간호사.
연우는 휘청거리다 몸을 가눈다.
놀란 설하는 멈춰 선 채 김 간호사를 노려본다.
연우의 빰을 한 번 더 후려치는 김 간호사.

설하   (김 간호사를 향해 갈라지는 목소리로) 그만하세요.
최주임   (화를 참으며) 작가선생도 방으로 들어가세요.

연우는 갑자기 악을 쓰며 목이 터져라 괴성을 지르기 시작한다.
최 주임은 연우의 멱살을 거칠게 잡은 채 그가 나왔던 통제구역 안으로 끌고 간다.
연우는 저항하며 끌려가다가 고개를 돌리고, 뒤에 있던 설하와 눈이 마주친다.
분노로 떨고 있는 설하의 눈에서 눈물이 흐른다.

연우(N) 설하 언니의 눈을 보는 순간 가슴이 천 갈래 만 갈래 찢
어지는 것 같았다. 나를 볼 때마다 곱게 미소를 지어주던
설하 언니가 아이시유를 거쳐 병동으로 들어오던 첫날,
환자들 중에서 그녀를 맨 처음 본 사람은 나였다. 아마
그녀는 기억하지 못할 거다. 처음 본 순간 나는 이유 없
이 그녀가 좋았다. 최 주임에게 개처럼 끌려가다가 설하
언니가 내 뒤에 있다는 걸 느꼈다. 왜 돌아봤을까. 그녀
의 눈과 마주쳤을 때, 아니 그녀의 눈물과 마주쳤을 때,
나는 알았다. 내가 그녀의 운명에 묶였다는 것을. 아니면
내 운명에 그녀를 묶어버렸다는 것을. 나는 후회했다. 처
음부터 그녀에게 말을 걸지 말았어야 했는데. 과거가 되
어버린 구차한 날들을 말하지 말았어야 했는데. 그랬더
라면 그녀가 울지 않았을 텐데.

통제구역 입구에 서서 피가 흐르는 턱을 손등으로 닦으며 연우를
표독스럽게 노려보는 김 간호사.
화면은 서서히 암전된다.

S# 5 — 여자 샤워장 탈의실 (저녁)

화면이 밝아지며 스크린에 '보름 전'이라는 글자가 새겨진다.
물이 세차게 흘러나오는 샤워기 아래에서 환자 하나가 머리를 감

고 있는 모습이 샤워실 불투명 유리문에 흐릿하게 비친다.

라커장 앞에서 천천히 환자복 상의를 벗는 설하.

인선(31세)은 샤워실 문 근처 구석에 쪼그려 앉아 옷을 벗으며 설하를 힐긋힐긋 쳐다본다.

설하도 인선의 행동이 이상하여 흘깃 쳐다본다.

> **인선**　　저기요. 거기서 옷 벗으면 다 보여요.

설하는 인선의 말을 이해하지 못해 의아한 표정을 짓는다.

> **인선**　　(손으로 천정 모서리를 가리키며) 저거요.
>
> **설하**　　(인선이 가리키는 곳을 보며) 저건…… 감시 카메라?
>
> **인선**　　네. 들어온 지 얼마 안 돼서 모르겠지만, 병원 여기저기에 설치돼 있어요. 간호사실과 원장실에서 다 보고 있어요.

일순간 설하의 얼굴이 굳어지고 서둘러 옷을 껴입는다.

> **인선**　　(자기가 있는 자리를 손가락으로 가리키며) 앞으로 여기서 옷을 벗고 입도록 하세요. 여긴 카메라에 안 잡히거든요.
>
> **설하**　　(기가 차는) 샤워실 안에도 있어요?
>
> **인선**　　아뇨, 거긴 없어요. 화장실에도 있지만 칸 안에는 없고요.
>
> **설하**　　(화가 나서) 하, 말도 안 돼. 무슨 이런 일이 다 있어요?

S# 6 ― 광장 (저녁)

간호사 실 앞에 서서 창구 유리창을 세게 두드리는 설하.

창구 문이 열리고, 신 간호사(30대 중반)가 얼굴을 내민다.

신간호사 무슨 일이에요?

설하 (단호하게) 지금 당장 원장에게 알리세요. 샤워장에 설치
한 감시 카메라, 안 치우면 고소한다고 하세요.

신간호사 그건 병원 규칙에 따라 설치한 건데요.

설하 (격앙된 목소리로) 그건 이 병원의 규칙일 뿐이에요. 이건
엄연히 인권유린이라고요. 범죄란 말입니다. 당장 안 치
우면 고소할 거예요.

설하 주변으로 환자들이 모여들고, 연우도 멀찍이 서서 설하를 유
심히 관찰한다.

신간호사 (난감한 표정을 지으며) 우선 진정하세요. 내일 오전에 원장
님 출근하면 말씀드려 볼게요.

설하 전 지금 당장 샤워를 해야겠고, 내일 원장이 출근할 때까
지 참고 싶지 않아요. 지금 당장 철거해 주세요.

신간호사 내가 마음대로 할 수 있는 일이 아니라서……

설하 이 병원 규칙 따위는 필요 없다니까요. 그럼 제가 카메라
뜯어낼까요?

이러지도 저러지도 못하고 울상이 되어버린 신 간호사는 창구 창문을 닫더니 전화 수화기를 들고 어딘가로 전화를 건다.

S# 7 — 식당 (저녁)

주방과 식당 사이에 있는 긴 철제 테이블 위에 포개진 식판들이 보인다.

식사를 끝낸 환자들은 거의 다 빠져나가고, 식탁에 혼자 앉아 먹는 둥 마는 둥 밥을 깨작거리고 있는 연우.

그 옆 식탁에는 설하와 십억소녀(19세)가 나란히 앉아 소곤소곤 이야기를 나누고 있다.

연우는 천천히 국을 떠먹으며 수시로 힐긋힐긋 설하를 훔쳐본다.

이야기를 끝낸 십억소녀가 자리에서 일어서자 거의 동시에 식판을 들고 급하게 일어나는 연우.

십억소녀가 철제 테이블에 쌓인 식판들 위에 제 것을 포개놓고 식당을 나간다.

설하가 자리에서 일어나려 하자 철제 테이블에 식판을 아무렇게나 두고 얼른 설하 앞으로 가는 연우.

연우　　(수줍어하며) 저기…… 언니라고 불러도 돼?

설하　　(약간 당황한) 어? 응 그래, 그렇게 해.

연우　　언니 덕분에 샤워실 감시 카메라가 없어져서 얼마나 좋은

지 몰라.

설하 그건 절대 있을 수 없는 일이니까.

연우 언니, 혹시…… 초코파이 있어?

설하는 식판이 쌓인 테이블 쪽으로 눈길을 돌린다.
거기에는 조금 전 연우가 둔 식판이 삐뚜름하게 놓여 있고, 그 식판에는 음식이 제법 남아 있다.

S# 8 ─ 겨울 방 (저녁)

방바닥에 앉아 초코파이를 아끼듯 야금야금 먹는 연우.
설하는 200ml 우유팩에 빨대를 꽂아 연우 앞으로 바짝 밀어준다.
수정은 벽에 기대앉아 하나로 묶어 앞으로 내린 긴 머리를 매만지며 설하와 연우를 호기심 어린 눈으로 쳐다본다.
현자는 사물함 앞에 쪼그려 앉아 아래 칸에서 부스럭거리며 뭔가를 찾는다.

현자 (혼잣말하듯) 연우가 우리 방엘 다 오다니, 오래 살고 볼 일이네.

수정 (심통스럽게) 그러게요. 애는 다른 방엔 절대 안 가면서 여긴 어쩐 일로 왔대?

연우 (수정을 보며) 나 때문에 불편해?

수정　　그게 아니라…… 뭐……

설하　　내가 오라고 했어.

현자는 사물함을 닫은 뒤 일어나 생리대 하나를 흔들어 보인다.

현자　　난 화장실 좀 갔다 올게.

수정　　(웃으며) 언니는 매일 생리하세요?

현자　　(엉덩이를 흔들며 콧소리로) 수정이는 내 기분 모를 거야. 난
　　　　　이 생리대가 너무 좋은 거 있지.

현자의 말에 수정은 소리 내 웃고, 설하는 빙그레 미소를 짓는다.
연우는 빨대로 우유를 한 모금 빨아 마신다.

연우　　난 초코파이가 너무 좋아.

현자　　(밖으로 나가며) 좋아하는 게 있다는 건 좋은 거야.

설하　　하나 더 줄까?

연우　　아니, 하나면 충분해. 어릴 때 제일 먹고 싶었던 게 이거
　　　　　야. 근데 특별한 날에만 먹을 수 있었어.

설하　　특별한 날?

연우는 대답 대신 마지막 남은 초코파이 작은 조각을 입 안으로
넣는다.

02

은설

은설은 영화 속 두 여자 이름에 기가 막혔다.

설하라니, 연우라니……

이름에서 한 글자만 바꾼 것을 기발하다고 해야 할까, 어설프다고 해야 할까.

영화의 도입부를 보던 은설은 가슴이 아렸다. 기억하고 싶지 않은 것들이었는데, 누군가가 봉인해둔 그녀의 기억 속으로 들어와 부지깽이 같은 도구로 마구 뒤적거리고 들쑤시는 기분이었다. 그 누군가가 하필 남편 상욱이었고, 그는 영화라는 도구를 이용했다. 은설은 그가 야속했다. 마음 같아서는 당장 자리에서 일어나고 싶었으나, 설하 역을 맡은 배우의 눈물이 그녀를 의자 깊숙이 주저앉혔다.

은설의 기억에 의하면, 연지는 최 주임에게 끌려갈 때 뒤돌아보지 않았다. 그렇다면 그 장면은 상욱의 상상이었으리라. 하지만 그랬다. 은설은 영화에서처럼 연지가 뺨을 맞고 ICU로 끌려갈 때 눈물을 흘렸었다. 당시의 상황이 영화에 고스란히 담겨 있었다.

두 여자가 겪었던 일들은 과거이며 더 이상 입에 담지 말자고, 기억에서 지우고 살자 약속했었는데, 연지에게 무슨 일이 있었던 걸까. 상욱은 어떻게 연지에게서 이야기를 끌어냈을까. 무수한 의문이 동시다발로 은설의 머릿속을 파고들었다.

**

굉장히 둔탁한 물체로 무언가를 퍽, 내리치는 소리가 들렸고, 곧바로 와장창 박살나는 소리가 뒤따랐다. 과장을 보태자면, 5층에 위치한 병원이 통째로 흔들리는 것 같았다. 점심과 저녁 사이의 혼곤한 시간이었다. 께느른한 정적을 부순 사람은 연지였다. 그녀는 아무도 감히 상상할 수 없었던 일을 저질렀다.

병원에 감시카메라가 없는 데는 딱 한 군데였다. 그곳은 샤워장 입구에 있는 탈의실이었다. 거기에도 감시카메라가 있었지만, 은설이 천장과 맞닿은 벽 모서리에 설치된 감시카메라를 당장 없애라며 난리를 피웠던 그날 밤에 최 주임이 카메라를 회수해 갔다. 구릿빛 얼굴에 다부진 체격의 최 주임은 병원에서 온갖 힘쓰는 일을 도맡고 있었다. 그는 무서운 교도관 역할도 했지만, 비교적 사람 좋은 이웃집 아저씨일 때가 더 많았다. 그럴 때에는 환자들과 잡담을 하거나 바둑을 두기도 했다.

남녀 화장실 두 곳에도 감시카메라가 있었다. 환자들은 화장실 한쪽에 위치한 뻑뻑한 프로젝트 창을 열고 거기에 바짝 붙어 담배를 피웠다. 흡연을 금지한다는 규율이 있으나, 병원에서 눈감아주는 유일한 행위였다. 병원장이 애주가에 끽연가라는 건 모두가 아는 사실이었다. 그래서인지 흡연에는 비교적 관대했다.

다행스럽게도 화장실에 설치된 감시카메라는 칸막이 내부까지 투시할 능력을 갖추지 못했다. 인권침해의 마지막 선을 넘지 않겠다는 의도일 수도, 아니면 거기까지 생각이 미치지 못한 병원장의 실수인지도 몰랐다. 까닭에 연지는 감시카메라가 포착하지 못하는 곳에서 그녀가 필요한 것을 쉽게 얻을 수 있었다.

아무도 상상할 수 없었던 일을 비웃기라도 하듯 연지는 묵직한 세라믹 무기를 휘둘렀다. 눈에 독기가 잔뜩 오른 김 간호사는 연지의 뺨을 후려쳤고, 교도관으로 변신한 최 주임은 그녀의 멱살을 휘어잡아 ICU로 끌고 갔다.

끌려가면서 연지가 내지른 소리를 은설은 오랫동안 잊을 수 없었다. 그 소리는 수시로 이명을 일으켰다. 축적된 분노를 압착기에 넣어 누르면 저런 소리가 나올까. 처절하다 못해 그로테스크한 절규. 그런 소리는 목에서 나오는 것이 아니었다. 더 깊숙하고 어두운 자궁에서 나오는 검붉은 핏빛 소리였다.

다음날, 화장실 변기 물탱크는 뚜껑을 열지 못하도록 실리콘으로 붙여졌다. 연지가 박살낸 물탱크만 볼썽사납게 속을 휑하니 내보이고 있었다.

ICU는 말이 좋아 집중치료실이지 실제는 자유가 완전히 거세된 감금실이라 해야 옳았다. 네 평 남짓 되는 창문 하나 없는 실내에 가구라고는 일인용 환자 침대 하나만 달랑 있는 새하얀 감옥이었다. 그곳에 들어가는 순간 환자는 침대와 한몸이 되었다. 벨트로 사지가 묶였고 식사시간과 용변을 해결할 때에만 잠시 잠깐 벨트에서 풀려날 수 있었다.

　사흘 만에 ICU에서 나온 연지는 마치 넋을 그곳에 두고 온 사람 같았다.

　스물한 살의 연지는 삼십 년 살다 나온 사람처럼 폭삭 삭아 있었다. 가녀린 체구가 더 얇아 보였다. 그 나이에 어울리는 풋풋함을 어디에서도 찾아볼 수 없었다.

　연지는 은설을 처음 본 날부터 마음에 들어 했다. 똑같은 환자복을 입었어도 그녀는 달라 보였다. 은설은 말이 없고 조용한 분위기로 환자들이 돌아가며 쏟아내는 들으나 마나 한 이야기를 곧잘 귀담아 들어주었다. 연지는 그녀 주위를 맴돌며 유심히 지켜봤다. 그녀를 좋아하게 된 결정적인 이유는 따로 있었다. 은설이 입원한 지 얼마 되지 않아 샤워장 탈의실에 설치된 감시카메라를 발견하고 질겁하여 간호사실 앞에서 강력하게 항의를 했던 것이다. 그녀는 법이 어떻고 인권이 어떻고 하면서 흐트러짐 없는 목소리로 단호하게 따졌다. 그곳에 있는 환자들은 다들 감시카메라가 있다는 걸 알았고, 거기에 익숙해졌고, 관심도 없었다. 어차피 카메라가 놓칠 수밖에 없는 사각지대가 있었기에 불편해도 그곳에서 몸을 웅크린 채 옷을 벗고 입었다.

　습관이 그래서 무서운 거였다. 체념으로 굳어버린 습관은 불만을 잠재웠고 이의를 제기하는 환자는 없었다. 그러나 은설은 달랐다. 그녀는 습관을 거부했다. 얌전한 사람이 화를 내면 더 무서운

법이라더니 그걸 은설이 보여주었다. 그 순간부터 연지는 은설에게 마음을 열기로 작정했다. 누구에게도 말하지 않았던 연지의 내력이 그렇게 속살을 헤집고 밖으로 나오게 되었다.

연지는 은빛 눈이 내린 날 태어났기 때문에 은설이 된 그녀가 눈부셨다. 은설이 들어온 지 일주일이 지나자 환자들은 앵무새처럼 주절대던 신상보고가 바닥났는지 그녀가 오기 이전으로 돌아갔다. 기회를 잡은 연지는 은설에게 다가갔다.

"저기…… 언니라고 불러도 돼?"

"어? 응 그래, 그렇게 해."

"언니, 혹시 초코파이 있어?"

환자들과 섞이기를 싫어했고, 그 어떤 특활 프로그램에도 참여하지 않았으며, 질문에는 마지못해 짧게 대답하거나 고갯짓만 하던 연지였다. 그런 연지가 병원에 입원한 이후로 가장 많은 말을 은설에게 쏟아낼 준비를 했던 것이다. 지금까지 누구에게도 보이지 않았던 행동이었다.

03
쫑이비행기

S# 9 — 광장 (아침)

종횡으로 대충 열을 지은 스무 명 안팎의 환자들이 국민체조 음악과 구령에 맞춰 체조를 하고 있다.

잠시 뒤, 체조가 끝나자 환자들은 흩어지기 시작하고, 아침 식사 시간을 알리는 종소리가 들려온다.

각 병실에서 꾸역꾸역 나오는 환자들과 체조를 끝낸 환자들이 뒤섞여 복도를 따라 식당으로 이동한다.

S# 10 — 식당 (아침)

환자 몇 명 남지 않은 배식 줄 끝에 가서 서는 설하.

설하는 주방 아주머니(50대)가 음식을 담아준 식판을 들고 첫사랑(33세)의 맞은 편 빈자리로 가서 앉는다.

설하의 건너편 식탁에는 식사가 거의 다 끝나가는 달룽아재(60세)
와 충림(31세)이 있다.

첫사랑　연우는 아직 안 나왔어?

설하는 첫사랑의 질문에 고개만 살짝 끄덕이고, 입맛이 없어 된장
시래깃국만 몇 숟가락 뜬다.

첫사랑　삼 일 됐지? 너무 오래 있는 거 아냐?
달룽아재　(빈 식판을 들고 일어나 철제 테이블 쪽으로 가며) 오늘은 나올
　　　　끼다.
첫사랑　(달룽아재를 올려다보는) 오늘 나올지 내일 나올지 달룽아재
　　　　가 어떻게 알아요?
달룽아재　(뒤도 안 돌아보고) 거긴 막시멈 사흘이야. 이틀짜리가 제일
　　　　많고.
충림　(첫사랑을 향해) 첫사랑 누나는 거기 안 들어가 봤어?
첫사랑　(충림을 째려보며) 야, 내가 거길 왜 들어가니? 이렇게 얌전
　　　　하게 잘 지내고 있는데.

그때 식당으로 쪼르르 달려오는 유정(16세).

유정　(호들갑스럽게) 나왔어, 나왔어. 연우 언니가 나왔어.
달룽아재　(식판을 테이블에 놓고 뒤돌아보며) 봐라, 내가 나온다고 안

캤나.

밥 한 숟가락을 뜨다가 그대로 수저를 내려놓는 설하.

S# 11 — 광장, 복도 (오전)

나란히 열을 지은 환자들이 복도 양 끝을 오가며 걷기 운동 중이다.
힘없이 슬리퍼를 질질 끌 듯 마지못해 걷는 환자가 대부분이지만,
제법 팔을 흔들며 걷는 환자 몇 명도 눈에 띈다.
모두 하늘 방이 있는 복도 끝까지 갔다가 되돌아 봄 방까지 걷기
를 반복한다.
병실 문은 하나같이 활짝 열려 있다.
열린 병실 안에는 누워 있는 환자들 몇몇이 보이고, 햇빛 방에는
엎드려 퍼즐을 맞추고 있는 퍼즐(19세)도 보인다.

> **쓰레빠**　(고개를 내밀고 앞을 향해 불만 섞인 목소리로) 거기 누구셔?
> 　　　　　빨랑 좀 가자. 걷기 싫으면 방에 들어가든가.
> **민제씨**　(갑자기 걸음을 멈추고 뒤돌아보며) 나?

그 바람에 민제씨(57세) 뒤에서 따라 걷던 십억소녀가 민제씨 이
마를 박는다.
그 뒤를 따르던 키가 큰 기타쟁이(34세)가 십억소녀에게 부딪히고,

그 뒤를 바짝 붙어 걷던 수정이 기타쟁이 등에 얼굴이 닿는다.

수정의 뒤에서 걷던 쓰레빠(36세)는 부딪히기 일보직전에 멈춰 선다.

쓰레빠　(짜증 섞인 소리로) 대답만 하지 왜 멈춰. 이거 몇 중 추돌이야?

민제씨　(이마를 문지르며) 신발 때문에 빨리 못 걷겠어.

쓰레빠　아 그럼 방에서 쉬지 왜 나와서 사람들 방해하셔!

민제씨의 낡은 실내화 운동화 앞쪽이 약 3센티미터 정도 뜯어져 있다.

민제씨는 쓰레빠에게 뭔가 말을 하려다 말고 입꼬리를 축 늘어뜨 린 채 열에서 빠져나와 쓰레빠를 쓱 쳐다보고는 혼잣말로 고시랑 거리며 가을 방으로 들어간다.

뒤에서 소란스럽거나 말거나 민제씨 앞에서 걷던 설하는 걸음을 멈추지 않고 열린 하늘 방을 기웃거린다.

몸을 돌려 왔던 복도를 되돌아가며 다시 한 번 하늘 방 안으로 시 선을 던지는 설하.

하늘 방 안에는 연우가 이불을 뒤집어쓰고 누워 있다.

S# 12 ― 하늘 방 (오후)

이불을 뒤집어쓴 채 꼼짝도 하지 않는 연우.

연우의 한쪽 눈에서 눈물 한 줄기가 흘러내린다.

연우(N)   싫어 정말 싫어. 사는 거…… 이제 그만하고 싶어. 내가
왜 여기 있어야 하지? 무엇 때문에?

광장 쪽에서 최 주임의 우렁우렁한 목소리가 이불 속으로 들어
온다.

최주임(E)   머리 깎을 사람은 식당으로 가세요. 미용사님이 오셨습
니다.

갑자기 이불을 확 걷어 젖히며 일어나 앉는 연우.
잠시 뒤, 양손으로 얼굴을 가린다.
화면이 어두워지면서 연우의 흐느껴 우는 소리가 잔잔하게 들려
온다.

S# 13 ─ **ICU (집중치료실)** ─ 연우의 회상

화면이 밝아지자 하얀 벽과 형광등이 켜진 하얀 천장, 하얀 문이
보인다.
하얀 시트의 환자용 침대 위에 벨트로 몸이 묶인 채 눈을 감고 누
워 있는 연우.

수액 링거를 맞는 왼쪽 팔이 보이고, 오른쪽 팔은 벨트에 묶여 있다.

문이 열리자 턱 옆으로 반창고를 붙인 김 간호사가 한 손에 식판을 들고 들어온다.

김 간호사는 침대 발치에 있는 식탁을 올리고 그 위에 식판을 놓은 뒤, 전동침대 아래에 있는 버튼을 눌러 연우가 누워 있는 침대 등판을 세운다.

김간호사 밥 가져왔는데 또 굶을 거야?

연우 (여전히 눈 감은 채) 먹기 싫어요.

김간호사 안 먹으면 너만 손해지 뭐. 여기서 시위해 봤자 알아줄 사람도 없어.

연우 도로 가져가세요.

김간호사 (턱에 붙인 반창고를 어루만지며) 조금만 더 위였으면 넌 내 손에 반 죽었을 거야. 마음 같아서는 배상받고 싶지만 예치금은 고사하고 예치품도 없는 너니까 어쩔 수 없이 봐주는 거야. 한 번만 더 이딴 짓 하면 그땐 국물도 없어.

연우 (눈을 뜨고 악을 쓰며) 제발 혼자 있게 내버려 두라니까요.

김간호사 (빈정거리며) 아직 정신 차리려면 멀었구나. 너 병원 들어온 지 석 달이 다 됐더라. 내 장담하건대, 앞으로 육 개월 후에도 넌 여기 있을 거야.

연우는 김 간호사를 노려보며 괴성을 지른다.

김간호사 (버튼을 작동하여 침대를 내리며) 소리쳐봤자 네 목만 아파. 여긴 방음이 아주 잘돼 있거든.

연우는 몸을 마구 흔들며 발버둥을 치지만, 벨트는 꿈적도 하지 않고 연우의 여린 손목에 붉은 줄무늬만 새겨진다.

김간호사 (싸늘한 시선으로) 주사 한 대 더 맞아야겠구나. 그래야 얌 전해지겠어.

연우 (악을 쓰며) 나가, 나가라고. 당장 꺼져.

씩씩거리며 김 간호사를 노려보는 연우.
콧방귀를 뀌며 연우를 차갑게 내려다보는 김 간호사.

김간호사 꺼지라니? 이게 어디서 지랄이야. 가만 보면 넌 고아원 출신 티를 꼭 내더라. 거기선 예의를 제대로 안 가르치나 보지?

연우 (이를 악물고) 당신은 악마야.

김간호사 (자지러지게 웃은 뒤 연우 얼굴을 빤히 내려다보며) 싸가지 없 는 년.

S# 14 — 하늘 방 (오후)

연우는 양손으로 얼굴을 가린 채 어깨를 들썩이며 흐느껴 운다.

밖에서 환자들이 주고받는 소리가 방 안으로 들려온다.

퍼즐(E)   성우 오빠도 머리 깎을 거야?

성우(E)   난 화장실 가는 거야.

퍼즐(E)   나는 파마하고 싶은데 그건 왜 안 해주나 몰라.

충림(E)   이 울보야, 그건 시간이 너무 오래 걸리니까 못하지.

퍼즐(E)   (뾰로통한 소리로) 나 울보 아냐. 충림 오빠 나빠.

달롱아재(E) 잡담들 고마하고 머리 깎을 사람은 얼른 식당으로 가기
　　　　　　　나 해라.

연우는 옷소매로 눈물을 닦은 뒤 결심한 듯 입을 꽉 다물고 일어
선다.

04
은설

　연지는 상욱에게 그녀가 겪었던 또는 들어서 알고 있던, 아니면 느꼈던 이야기를 했을 것이다. 그러므로 영화 속 설하는 은설이면서 은설이 아니었다.

　상욱은 은설이 왜 병원에서 두 달가량을 보냈는지 정확하게 아는 건 없었다. 그녀에게 어떤 일이 있었고, 어떤 기분이었으며 어떤 감정으로 분노했고 소스라쳤는지 알 턱이 없었다. 그럼에도 그는 은설이 겪었던 일을 마치 보거나 그녀에게 직접 듣기라도 한 듯 영화 속에 그려냈다.

　은설은 병원에 입원하기 전, 석 달 정도 먼저 들어와 있던 연지가 그곳에서 어떻게 지냈는지 모른다. 연지가 환자들과 섞이지 않았고 그 어떤 특활 프로그램에도 참여하지 않았다는 걸 다른 환자들에게 들었을 뿐이다. 그리고 무슨 이유 때문인지 김 간호사에게 미운털이 박혔다는 것도 마찬가지였다. 연지는 그곳에서 이물 취급을 받으며 겉돌았다.

***

환자들은 은설을 '작가선생'이라 불렀다. 그녀는 자신의 입으로 직업을 발설한 적이 없었으나, 모두가 아는 걸로 보아 아마도 간호사실에서 흘러나왔을 거라 짐작했다.

동생이 없는 은설은 연지가 대뜸 언니라고 부를 때 당황스러웠다. 그럼에도 이내 수락했던 것은 그곳 분위기를 어느 정도 몸에 익혔기 때문이었다. 환자들은 저보다 나이가 적으면 이름을 불렀고, 나이가 많으면 언니와 오빠로 통했다. 이모나 아재로 불리는 사람이 있는가 하면, 이름보다 별명으로 불리는 환자도 많았다.

ICU를 거쳐 입원실로 들어와 겨울 방에 몸을 누인 뒤로 은설은 늘 물귀신처럼 붙어 다니는 나른함과 싸워야 했다. 다른 환자들처럼 자신도 한없이 무기력해지는 걸 느꼈다. 비참했지만 이겨낼 방법을 몰랐다.

은설은 살아오는 동안 지독한 몸살감기로 끙끙 앓을 때를 제외하고 낮잠을 자본 적이 없었다. 그러나 병원에 들어온 이후로 시도 때도 없이 수마가 그녀를 유혹했다. 그걸 또 이겨보겠다고 혼자 복도 끝을 오가며 걷고 또 걸었다.

"엄마, 혼자서 뭐해?"

은설은 깜짝 놀랐다. 그녀가 별빛 방을 지나 막 햇빛 방 앞에 도착했을 때였다. 뒤돌아보니 소녀티를 다 벗지 못한 환자가 별빛 방 입구에 서서 해맑은 미소를 지으며 은설을 보고 있었다. 두 사람을 제외하면 주위에는 아무도 없었다.

"엄마, 지금 운동하는 거야?"
"나?"

은설은 손가락으로 자신을 가리키며 되물었다.

소녀티가 나는 환자는 미소를 거두지 않은 채 고개를 끄덕거렸다. 그때 화장실을 가려고 그 방에서 나오던 인선이 은설을 보며 웃었다.

"놀라지 마세요. 쟤는 몇 명만 빼고 여기 있는 여자들이 다 지 엄마예요."

저보다 나이가 많은 여자 환자들에게 엄마라 부르는, 머잖아 스무 살이 될 '십억소녀' 지현이었다. 그녀의 인생 목표는 십억을 모으는 것이고, 그 돈이 모이면 환자들에게 선심을 쓸 거라는 게 입버릇이 되어 그렇게 불렸다고 했다.

환자복 바지 밑단을 둘둘 말고 눈을 절반 가린 터벅머리가 영락없이 영화 '뽕'에 나오는 머슴을 닮았다 하여 '마당쇠'가 되어버린 정원석은 37세였다. 그는 백화점 보안요원이었는데 조울증이 심해지면서 말까지 더듬게 되자 생업을 접고 병원에 들어왔다.

음악을 하다 들어왔다는 34세 '기타쟁이'도 있었다. 그는 유명

한 기타리스트의 동생이었다. 형이 운영하는 록카페에서 그도 가끔 기타를 연주했는데, 술을 마셨다 하면 주사가 심해졌고 급기야 영업장에서 몇 차례 난동을 부렸다. 그런 이유로 형의 명예에 똥칠을 한다며 아버지가 병원에 처넣었다고 했다. 그리고 모든 남자가 자기의 첫사랑인, 그래서 '첫사랑'이 되어버린 영실은 은설과 동갑이었다.

튀는 야광 슬리퍼를 신고 다니는 바람에 '쓰레빠'로 통하는 환자가 있는 반면, 남자 환자 중에 제일 신참인 노영석은 긴 머리채를 묶고 다니는 바람에 '꽁지머리'로 불렸다.

남자 환자의 약 70퍼센트는 알코올의존증으로 입원했고, 우울증과 조울증이 그 뒤를 이었다. 반면 여자 환자는 약 70퍼센트가 우울증이 원인이었고, 나머지는 병명이 다양했다. 모두가 '덕상할배'라 부르는 70대 후반 남덕상 씨는 치매환자였고, 뇌성마비에 쌍꺼풀 수술 실패로 심각한 우울증까지 겹친 주영이 있었다. 그녀는 퍼즐을 너무 좋아해서 퍼즐 세트가 든 비닐봉지를 언제나 애지중지 가슴에 안고 다녔다. 까닭에 '퍼즐'이 되어버린 주영은 한번 울음이 터지면 보통 한 시간, 어떤 때는 세 시간을 내리 울었기 때문에 '울보'라는 별명도 하나 더 가지고 있었다. 하지만 주영은 누군가가 울보라고 부르는 걸 몹시 싫어했다. 그런가 하면 강박증과 피해망상과 히스테리에 분노조절장애 그리고 조현병과 착란증 등으로 입원한 환자가 몇 명 있었다.

특별한 경우에 해당하는 환자도 있었다. 교통사고를 당하여 뇌를 크게 다치는 바람에 정신연령이 약 6세 아동 수준으로 떨어진

57세 '민제씨'가 거기에 해당했다. 가끔 실제 나이에 걸맞은 소리도 하는 걸 보면 6세와 57세의 큰 세대 차이를 가뿐히 오락가락하는 것인지도 몰랐다. 그녀에 의하면, 자기는 서울에 있는 일류 여자대학을 졸업하던 그해에 교통사고를 당했다. 부모님이 돌아가신 뒤로 오빠의 보호 아래 생활을 해왔는데, 오빠가 사업에 실패하자 자기를 이 병원에 입원시켰다고 했다. 입원한 지 이 년이 다 되어간다는 민제씨는 가을 방 환자였다. 겨울 방 얇은 벽을 뚫고 들어오는 민제씨의 폭력적인 코골이는 한동안 은설을 괴롭혔다. 그러나 아무도 그걸 문제 삼거나 이의를 제기하지 않았다. 인간은 다양한 폭력에도 길들여지기 마련이었고, 은설도 손을 들고 말았다.

병원에서 가장 나이 어린 환자는 열여섯 살 유정이었다. 은설은 이해할 수 없었다. 육체는 건강하고 정신도 크게 탈이 없어 보이는 청소년이 도대체 무슨 이유로 성인들 사이에 끼어 있게 되었는지를.

시간이 지나면서 소소한 문제점들이 은설의 눈에 띄었다. 유정은 그 나이에 담배를 피웠고, 화가 났다 하면 입에서 거친 욕이 사정없이 튀어나왔다. 거기에 목소리까지 화통을 삶아먹은 듯했으며 막무가내로 고집을 부렸고, 분노를 조절하는 능력이 모자랐다. 말하자면 비행청소년인 셈이었다. 그렇다면 유정은 번지수를 잘못 찾아들어온 게 아닐까, 은설은 여러 가지가 궁금했다. 게다가 유정은 자기보다 열다섯 살 많은 전직 요리사였고 조울증으로 입원한 충림과 열애 중이었다.

병원에 실려와 ICU에서 이틀을 보내고 병실로 옮겨온 은설은 황당했다. 낯가림이 심한 그녀에게 환자들은 자기소개를 못해 안달 난 사람처럼 너도나도 앞다투어 은설 앞에 나타났다. 그녀를 당황스럽게 만든 건 그것만이 아니었다. 환자들은 자기소개가 끝나자마자 마치 몇 년을 알고 지낸 사람처럼 살갑게 굴었다. 그러나 그런 낯선 감정은 오래가지 않았다. 그곳에만 있는 독특한 분위기 덕분이었다. 하루 24시간을 같은 공간에서 언제까지라는 기약도 없이 함께한다는 건 보통 인연이 아니었다.

사회와 철저히 격리된 장소를 공유하는 것, 즉 그곳은 사회 부적응자들의 공간이었다. 공통점을 갖게 되면 결속력이 생기기 마련이었다. 거기에는 질서가 있었고 그들만의 작은 사회가 꾸려졌다. 그것이 그들 사이에 흐르는 특별한 유대감이었다.

이런 일도 있었다. 점심 식사가 끝나갈 무렵, 비어 있던 은설의 옆자리로 젊은 여자 환자가 빈 식판을 들고 와서 앉았다. 그러고는 수줍게 말을 꺼냈다.

"안녕하세요, 나는 김서연이라고 해요. 몇 살이에요?"

뜬금없는 질문이었지만, 그 무렵에는 은설도 이곳 분위기를 대충 파악한 뒤라 오래 망설이지는 않았다.

"서른셋이에요. 이름은 고은설이고요."
"알아요. 작가선생님이라고 하던데, 맞죠? 여기 어때요? 지낼만

해요?”

연거푸 질문을 해대는 서연에게서 벗어나고 싶었던 은설은 얼렁뚱땅 대답을 얼버무렸다.

“뭐…… 그냥 그래요.”
“난 여기 온 지 반년 조금 됐어요. 근데 작가선생님은 무슨 병으로 들어왔어요?”

은설은 대답 대신 빙그레 미소만 짓고 한 숟가락 남아 있던 밥을 입에 넣었다.
은설에게서 대답을 얻지 못한 서연은 양 손가락 검지끼리 톡톡 두드리며 혼잣말을 시작했다.

“작가선생님이 밥을 먹어. 알아 나도 보고 있다고. 하고 싶은 말이 있다고 했잖아. 응, 할 거야. 언제 할 거야? 걱정하지 마. 언제 할 거냐고? 아이 참, 지금 할 거야.”

서연의 손가락을 보고 있던 은설은 입에 떠 넣은 밥을 씹을 수 없었다. 그녀 옆에서 벌어지고 있는 일인극 때문이었다.

“사랑해요.”

서연은 은설을 수줍게 쳐다보며 말했다. 은설은 밥을 제대로 씹지도 못한 채 꿀꺽 삼키고 말았다. 이번에는 서연이 빙그레 미소를 지었다. 그러고는 자리에서 일어나 빈 식판을 들고 한마디 더했다.

"사랑해요. 이 말이 하고 싶었어요."

은설은 이 해프닝에 웃어야 할지 울어야 할지 몰랐다. 서연은 스물여덟 살의 조현병 환자였으며 6개월가량 이곳에 있었다고 했다. 그녀는 손가락 두 개에 인격을 부여했고, 저들끼리 주거니 받거니 대화했다. 하고 싶은 말을 다 하고 돌아선 서연의 뒷모습을 멍하니 바라보던 은설은 의심이 들었다.

입원한 환자들은 아침저녁으로 대부분 비슷한 약을 복용했다. 그리고 일주일에 정해진 이틀 동안은 돌아가며 간호사를 따라 통제구역을 지나 진료실로 가서 몇 분간 원장과 상담하는 것이 전부였다. 이 병원 원장은 진료기록에 써넣은 환자들의 병명에 걸맞게 치료를 하고 있는지, 아니면 자신의 능력 밖이라 방치하고 있는 건 아닌지, 은설은 궁금했다. 하지만 물어볼 상대가 없었고 있다한들 돌아올 답은 충분히 예상할 수 있었다.

은설은 이 특별한 공간 속으로 들어오기 전에 드라마 대필 작가라는 그녀의 역할에 늘 충실했다. 이름 없는 유령 작가로, 투명 인간으로 살아가는 삶에 대충 만족했다. 몇 안 되는 친구들 사이에서 타인의 이야기를 잘 들어주는 조용하고 얌전한 사람으로 통했다. 자주 바뀌는 동료들에게도 마찬가지였다.

행방이 묘연해진 은설을 두고 동료들 사이에서 이견이 분분했으나 이내 얌전한 여자는 그들의 영역에서 잡음 없이 잊혔다. 조용한 사람은 언제나 그랬다.

은설이 얼떨결에 언니라 부르는 것을 허락한 이틀 만에 연지는 스스로 쌓아 올린 옹벽을 무너뜨리기 시작했다. 둘은 열두 살 터울의 띠동갑이었다.

"언니, 나 초코파이 하나만 줄 수 있어?"

점심을 먹은 지 두어 시간이 지났을 때 연지가 은설을 찾아왔다.

"응, 그래. 두 개 줄까?"
"아냐, 하나면 돼."
"방에 들어와서 먹어."

은설은 사물함에서 초코파이와 페트병에 든 사이다를 꺼내 플라스틱 컵에 따라 연지 앞으로 내밀었다.

연지는 수시로 배고파했다. 이 병원의 장점이라면 끽연가를 눈감아주는 것에 더해 식사 때면 식판에 밥이며 국 반찬을 환자들이 원하는 만큼 담아주는 거였다. 그럼에도 연지는 항상 적은 양을 주문했고, 담은 음식들을 조금씩 남기곤 했다. 먹는 양이 적으니 자주 배가 고팠고, 그것을 채워주지 못하니 몸은 야위어 가늘었다.

연지는 은설에게 자기가 살아온 이야기를, 이곳에 들어오게 된 사연을 초코파이 하나, 비스킷 몇 개의 분량만큼 조금씩 풀었다.

너무도 아픈 이야기였지만 연지는 마치 주워들은 누군가의 사연을 들려주는 것처럼 무덤덤했다. 반대로 들어주는 은설은 마치 자기가 겪기라도 한 것처럼 깊은 한숨과 함께 가슴을 움켜잡았다.

그랬던 연지가 ICU에 감금되었다가 사흘 만에 나왔다.

보통은 이틀이 가장 많았고, 드물긴 해도 하루를 지내고 나오는 환자도 있었다. 은설은 병원으로 이송되어 온 첫날, 입원환자들 대부분이 그랬듯이 그곳에서 이틀을 보낸 뒤 입원실로 옮겨졌다.

최대 사흘, 최장 시간을 ICU에 감금하는 이유는 뻔했다. 규율을 어기고 소란을 피운 대가였으며, 치료보다 형벌이 목적이었다.

연지가 ICU에서 나올 때 넋만 버리고 온 게 아니라 말까지 버리고 나온 모양이었다. 그녀는 한동안 은설을 찾지 않았고, 어쩌다 식당으로 가는 것 외에는 방에서 나오지도 않고 거의 누워 지냈다.

신도시 초입에 위치한 병원은 9층짜리 건물 중 5층을 통째로 사용했다. 외래 환자 진료 구역과 원장실을 제외한 입원실 중심부에 간호사실이 있었다. 그 앞에는 의자 하나 없는 넓은 공간이 있었다. 운동장 역할뿐 아니라 휴게실을 겸한 다용도로 이용되는 복합 공간이었다. 환자들은 그곳을 '광장'이라 불렀다. 거기에서 환자들은 아침마다 국민체조 음악에 맞춰 몸을 움직였다. 마치 고장

난 로봇들의 군무 같았다. 체조나 걷기 운동은 병원에서 강제하는 것이 아니었으므로 은설은 아침 체조에 참석하지 않았다.

일요일에는 식당에서 플라스틱 접이식 의자와 식탁 여러 개를 옮겨와 광장 중앙에 긴 테이블을 만들었다. 특활 프로그램으로 종이접기와 그림 그리기를 두 시간 동안 진행하기 위해서였다. 그것이 끝나면 탁구대가 설치되었다.

병원 원장인 30대 후반 나용대는 한 달에 한 번 토요일 저녁에 창문을 가리고 스크린을 설치하여 환자들에게 영화 관람이라는 아량을 베풀었다. 그런가 하면 요가를 하는 날도 있었다. 참여하는 환자는 박인선과 첫사랑으로 불리는 한영실을 비롯하여 몇 명되지 않았지만 말이다.

출입이 통제된 간호사실 옆문으로 들어가면 폭이 1미터 남짓되는 복도가 나오고, 정면에는 진료실로 연결된 문이 보였다. 오른편에 집중치료실인 ICU가 있고, 왼쪽 간호사실 내부로 들어가는 문 옆벽에는 환자와 그 가족의 유일한 소통 창구인 전화기 한대가 붙어 있었다.

광장을 사이에 두고 남녀 병실이 구분되었다. 병실은 모두 아홉 개였고, 간호사실 옆 통제구역을 제외하고 시계방향으로 붙어 있는 방 이름은 이랬다.

바다, 산, 봄, 여름, 가을, 겨울, 햇빛, 별빛, 맨 끝 방이 하늘.

바다에서 여름까지는 남자 환자들이 사용했고, 가을부터 하늘까지는 여자들이 차지하고 있었다. 방 크기에 따라 여섯 명이 든 방이 제일 많았고, 세 명이 든 방 둘에 네 사람 용이 하나, 많게는 열 명이 한 방을 사용했다. 은설이 들어왔을 때는 그녀를 포함하여 모두 쉰여섯 명이 입원환자로 등록되어 있었다.

입원실에는 침대가 없었다. 그들은 각자에게 배정된 온돌방에서 질서 있게 자리를 정했다. 취침 시간이 울리면 폭이 좁은 일인용 담요와 이불을 깔고 덮었으며, 아침에 일어나면 펼쳤던 것을 접었다. 한쪽 벽에 나란히 설치된 이단 사물함에는 자물쇠가 없었다. 또한 각 방마다 벽에 바짝 붙여 놓은 텔레비전이 한 대씩 있었다. 불미스러운 일을 차단하려는 조치인지 텔레비전 코드 길이가 기껏 20센티미터 정도였다. 목을 한 바퀴 감을 수도 없는 길이였다.

은설은 간호사가 안내한 겨울 방에 들었고, 먼저 입원한 두 환자가 은설을 반갑게 맞았다. 예기치 않게 의자매가 된 두 여인은 파마머리가 제법 풀려 부스스한 쉰네 살의 현자와 긴 생머리를 묶은 스물넷 된 수정이었다. 아이러니하게도 수정은 제 엄마보다 나이가 네 살 더 많은 현자를 이모도 고모도 아니고 언니라 불렀다. 이곳의 호칭은 전부 자기 입맛대로였다.

폐경 이후 우울증을 앓던 현자는 아들의 연인 문제로 갈등을 겪다가 우울증이 더 심해졌고, 병원으로 스스로 걸어 들어온 특별한 케이스였다. 삼 개월째 입원 중이었으며 아직 퇴원할 의사가 없었다. 은설은 그런 현자를 이해하기 어려웠지만, 다양한 사람들이 다양하게 살아가는 세상이니 그걸 다 이해할 필요는 없다고 생각했다.

이삼 년 전에 생리가 끊겼는데 병원에 입원한 뒤 보름 만에 다시 생리를 했다는 현자는 행복했다. 다음 달에도 생리를 했지만 하루 잠깐 비치고 말았다. 그 뒤로는 소식이 없었다. 그래도 다시 찾아올지 모른다는 기대감에 생리대를 늘 준비하고 있었다. 그녀는 몇 년 만에 사용하는 생리대의 느낌이 너무 좋다며 기별이 전혀 없는데도 가끔 그것을 사용했다.

한방을 쓰는 수정에게도 사연이 있었다.

술만 마셨다 하면 난폭해지는 수정의 아버지는 심심찮게 착하고 여린 엄마를 폭행했고, 그 횟수가 갈수록 빈번해졌다. 하루는 디자인 회사 신입사원이었던 수정이 늦게 퇴근하고 집에 왔을 때, 맞아서 퉁퉁 부은 얼굴과 무언가에 찍혀 상처가 깊은 엄마의 손등을 보고 말았다. 그러자 걷잡을 수 없는 분노가 고개를 쳐들었다. 순간 이성을 잃은 수정은 손에 닿는 대로 집어던지며 악을 썼다. 그걸 말리는 아버지에게 대들다가 처음으로 뺨을 맞았다. 그때까지 자식들에게는 손찌검을 하지 않았던 아버지였다. 폭력은 분노를 더 부채질했다. 그녀는 아버지 셔츠를 잡아 뜯었고 발로 찼으며 급기야 주방으로 달려가서 식칼을 들고 와 거실 바닥에 있는 힘껏 내리꽂았다.

'아빠든 나든 누구 하나가 죽자고. 죽어버리자고.'라며 고래고래 소리쳤다.

그다음 날 알코올의존증에 수시로 폭력을 행사하던 수정의 아버지는 자신이 가야 마땅한 자리에 스물넷 된 딸을 대신 보냈던 것이다. 그곳이 바로 이 무지개 정신건강의학과, 즉 무지개 정신병원이었다.

이곳에 있는 환자들은 저마다 사연이 있었다. 그 사연이라는 것을 듣고 보면 어디에선가 심심찮게 일어나는 일들이었고, 누구에게라도 있을 수 있는 일들이었다. 말하자면 방심을 했거나 운이 나빠서 이곳으로 유배된 거나 다름없었다.

방 이름 때문일까, 그곳에 입원해 있는 동안 은설은 늘 추웠다. 겨울이 다가오는 계절이기도 했지만, 난방이 가동되어도 그랬다.

05
꽁이비행기

S# 15 — **식당 (오후)**

이발기가 정수리에서부터 천천히 아래로 내려간다.
바닥에 수북이 쌓이는 머리카락들.
감정이 전혀 깃들지 않은 연우의 눈.
이발기가 스쳐간 새하얀 두피가 아직 깍지 않은 검은 머리와 대조
적이다.

S# 16 — **겨울 방 (오후)**

귤이 담긴 검은 비닐봉지가 방 중간에 있고, 설하와 현자 그리고
수정이 둘러앉아 귤을 까먹고 있다.

    수정   현자 언니, 저도 머리 자를까요?

현자	좀 잘라도 되겠어. 여기서 더 길면 간수하기 힘들 거야.
수정	(시무룩해져서) 허리까지 기르려고 지금까지 참고 참았는데, 아까워.
현자	십 센티 정도만 자르면 괜찮을 것 같애.
수정	(설하를 쳐다보며) 작가언니는 안 자를 거예요?
설하	(머리채를 쓸어내리며) 글쎄…… 나도 조금 자를까?
현자	(마지막 귤을 입에 넣고) 내가 봐줄 테니 우리 식당으로 가자.

세 여자가 일어서려는데 밖에서 뛰어오는 소리가 들리더니 호들갑스럽게 겨울 방으로 들어서는 인선.

인선	미쳤어 미쳤어. 연우가 단단히 미쳤어.
현자	(눈이 둥그레져서) 아니 무슨 일인데? 연우가 또 사고 쳤어?

S# 17 — 식당 (오후)

적막강산 같은 고요가 흐르는 가운데 벌어진 입을 다물지 못하고 서 있는 환자들.

미용사(40대 중반) 뒤쪽에 서 있는 달룡아재는 측은한 표정을 짓고, 그 곁에는 마치 보지 말아야 할 것을 보고 말았다는 얼굴의 쓰레빠, 숨죽인 채 미용사의 손을 쳐다보고 있는 충림, 그리고 충림과 팔짱을 낀 채 잔뜩 찡그린 얼굴을 하고 있는 유정이 차례로 보인다.

퍼즐은 맨 뒤쪽에 서서 퍼즐 조각들이 담긴 봉지를 가슴에 꼭 안은 채 홀쩍홀쩍 울고 있다.

식당으로 들어서다가 그대로 멈춰 서는 현자.

현자와 같이 들어오던 수정은 너무 놀라 양손으로 입을 가린다.

뒤따라 식당에 도착한 설하는 머리를 세게 맞은 사람처럼 그대로 얼어버린다.

미용사에게 머리를 맡기고 고개를 숙인 채 눈을 감고 앉아 있는 연우.

이발기가 목덜미 위쪽을 지나가자 연우의 머리카락은 한 올도 남지 않는다.

마지막 머리카락들이 연우의 목덜미를 타고 바닥으로 떨어지는 순간, 연우의 속눈썹이 파르르 떨린다.

눈가가 붉어진 설하는 서둘러 식당을 나간다.

S# 18 — 식당 (저녁)

철제 테이블 위에 수북이 쌓인 식판들.

몇몇은 아직 식사 중이고, 꽁지머리(38세)는 한쪽에서 빈 식탁을 닦는다.

꽁지머리가 닦고 있는 식탁 의자에 앉는 달룽아재.

달룡아재 야 야 야 꽁지야, 빨리 쫌 하그라.

꽁지머리 (행주를 탈탈 털며) 거참 성질 급하시네. 다했다고요 다했
어. 그리고 자꾸 꽁지야 꽁지야 하지 말라니까요.

달룡아재 알았다 영석아. 됐제?

꽁지머리 근데 바둑판 가지러 간 놈은 웬 함흥차사래?

꽁지머리의 말이 떨어지자마자 바둑판을 들고 식당으로 들어오는
마당쇠(37세), 식탁 위에 바둑판을 놓고 달룡아재 곁에 앉는다.
행주를 주방에 두고 온 꽁지머리는 달룡아재 맞은편에 앉는다.

꽁지머리 (검은색 바둑돌을 놓으며) 이번에는 안 봐줄 겁니다.

달룡아재 (흰색 바둑돌을 집고) 어쭈, 니가 봐줘서 내가 이겼다는 기가?

마당쇠 (말을 더듬는) 빠빠 빨리 두두 두세요.

최 주임이 바둑 두는 사람들 쪽으로 다가오며 한 손을 번쩍 든다.

최주임 잠깐 스톱. 김달룡 씨, 나하고 둡시다.

꽁지머리 (헤헤거리며) 늦었습니다.

최주임 아직 시작도 안 했구먼 뭐가 늦어. 오늘은 네가 양보 쫌 해.

달룡아재 (부드러운 목소리로) 꽁지야, 니가 양보하그라.

꽁지머리는 분하다는 표정으로 곁에 서 있는 최 주임을 올려다본다.
최 주임은 씩 웃으며 꽁지머리에게 자리를 비키라는 손짓을 한다.

꽁지머리는 마지못해 옆으로 옮겨 앉고, 최 주임은 꽁지머리가 내준 자리에 앉는 순간, 광장 쪽에서 유정의 비명소리가 들려온다.

최주임 (얼굴을 찌푸린 채 벌떡 일어서며) 이건 또 뭐야?

달룡아재 (자리에서 일어나면서) 누가 또 사고 쳤나?

최 주임을 선두로 달룡아재와 꽁지머리 그리고 마당쇠가 광장으로 서둘러 나간다.

S# 19 ― 광장 (저녁)

유정 (잔뜩 찡그린 얼굴로 고래고래 소리치며) 에이 씨바, 더러워 죽겠어. 덕상할배 때문에 내가 돌아버리겠다니까. 아 진짜 못 말려.

바지를 내린 채 광장 한복판에 퍼질러 앉아 훌쩍거리며 우는 덕상할배(77세).
환자 여럿이 삼삼오오 모여서 수군거리고 있다.
김 간호사는 팔짱을 낀 채 멀찍이 서서 혀를 찬다.

최주임 (얼굴 찡그리고) 이런, 똥을 쌌네.

충림 (유정의 눈을 가리며) 우리 이쁜이는 이런 거 보지 마.

유정 (충림의 손을 떼고 짜증스럽게) 아이 씨, 왜 눈을 가리고 난 리야. 벌써 다 봤거든.

달룡아재 할배가 드디어 일냈구마. 요즘 부쩍 심해진 느낌이 들더 라고.

최주임 (마당쇠를 향해) 수고스럽겠지만 샤워장으로 데려가자고. 씻겨드려야지 어쩌겠어.

마당쇠 제제제 제가 씨씨 씻어드릴게요.

최주임 같이 해야지 혼자는 힘들어.

김간호사 (짜증 섞인 소리로) 치매환자는 다른 곳으로 옮기든지 해야 지 원.

마당쇠는 덕상할배를 일으켜 세워 바지를 올려 입힌 뒤, 등에 업 고 샤워장 쪽으로 간다.
최 주임은 마당쇠를 뒤따라가며 혀를 찬다.

달룡아재 (꽁지머리의 어깨를 툭 치고) 가서 휴지하고 걸레 좀 찾아오 그라. 청소 아지매가 낼 아침에나 오니까 여 이대로 두믄 냄새나서 몬 쓴다. 우리라도 치워야 안 되겠나.

꽁지머리 절더러 이걸 치우라고요?

달룡아재 (버럭 소리 지르는) 니 마당쇠 하는 거 안 봤나. 빨랑 걸레 안 갖꼬 올끼가.

꽁지머리 (볼멘소리로) 알았어요. 가져오면 되잖아요.

꽁지머리가 화장실 쪽으로 가자 환자들은 코를 막고 각자의 방으로 흩어진다.

유정은 충림의 어깨에 팔을 두르고, 충림은 유정의 허리를 감은 채 식당으로 간다.

06
은설

상욱은 병원에서 있었던 시시콜콜한 일까지 알고 있었다. 그런 일련의 일들이 일어날 때 연지는 분명 그 자리에 없었다. 그녀가 보지 않았어도 같은 방을 쓰던 환자들이 주고받던 이야기를 들었을 것이고, 그걸 다 기억해 냈으리라. 그리고 연지의 기억을 상욱은 영화로 되살렸다. 은설이 잊고 있던 것들을.

은설은 점점 더 궁금해졌다. 도대체 연지와 상욱 사이에 무슨 일이 있었던 걸까. 은설이 모르는 그들만의 비밀 또는 약속이 있었던 건 아닐까. 궁금증이 의심으로 서서히 방향을 틀자 두려움이 일었다. 앞으로 영화가 어떻게 전개될지 알 수 없었지만, 은설을 장악한 두려움 뒤에는 호기심이 숨어 있었다. 그녀의 손에 땀이 배어났다.

***

미용사가 한 달에 한 번 병원을 방문하는 수요일 오후였다.

식탁 몇 개와 접이식 의자들을 구석으로 물리고 빈 공간을 만들어주면 거기가 바로 미용실이 되었다. 환자들은 길어진 머리를 미용사에게 맡겼고, 비용은 예치금에서 차감했다. 할 일 없는 환자들까지 구경삼아 식당으로 몰려들었다.

은설은 견갑골 아래까지 내려온 생머리를 노란 고무줄로 묶고 다녔다. 병원에서는 핀을 허용하지 않았다. 자해용으로 사용할 수 있다는 이유에서였다. 그렇게 따지자면 칫솔도 사용하지 못하게 해야 마땅했다. 어떤 영화 속에서 죄수가 칫솔 손잡이를 갈아 날카로운 송곳처럼 만드는 걸 병원장은 보지 못했나 보다.

은설은 환자들이 번호표를 뽑아 기다리는 간이 미용실로 갔다. 병원에 들어온 지 삼주 만이었고 처음이었다. 딱히 머리를 자를 생각은 없었지만, 뭔가 변화를 주지 않으면 병원 진료과목에 걸맞게 진짜 미쳐버릴지도 모를 일이었다. 그곳에 차츰 적응되어 간다는 것이 무서웠다. 좀처럼 그녀를 쏠아버릴 듯해서 두려웠다. 극도로 제한된 공간은 육체보다 정신을 먼저 파괴하는 올가미였다.

은설은 간이 미용실에 들어서는 순간 얼어버렸다. 미용사 앞에 갈색 비닐 망토를 두르고 앉아 있는 사람은 다름 아닌 연지였다. 그녀의 새까맣던 단발머리는 온데간데없고 막 민머리가 되어 있었다. 희다 못해 푸르스름한 연지의 머리를 보자 은설은 눈이 아렸다. 파리한 연지의 정수리를 쳐다보던 은설은 몸을 돌렸다. 겨울 방으로 돌아와 누워버린 그녀는 그동안 연지와 나눴던 대화들을 뒤지기 시작했다.

"언니, 나 보육원 출신인 거 알지?"

뜬금없이 시작된 연지의 말에 은설은 당황스러웠으나 내색하지 않았다.

"누가 말 안 해줬어?"

은설의 침묵에 연지가 재차 물었고, 은설은 대답 대신 고개를 저었다.

"몰랐구나. 나, 보육원에서 자랐어. 옛날에는 고아원이라고 했지만, 요즘은 보육원이라고 해."

은설은 이런 대화에 익숙하지 않았다. 그저 고개를 젓거나 끄덕이거나 가만히 있는 것 외에 무엇을 어떻게 해야 하는지 몰랐다. 그랬기에 셋 중에서 어느 것이 가장 적당할지 잠시 고민하다가 가만히 있는 걸로 선택하곤 했었다.

"고등학교 졸업하면 보육원을 나가는 게 원칙인데, 난 운이 좋아서 계속 거기 살 수 있었어. 주방에서 일하던 이모님 한 분이 집안일로 급하게 그만두는 바람에 당장 사람을 구할 수 없었거든. 그래서 내가 그 일을 맡았던 거야. 대신 무보수이긴 했지만. 그리고 방통대 입학도 했었고. 그렇게 이 년을 지냈어."

"전공이 뭐였니?"

"사회복지학과야. 나중에 복지사가 되면 좋을 것 같아서."

"근데 일을 해주는데 어떻게 무보수니?"

"먹여주고 재워줬잖아. 거기다 작긴 해도 창고를 개조한 독방을 썼으니까."

"그럼…… 학비나 용돈은?"

"따로 받는 데가 있었어."

거기에서 연지는 이야기를 멈췄다. 그녀는 늘 그런 식으로 감춰둔 상자에서 그날 치 이야기를 꺼냈고, 초코파이 하나를 천천히 다 먹는 동안의 분량이었다. 은설은 궁금했지만 연지 스스로 이야기를 하지 않는다면 따져 묻지 않았다.

은설은 살아오는 동안 돈이 궁했던 적이 별로 없었다. 중산층으로 고만고만하게 살아가던 부모는 자식들 교육에 열성을 다했고, 특히 삼 남매 중 막내이자 외딸인 은설에게 용돈을 아끼지 않았다.

호주 이민자와 결혼한 큰오빠의 권유로 부모까지 터전을 정리하여 호주로 떠나자 갓 대학에 입학했던 은설과 군 복무 중이던 작은오빠만 한국에 덜렁 남았다. 그때 잠시 돈의 중요성을 깨달았다고나 할까. 부모에게 타서 썼던 용돈을 목돈으로 받아 스스로 관리하는 일은 여러모로 신경 쓰였다. 작은오빠가 제대한 뒤로는 더 골치가 아팠다. 새언니의 약사 자격증을 내세워 시드니에서 약국을 차린 부모는 두 달에 한 번씩 돈을 부쳐왔다. 시행착오로 생활비를 너무 일찍 바닥내는 바람에 은설은 난생처음 궁핍함을 경험했다. 이후 돈에 대한 개념이 바뀌어 허튼 낭비를 줄였으며, 저축의 중요성을 깨달았다.

이틀 뒤 겨울 방으로 찾아온 연지는 지난번 이야기의 후속편을 풀어냈다.

"방통대는 학비가 싸잖아. 그리고 용돈이라면서 주긴 했는데, 필요한 것 좀 사고 나면 남는 것도 없어. 저축은 꿈도 꿀 수 없지 뭐."

그러고는 초코파이 한 입을 베어 물고 팩에 꽂은 빨대로 우유 한 모금을 빨아올렸다.

"나한테 후원자가 있었기 때문에 그 사람한테 학비랑 용돈을 받을 수 있었던 거야. 그걸 원장님은 알고 있었거든. 근데……"

연지는 거기까지 말하고 잠시 뜸을 들이는가 싶더니 얼굴을 찡그리며 말을 이었다.

"그 사람이 날 여기 처넣었어."
"그 사람?"
"응, 그 후원자 말이야."

은설은 연지의 뒷이야기를 기다렸으나 한동안 침묵만 흘렀다.

그러다가 야금야금 먹던 초코파이 마지막 조각을 입에 넣고 오물오물 씹다 넘긴 뒤에야 한 번 더 입을 열었다. 말하는 연지의 눈에 설핏 살기가 스쳐갔다.

"나쁜 새끼, 죽여 버리고 싶어."

다음날, 연지는 세라믹 변기 뚜껑으로 간호사실 유리창을 깨부쉈고, 최 주임에게 멱살이 잡혀 ICU로 끌려갔다. 사흘을 감금되었다 나온 연지가 입을 다시 연 것은 그녀가 삭발한 다음날 저녁이었다.

연지는 삭발한 그날도 저녁을 먹으러 식당에 오지 않았다. 그녀가 ICU에 들어간 날부터 일주일이 되도록 먹는 걸 제대로 보지 못한 은설은 걱정이 이만저만이 아니었다.

은설은 연지가 똬리를 튼 하늘 방으로 갔다. 저녁식사를 끝낸 환자들은 몸을 씻거나 잡담을 하거나 식당에 남아 바둑으로 알까기를 했고, 일부는 각자의 방에서 드라마를 보는 시간이었다.

병실 문은 모두가 잠든 밤 시간을 제외하고 늘 활짝 열려 있었다. 하늘 방도 예외는 아니었지만, 연지가 ICU에서 나온 뒤로 문을 30센티미터쯤 열어두었다. 연지와 방을 나눠 쓰는 환자들의 배려였거나 또는 간호사 세 명 중 가장 인정 많은 신 간호사의 배려였는지도 모른다.

은설은 열린 문틈으로 연지를 찾았다. 그런데 연지가 보이지 않았다. 은설은 문 안으로 몸을 밀어 넣었다. 그러자 바로 오른쪽 벽에 이불로 몸을 말고 누운 연지가 있었다. 창이 있는 안쪽에 자리를 깔고 누웠던 연지가 언제 자리를 바꾸었는지 문 입구 벽 쪽으로 옮겨와 있었다.

어지간해서는 입원 중에 ICU에 들어가는 경우가 드물었다. 병원에 처음 들어온 사람은 거의 예외 없이 집중치료실을 거쳐 입원하는 것이 수순이었다. 거기에서 보내는 시간 동안, 일반인에서 정신병원 환자라는 꼬리표를 달게 되었다. 은설의 눈에는 환자여서 들어온 사람보다 들어와서 환자가 된 사람이 더 많아 보였다. 그것은 은설도 예외가 아니었다.

"연지야."

은설은 나지막하게 연지를 불렀다.

잠들었을까, 연지는 꿈쩍도 하지 않았다. 그렇지만 은설은 연지가 깨어 있을 거라 생각했다.

"연지야, 배고프면 언제라도 우리 방에 와."

그 말을 남기고 은설은 자기 방으로 돌아갔다.

다음날, 연지가 겨울 방으로 왔다. 그때 현자와 수정은 드라마에 빠져 있었고, 은설은 병원에 비치된 몇 안 되는 책을 아껴가며 읽던 중이었다.

연지는 문밖에서 배꼼이 고개를 반만 내밀고 은설을 불렀다. 그녀는 핏기라고는 없는 창백한 얼굴에 기름기 하나 없는 살가죽만 입혀놓은 종이인형 같았다. 삭발한 연지의 머리가 너무도 앙상하고 시려 보였다.

"언니…… 먹을 거 있어?"

잔뜩 주눅 든 목소리로 연지가 물었다.

드라마를 보던 두 의자매는 불에 덴 사람처럼 텔레비전을 끄고는 후다닥 뒤로 물러나 앉았다.

"연지 왔구나, 어서 들어와."

은설은 책을 덮고 사물함에서 귤과 연지가 좋아하는 초코파이에 멸균우유 한 팩을 꺼냈다. 그러자 수정도 마지못해 엉거주춤 일어나 사물함에서 찐 고구마 몇 개를 꺼내 자리로 돌아와 앉았다. 현자는 비스킷과 아껴 마시던 주스까지 내놓았다. 한껏 위축되어 있던 연지의 표정이 조금씩 녹아내렸다.

07

꽁이비행기

S# 20 — 광장 (오후)

식당에서 옮겨온 식탁 3개를 붙여 만든 긴 테이블 위에 색색의 색종이가 흩어져 있다.

설하를 비롯하여 다섯 명의 환자는 도안 책자를 앞에 두고 종이접기에 집중해 있고, 다른 쪽에는 십억소녀를 비롯하여 스케치북에 수채화를 그리는 환자 넷이 있다.

테이블 맨 끝에서 혼자 열심히 퍼즐을 맞추는 주영이 보인다.

설하는 나비를 접고, 수정은 설하 옆자리에 앉아 학을 접는 중이다.

수정	중학생 때 엄청 접었었는데, 지금은 다 까먹어서 도안을 봐도 어렵네요. 머리까지 굳었나 봐요.
설하	금방 익숙해질 거야.
수정	언니는 왜 나비만 접어요? 그 뒤에 개구리도 있는데……
설하	(멋쩍게 웃으며) 그냥 시간 때우는 거지 뭐.

수정	(울적한 표정 짓고) 하긴, 이거라도 하면 시간이 후딱 가니까요. (접은 종이학을 날리는 시늉을 하며 혼잣말처럼) 천 마리 접기 전에 여길 나갈 수 있을까?
설하	(한숨을 내쉬고) 당연히 그래야지. 근데, 학을 천 마리 접으려면 얼마나 걸릴까?
수정	글쎄요. (잠시 생각하다가 기운이 빠져서) 천 마리는 무리예요. 백 개 접는 것도 한참 걸릴 것 같아요.

살며시 설하에게 다가가 그녀의 어깨 위에 손을 조심스럽게 얹는 연우.
설하는 흠칫 놀라 고개 들어 뒤돌아본다.

설하	아, 연우 왔구나.
연우	언니, 이거 재밌어?
설하	음…… 재미로 하는 건 아니지만 그래도 할 만해. 너도 해볼래?
연우	그럴까? (수정을 보며) 저기, 자리 바꿔주면 안 돼?
수정	(연우를 쳐다보며 퉁명스럽게) 싫어. (맞은편 빈자리를 턱짓으로 가리키며) 저쪽에 가서 앉으면 되잖아.
연우	난 설하 언니 옆에 앉고 싶어.
수정	자리가 왜 중요해? 종이나 잘 접으면 됐지. 아님 너도 일찍 와서 자리를 잡든가 했어야지.
연우	맞아 자리가 왜 중요하겠어. 그러니까 수정 언니가 저 앞

에 앉아도 되잖아.

수정은 연우를 아주 불쾌하게 쳐다본다.

S# 21 ─ 봄 방 (오후)

환자 10명이 기거하는 넓고 길쭉한 방 안쪽에서 달룡아재, 충림, 쓰레빠와 꽁지머리가 접은 담요 주변에 모여 앉아 고스톱을 치고, 기타쟁이와 성우는 달룡아재와 쓰레빠 뒤에 각각 앉아서 훈수를 둔다.

> **달룡아재** (양 입꼬리를 축 늘어뜨리며 화투판을 쳐다보다가) 먹을 끼 와
> 이리 없노. 옜다, 내준다. 아무나 무라.

달룡아재는 매조 피를 툭 던지고 30퍼센트쯤 쌓여 있는 화투장 맨 위를 뒤집어 흑싸리 초단이 나오자 판에 깔린 흑싸리 쭉정이를 가져간다.

> **쓰레빠** (매조 피를 보며) 이게 왜 이제 나왔을까…… (자기 손에 들린
> 화투짝들을 실눈 뜨고 보며 음흉스러운 미소를 짓고) 먹으라고
> 하니 먹어드려야지요.

성우는 고개를 쭉 빼서 쓰레빠의 손에 들린 화투짝들을 본다.

달룡아재가 내놓은 매조 피 위에 매조 홍단을 힘껏 내리치는 쓰레빠, 그러고는 히죽거리며 쌓아놓은 맨 위 화투를 뒤집는다.

쓰레빠를 제외하고 달룡아재를 비롯하여 나머지 사람들 모두 배꼽 잡고 웃는다.

울상이 된 쓰레빠의 손에는 매조 피가 들려 있다.

성우　　(낄낄거리고) 쌌네. 그럴 것 같더라고요.

쓰레빠　(성질 팍 내며) 야, 훈수를 두려면 제대로 둬야지 왜 입 닥치고 있다가 지랄이야?

성우　　훈수 둔다고 뭐라 할 때는 언젠데요?

다음 차례가 된 충림은 헛손질만 하여 입이 쑥 나오고, 그 뒤를 이어 꽁지머리는 단풍 청단으로 단풍 피를 가져간다.

흐뭇한 미소를 지으며 화투짝을 쫙 소리 나게 내리치는 달룡아재.

세 장이 포개진 매조 패들 위에 달룡아재가 내리친 화투에는 붉은 매화와 휘파람새 한 마리가 그려져 있다.

S# 22 ― 광장 (오후)

종이접기와 그림 그리기에 몰두한 환자들.

설하 옆에 앉은 연우는 종이배를 세 개째 접는 중이다.

수정은 건너편에 앉아 불만 찬 얼굴로 학을 접고 있다.

통제구역에서 나와 종이를 접는 환자들 쪽으로 유유히 걸어오던 김 간호사는 설하와 연우 사이에서 멈춰 선다.

인기척에 뒤돌아보는 설하는 김 간호사와 눈이 마주치자 마지못해 미소를 짓는다.

반면 표정이 어두워지고 고개를 더 떨구는 연우, 종이 접는 손놀림이 느려진다.

<blockquote>

김간호사　색종이 아깝게 겨우 종이배나 접다니······ (연우의 어깨에 손을 얹고) 왜, 접기 싫어?

연우　(발끈하며) 신경 끄세요.

김간호사　허, 기가 막혀. 어른한테 말하는 꼬라지 좀 봐. 네 나이 또래 되는 아들이 있다고. 넌 그 못돼 먹은 말버릇부터 고쳐야 돼.

연우　내가 뭘 하든 간섭하지 마시라고요.

김간호사　이러니 문제라는 거야. 신경 써줘도 반항을 하니······

연우　(어깨에 올려놓은 김 간호사의 손을 떨치며 짜증스럽게) 손 치우세요.

</blockquote>

종이접기를 하던 환자들과 수채화를 그리던 환자들은 잔뜩 주눅든 얼굴로 김 간호사를 흘깃흘깃 훔쳐본다.

<blockquote>

김간호사　자꾸 이런 식으로 나오면 육 개월이 아니라 일 년 뒤에도

</blockquote>

넌 여기서 못 나가.

연우는 자리에서 벌떡 일어나며 '악' 소리를 지른다.
놀란 환자들은 하던 일을 멈추고 겁먹은 얼굴로 연우를 쳐다본다.
퍼즐을 맞추던 주영은 울먹이기 시작한다.
자리에서 일어나 김 간호사를 향해 돌아서는 설하.

   설하   저기요…… 연우가 종이접길 하잖아요. 그냥 내버려 두
           면 좋겠어요.
   김간호사 (설하를 불쾌하게 쳐다보며) 윤설하 씨까지 날 나쁜 사람 취
           급하네요.
   설하   그게 아니라요. 아직 연우 마음이 편하지 않으니까 자극
           을 주지 말자는 부탁이에요.
   김간호사 (히쭉 웃으며) 마음 써주는 것도 자극이라고 하니 할 말이
           없네. (연우의 등을 손가락으로 콕 찌르며) 너, 조심해. 또 한
           번 소란을 피웠다간 아이시유에 들어가서 더 오래 반성
           하게 될 테니까.

더 크게 울부짖으며 앞에 있는 색종이와 접어둔 종이배를 마구 찢
는 연우.
마침내 주영은 큰소리로 울기 시작한다.

S# 23 — 봄 방 (오후)

담요 위에 가지런히 널려 있는 화투 패들.
달룡아재 앞에 놓인 화투짝 수가 월등히 많다.
반면 쓰레빠의 것이 제일 적고, 그다음이 충림과 꽁지머리 순이다.

> **달룡아재** (충림의 화투짝을 세며) 어디 보자…… 니는 믹스커피 두 개
> 면 됐고.
>
> **충림** (아쉽다는 표정으로) 아까 창포 초단을 먹었어야 했는데, 아
> 이 아까워.
>
> **쓰레빠** (뒤로 벌러덩 누우며) 에이 씨바, 다 꼴았네.
>
> **달룡아재** (쓰레빠의 화투짝을 세며) 보자, 니는 광박에 피박에 쓰리고
> 에…… 이기 얼마고. 담배 두 까치에 믹스커피가 세 개에
> 어디 보자 또……

달룡아재가 쓰레빠의 점수를 계산하는데 밖에서 연우의 악쓰는
소리가 들린다.
화투판 주위에 모여 있던 환자들, 놀라 입을 쩍 벌린 채 문 쪽으로
일제히 머리가 돌아간다.

> **꽁지머리** (심각하게) 연우 소리 같은데……
>
> **달룡아재** (더 심각하게) 쟈가 또 일냈나?

기타쟁이와 충림이 벌떡 일어나서 밖으로 달려 나간다.

달룽아재가 그 뒤를 이어 방을 나가다 말고 갑자기 뒤를 돌아본다.

달룽아재의 뒤를 따라가던 성우, 꽁지머리 그리고 쓰레빠는 그대로 멈춰 선다.

> **달룽아재**   아직 계산 안 끝났으이까네 아무도 화투 건드리지 마라.
> 알았제? 내 경고했데이.

달룽아재가 방을 나가자마자 따라 나가려던 쓰레빠, 뒤돌아서 화투판을 마구 흩뜨려버린 뒤 후다닥 뛰쳐나간다.

S# 24 ─ 식당 (저녁)

주방 앞 철제 테이블 위에 식판이 세 줄로 쌓여 있다.

듬성듬성 빈자리가 많은 식당 내부.

한 식탁에 둘러앉아 식사를 거의 다 마친 달룽아재와 기타쟁이, 꽁지머리, 첫사랑.

그들이 차지한 식탁 하나 건너 자리에 덕상할배와 민제씨가 천천히 밥을 먹고 있다.

> **달룽아재**   (주위를 휘둘러본 뒤) 다들 여서 나가고 싶제?
> **첫사랑**   밥 다 먹었으면 나가야지 계속 식당에 있으려고요?

기타쟁이 (혀를 차며) 저렇게 눈치가 없다니까.

첫사랑 내가 뭘?

달룡아재 첫사랑아, 니는 퇴원 안 하고 여 계속 있고 싶나?

첫사랑 (잠시 생각하다가) 설마…… (목소리 낮추고) 도망가시게?

꽁지머리 어허, 도망이 뭐야 도망이. 탈출이라고 하는 거지.

달룡아재 어허, 탈출이 뭐꼬. 자진퇴원이라고 해야제.

첫사랑 (발끈하며) 난 싫어요. 첫사랑이 날 찾으러 올 때까지 기다
릴 거예요.

기타쟁이 언제는 내가 첫사랑이라며?

달룡아재 니만 그런 줄 아나, 초창기 때는 내도 첫사랑이었다꼬.

꽁지머리 덕상할배만 빼고 남자들은 다 첫사랑이지 뭐. 안 그래 첫
사랑?

첫사랑 (입을 삐죽 내밀고) 치, 오빠는 이제 첫사랑 아니거든. 기타
쟁이 오빠는 보류 중이지만.

기타쟁이 하이고, 눈물 나게 고맙다. (목소리 낮게 깔고) 그나저나 달
룡아재 계획은 어떤 건데요?

달룡아재 기다려 봐라. 내가 생각하고 있는 기 있다.

첫사랑 (심각하게) 그게 뭔데요?

민제씨가 깨끗이 비운 식판을 철제 테이블에 올려놓은 뒤, 달룡아
재 무리가 앉아 있는 식탁 쪽으로 다가온다.

달룡아재 (낮고 빠르게) 다들 조용히 하그라.

꽁지머리   (민제씨를 향해) 아줌마 밥 다 먹었어?

민제씨   (꽁지머리를 째려보며) 난 아줌마가 아니라니까. 난 미스야. 미스. 이름 뒤에 꼭 씨자를 붙여서 부르라고 몇 번을 말했어?

꽁지머리   (말을 길게 늘이며) 알았어유우우, 민제씨이이.

민제씨   (네 사람을 훑어보며) 근데 좀 전에 무슨 얘기들 했어?

달룽아재   아무 얘기 안 했다.

민제씨   다 들었어. 나간다 어쩐다 했잖아.

첫사랑   아 그거. 있잖아요, 우리……

달룽아재   (의자 밑으로 발을 뻗어 첫사랑의 정강이를 툭툭 치고) 아 그거, 우리 식당에서 나가서 고스톱 치자고 했는기라. 와, 민제씨도 끼아주까?

민제씨   (입을 삐죽 내밀고) 난 그런 거 절대 안 해. 도박은 나쁜 거야. 흥, 별말도 아니네 뭐. 실컷 얘기들 해.

기타쟁이   암, 그렇지. 이대 나온 사람은 고스톱 같은 건 안 해야지. 그건 나쁜 거 맞아요.

고개를 바짝 쳐들고 의기양양하게 식당을 나가는 민제씨.
달룽아재를 비롯하여 모두 가슴을 쓸어내리며 안도의 한숨을 쉰다.

08
은설

남자 환자들이 고스톱을 치는 건 자주 있는 일이었다. 은설은 얘기만 들었지 직접 보지는 못했었다. 연지도 그랬을 텐데, 그런 얘기까지 상욱에게 다 했었나 보다.

영화 속 연우는 연지이면서 또 연지가 아니었다. 은설이 설하이면서 설하가 아닌 것처럼. 그녀가 알던 연지는 영화 속에서 연우로 이름을 갈아입은 같은 사람이었으나 무척 낯설게 느껴졌다. 은설이 어느 정도 안다고 생각했던 연지가 실제는 은설 자신이 만든, 믿고 싶은 허상이었는지도 몰랐다.

연지에게 들은 이야기에 상상력을 총동원해서 만든 영화라면, 은설은 상욱에게 박수를 보내고 싶었다. 그러나 상욱이 영화에 채워 넣을 수 없었던 것이 있었다. 그것은 실제 은설이 했던 생각과 느꼈던 감정이었다. 그래서일까, 그녀는 영화 속 주인공은 설하가 아니라 연우라고 생각했다.

***

　일요일에 있는 특활 프로그램을 제외하면 제한된 공간에서 소일거리 찾기란 어려웠다. 특히 신입 환자들에게는 무료함을 달래는 것이 가장 큰 고민이었다. 병원에 비치된 도서들은 그다지 읽을 만한 책이 없었다. 그나마 괜찮다 싶은 것은 은설이 오래전에 읽었던 것들이었다.

　병원 생활에 길들여진 환자들은 고민이 없는 듯했다. 습관이 되어버린 무료함은 아침저녁으로 식사 후 배급되는 약물 때문에 무기력으로 치환되었다. 기상시간에 일어나 체조하고 아침 먹고 약 먹고 휴식하고, 약물에 취해 마치 좀비처럼 흐느적거리며 복도 양끝을 반복해서 걸었다. 점심 먹고 다시 쉬고, 저녁 먹고 약 먹고 또 잠들었다. 변하지 않는, 변할 수 없는 일상 중간중간에 잡담이나 잡기로 시간을 보냈다. 다들 거기에 불만이 없어 보였다. 불만이 있다 한들 퇴원하지 않는 다음에야 해결책이 없었다. 연지처럼 불만을 터뜨렸다가는 ICU로 끌려가는 것이 고작이었다. 그러니 병원 규칙이 아무리 부당해도 거기에 굴복하여 익숙해지는 쪽을 택했는지도 몰랐다.

　은설은 환자들에게 배당되는 약 종류가 별 차이 없이 엇비슷하다는 것을 이상하게 여겼다. 약을 먹은 후 대부분의 환자들은 눈에 초점을 잃었고 더러 침을 흘렸으며 무기력 상태에 빠져들었다. 종일 누워서 지내는 경우도 왕왕 있었다.

　탈의실 감시카메라 사건 뒤로 은설은 그 무엇 하나 자신의 뜻을

관철시킬 수 없었다. 전화 통화는 입원 3주가 지나야 가능하고, 3주가 지났어도 직접 가족에게 연락할 수 없었다. 병원 측에서 가족에서 먼저 연락하여 통화 여부를 확인한 뒤에 날짜와 시간을 정했다. 그 날짜와 시간이 되면 간호사실 옆 통제구역 문이 열리고, 통화 당사자가 들어가면 간호사는 안에서 문을 잠갔다.

통제구역 안으로 들어서면 4미터 길이의 복도가 보였다. 왼쪽에는 간호사실로 들어가는 문이 있고 오른쪽에는 모든 환자가 두려워하는 ICU가 있었다. 복도 끝에 난 문을 열면 이 병원 주인인 나용대가 환자를 상대하는 제법 아늑하고 너른 진료실이 나왔다. 진료실 왼쪽 문을 열면 외래환자가 접수하고 기다리는 대기실이 있고, 오른쪽 문, 그러니까 원장의 책상 뒤로 난 문은 나용대 전용 방으로 통했다. 입원환자들은 그곳을 밀실이라 불렀다. 나용대는 가끔 집으로 돌아가지 않고 밀실에서 밤을 보냈다. 돌아다니는 소문에 의하면, 나 원장은 종종 그곳으로 외부 손님을 초대해서 고급 위스키를 마시며 포커를 친다고 했다. 아마도 최 주임이 바둑 상대인 김달룡 씨에게 말한 것이 그대로 퍼졌거나 와전되었을 확률이 높았다.

입원실에서 철문으로 된 통제구역을 통과하고, 거기서 다시 철문으로 된 진료실을 지나 왼쪽에 난 대기실로 통하는 문을 연 뒤, '무지개 정신건강의학과'라는 실버 메탈의 고급스러운 현판이 붙은 마지막 문까지 열었을 때, 사실상 그곳까지 당도해야 세상과 이어질 수 있었다. 열쇠가 없으면 열 수 없는 문이 첩첩이었고, 입원실에서부터 바깥세상까지의 거리는 아득히 멀었다.

그러니 세상과 연결되는 유일한 끈은 전화뿐이었다. 통제구역 내 복도 중간 벽에 붙어 있는 수신만 가능한 전화로 통화를 했다. 그 시간도 5분을 넘길 수 없었다. 노심초사하며 지정된 날짜와 시간을 기다렸으나 가족의 사정으로 연결이 되지 않는 경우가 있었다. 그럴 때는 세상의 종말을 맞은 듯한 환자의 붉어진 눈을 마주치곤 했다. 그런 환자는 방에 틀어박혀 이불을 뒤집어쓰기 일쑤였고 한두 끼니를 굶는 것도 다반사였다.

강제 입원을 당한 후 3주를 채우지 못한 은설은 그 누구와도 통화할 수 없었다. 직계가족이래야 작은오빠를 제외한 모두가 호주에 있고, 대기업 사원인 작은오빠의 말에 의하면, 그는 대한민국에서 제일 바쁜 사람이었다. 까닭에 은설에게 전화 통화란 이루어질 수 없는 꿈처럼 느껴졌다.

게다가 그녀는 감시카메라를 당장 철거하라며 인권유린까지 들먹이면서 강력하게 항의한 뒤로 나용대 원장의 눈에 가시가 되어버렸다. 그는 쉽게 은설을 세상 속으로 돌려줄 마음이 없었다.

"전 여기 있어야 할 이유가 없어요."

일주일에 한 번 있는 원장과의 면담시간에 은설은 단호하게 말했다.

"환자들은 대개 그렇게 말하죠. 하지만 여기 있어야 할 이유가 있기 때문에 있는 겁니다, 고은설 씨."

나용대 원장은 느끼한 미소를 지으며 나긋하게 말했다.

"잠깐 스쳐가는 우울이었고 실수를 했던 것뿐이라고요. 전 환자가 아니란 말이에요. 이렇게 오래 입원할 이유가 없어요. 왜 오빠와 연락을 못 하게 하는지도 이해가 안 되고요."

"자살기도는 실수로 하는 게 아니지요. 그건 심각한 우울증의 결과이고요. 그리고 규칙상 가족과의 전화 통화는 삼 주가 지나야 가능합니다, 고은설 씨"

"전 자살기도를 했던 게 아니에요. 좀 전에도 말했듯이 그날 잠시 우울했었고, 술을 많이 마셨던 것뿐이에요. 그걸 오해하고 친구가 신고했던 거라고요."

"일단 입원했으니 조금 더 지켜보도록 하지요. 우울증을 판단하는 건 환자 본인이 아니라 전문의가 하는 거니까요. 이해하겠죠, 고은설 씨?"

말끝마다 이름을 붙이는 나용대 원장은 말이 통할 사람이 아니었고, 상담이라는 걸 할수록 은설을 더 분노하게 만들었다. 은설은 속에서 치미는 말을 하고 싶었지만 참았다. 병든 인간은 내가 아니라 환자를 돈으로 보는 당신이라고, 병원의 규칙 따위는 개한테나 주라며 소리치고 싶었다.

모두가 '덕상할배'라고 부르는 남덕상 씨는 여든 살을 바라보는 노인이었다. 중증치매로 요양원에 있어야 할 그가 장기입원

환자로 정신병원에 있었다. 은설이 병원에 들어올 무렵부터 증세가 심해져 배변을 가리지 못할 지경이 되었다. 그의 잦은 실수로 '산 방'을 함께 쓰는 환자들은 고역이었다. 쉽게 빠져나가지 않는 냄새는 물론이고 그를 샤워장으로 데려가서 씻기는 수고까지 겹쳤다.

그 일을 주로 여름 방 환자인 정원석이 나서서 해결했다. 환자들 사이에서 '마당쇠'로 불리는 그는 과묵했고, 식당에 있는 식탁들을 옮긴다거나 광장에 탁구대를 설치하는 등, 힘쓰는 일에 빠짐없이 동원되었다. 그럼에도 그의 입에서 불만 섞인 소리를 들은 사람은 아무도 없었다.

은설은 몇몇을 제외한 환자들의 이야기를 듣다 보면 그들이 왜 이곳에 있어야 하는지 미심스러웠다. 그녀가 바깥세상에서 만났던 사람들보다 더 정상으로 여겨졌다. 그녀가 경험한 정신병원은 병을 치유하기보다 방치하는 곳이라는 느낌이 강했다. 가족과 사회로부터 비정상으로 분류된 사람들이 이곳에 격리되었다. 분류의 기준은 다분히 주관적이었고 모호했다. 정신병원은 수용소이자 수인번호만 안 달았을 뿐 감옥과 매한가지였다. 은설의 생각은 그랬다.

은설은 하루 두 번 규칙적으로 복용하던 약을 버리기 시작했다.

약을 배급하는 시간이 되면 간호사 실에서 방송이 흘러나왔고, 환자들은 각자의 방에서 순서를 기다렸다. 바다 방부터 시작하여 하늘 방까지 간호사 두 명, 또는 간호사 한 사람과 최 주임, 가끔은 최 주임 자리에 외래 진료실에서 근무하는 장 실장이 입회하여 환자들에게 약을 나눠줬다.

환자들은 두세 종류 되는 약을 입에 넣고 물을 마신 뒤 입을 크게 벌려 약을 삼켰다는 걸 간호사에게 확인시켜줘야 했다.

은설은 약을 입에 넣고 물컵을 들어 입술까지 가져가는 동안, 그 짧은 시간에 약 두 알을 티가 나지 않게 혀 밑으로 굴려 넣었다. 그러고는 물 한 모금 꿀꺽 넘긴 뒤 간호사에게 보란 듯이 입을 크게 벌리고 혀까지 살짝 내밀었다.

약을 버리기 시작한 뒤로 은설은 무력감에서 벗어났다. 그렇다고 그런 일을 누구에게도 말할 수 없었다. 자칫 누군가가 신고라도 하면 다시 약을 삼켜야 할 것이고, ICU에 감금될지도 모를 일이었다. 게다가 그곳에서 영혼을 야금야금 갉아먹는 성분을 알 수 없는 주사를 맞을지 누가 알겠나.

은설은 새끼 작가라는 직업에 불만이 없었다. 그렇다고 즐거워서 하는 일은 아니었다. 특별히 하고 싶은 것도, 그보다 더 잘할 자신이 있는 일도 없었기 때문이었다. 더러 대사 처리를 잘했다고 칭찬받으면 기뻤고, 원고가 늦다고 핀잔맞으면 기죽긴 했어도 그런 일은 드물었다. 그러니 대충 만족하며 자기 일을 묵묵히 해왔다.

호주로 떠난 가족은 여러 차례 은설을 불렀으나 그녀는 낯선 땅에서 살고 싶은 마음이 추호도 없었다. 이리저리 생각해 봐도 그녀가 그곳에서 할 수 있는 일이 별로 없기도 했지만, 무엇보다 하고 싶은 일이 없었다.

작은오빠는 군 복무를 마친 뒤 복학했고, 졸업 후 대기업에 취직했다. 그도 역시 한국을 떠날 마음이 없었다. 대학을 졸업하고 은설은 방송국 라디오 부문 구성작가로 취업했다. 그러다가 몇 년후 어찌어찌하여 유명 드라마 작가 밑으로 들어가 대필 작가, 즉 그 바닥에서 흔히 하는 말로 새끼 작가가 되었다.

부모가 이민을 간 후, 은설은 호주에 세 번 다녀왔고, 부모의 고국방문은 두 번 있었다. 한 번은 은설이 대학을 졸업할 때였고, 다른 한 번은 작은오빠가 결혼할 때였다.

어느새 서른세 해를 산 은설은 유감스럽게도 정신병원에 갇힌 신세가 되고 말았다. 호주에 있는 가족은 처음 한 달 동안 이 사실을 알지 못했다. 은설이 금방 퇴원할 거라 생각한 작은오빠는 비밀에 부쳤다. 그렇다고 작은오빠가 은설을 이곳으로 보낸 것은 아니었다. 은설이 병원에 들어오게 된 이유는 몇 안 되는 친구 중에 그나마 가장 친하다면 친한 친구 때문이었다.

사람이라면 누구나 한 번쯤 하는 생각이 있다. 예를 들면, 삶이 지겹도록 퍽퍽하거나, 견뎌내기 무겁다거나, 미칠 정도로 따분하고 싫어진다거나, 그래서 죽으면 어떨까 하는 그런 생각 말이다. 은설은 병원으로 이송되기 전에 그런 생각을 조금 더 자주 했을 뿐이었다.

단조로운 일상이 왠지 역겹고 정신없이 바쁜 와중에도 버릇없이 찾아드는 무료함에 짓눌릴 것 같은 때가 있었다. 때마침 유명 드라마 작가의 잦은 히스테리를 군소리 없이 받아줄 수밖에 없었던 상황이 은설에게 극심한 스트레스가 되었다. 그렇다고 풀 수 있는 대상도 풀 줄 아는 방법도 찾지 못했다.

까닭에 은설은 저 혼자 집에서 술을 마셨다. 평소 그녀는 술을 잘 마시지 않았고, 마셔도 주량이 적었다. 기껏해야 맥주 한두 캔이었고, 드라마 종영 뒤에 따르는 뒤풀이에서도 와인 두세 잔이면 취기가 올라와서 더는 마시지 않았다. 그랬던 그녀가 무슨 바람이 불어 소주 세 병과 안주로 맥반석 오징어를 사 와서 처량맞게 혼자 술 파티를 벌였다.

은설은 그것이 화근이 될 줄 꿈에도 몰랐다. 소주 세 병을 다 비워갈 때쯤 시작된 구토는 그녀의 위장을 뒤집어 놓았다. 진짜로 죽을 것 같았다. 화장실 바닥에 퍼질러 앉아 위액까지 게워내며 엉엉 소리 내어 울었다. 어찌 됐든 그녀는 죽지 않았고, 극심한 고통만 덩그러니 남았다. 거기서 멈춰야 했다.

은설은 가장 가깝다고 생각한 친구에게 전화를 걸어 비통한 신세를 넋두리했다. 죽고 싶은 마음에 술을 제법 많이 마셨다는 소리까지 하고 말았다. 친구는 생전 안 하던 짓을 한 은설이 극단적인 선택을 할지도 모른다고 판단했다. 친구는 형사인 오빠에게 연락했고, 친구 오빠는 은설이 살고 있는 오피스텔 관할 경찰서에 연락을 했으며, 관할 경찰 형사는 사설 구급차를 이끌고 은설에게 왔다. 형사와 사설 구급요원이 억지로 문을 따고 들어왔을 때, 은설은 잠들어 있었다. 사설 구급차는 일반 병원이 아닌 이곳 정신병원에 술 취해 잠든 은설을 부려놓고 떠났다.

이튿날, 경찰과 나용대 원장은 은설의 작은오빠에게 각각 연락했다. 고은설이 심각한 우울증을 앓고 있으며 극단적 선택을 시도

하려 했으므로 얼마간 병원에 입원하여 치료를 받아야 한다고 통보했다.

은설은 후회했다. 히스테리를 부리던 유명 드라마 작가의 말과 행동을 평소처럼 한 귀로 듣고 한 귀로 흘렸다면 이런 일은 없었겠지. 아니다, 설령 그 일로 자신이 심한 스트레스를 받았지만 집에 올 때 소주를 사 오지 않았더라면 이런 일이 없었을 게다. 아니다, 소주를 마셨고 구토하며 엉엉 울었어도 친구에게 전화하지 않았다면 이런 일은 일어나지 않았을 거다. 아니다, 형사와 구급요원이 왔을 때 잠들지만 않았어도 이런 일은 겪지 않았을 것이다. 온갖 후회가 얼키설키 일어났다.

그러다 은설은 후회를 단념했다. 이런 일은 우연히 일어난 것 같지만, 실상은 피해 갈 수 없는 운명이라고 생각을 고쳤다. 그렇게라도 하지 않으면 은설은 견뎌낼 자신이 없었다. 무지개 정신병원의 기준으로 보면, 심심찮게 히스테리를 부리는 유명 드라마 작가 같은 사람이 이런 곳에서 치료를 받아야 할 환자였다. 그런 그녀가 바깥세상에서는 부러움의 대상으로 군림하고 있었다.

은설은 그동안 자신이 세상 속에서 얼마나 편안하고 자유로운 생활을 누렸는지 깨달았다. 정신병원에서는 감히 상상할 수 없는 호사가 저 멀리 반대편에 있었다.

09

꽁이비행기

S # 25 ─ 식당과 화장실 사이 복도 (늦은 저녁)

화장실에서 시작된 연기가 식당 쪽으로 서서히 흘러나온다.
식당 맞은편에 있는 남자 샤워장에서 나오던 성우가 얼굴을 찌푸리며 코를 벌렁거린다.
유정이 수건으로 머리를 털며 여자 샤워장에서 나온다.

성우 (유정을 보며) 유정아, 이상한 냄새 안 나?

유정 (코를 킁킁대며) 어, 뭐가 타는 것 같은데?

성우 그렇지?

두 사람이 동시에 화장실 쪽으로 고개를 돌린다.
더 많은 연기가 화장실에서 흘러나온다.

S# 26 — 광장 (늦은 저녁)

(E) 비상벨 소리가 요란스럽게 울린다.

간호사실 앞에 모여 우왕좌왕하는 56명의 환자들.

간호사실 옆 통제구역 문이 열리고 부리나케 나오는 신 간호사와 최 주임.

최 주임은 환자들 사이를 비집고 식당 쪽으로 달려간다.

통제구역 안으로 들어가려는 환자들을 막느라 진땀을 흘리는 신 간호사, 겨우 문을 닫는다.

돌아온 최 주임은 신 간호사를 향해 소리친다.

최주임   신간, 우선 환자들을 안으로 들여보내고 일일구에 신고해.

신간호사   (역시 큰소리로) 아이시유로 보낼까요?

최주임   거기는 자리가 좁아서 다 못 들어가. 원장님이 곧 오실 거니까 진료실 문을 열고 그쪽으로 일부 대피시켜. 난 소화기를 찾아볼 테니까.

최 주임은 다시 식당 쪽으로 달려간다.

신 간호사는 떨리는 손으로 주렁주렁 달린 열쇠 꾸러미에서 하나를 찾아 통제구역 문을 연다.

문이 열리자 서로 밀쳐가며 안으로 들어가는 환자들.

환자들에게 밀려 뒤로 처지는 신 간호사는 환자들에게 외친다.

신간호사　한 줄로 서서 들어가세요. 제발 질서를 지키세요.

인선　　　(신 간호사를 떠밀며) 불에 타서 죽느냐 마느냐 하는 판에
　　　　　　지금 질서 지키게 생겼어요?

달룡아재는 환자들 맨 뒤에서 마치 구경꾼처럼 느긋하게 보고
있다.

달룡아재의 팔에 매달려 동동거리며 울상이 된 유정, 고개를 뻗어
안으로 들어가는 환자들 속에서 충림을 찾는다.

여름 방 앞에 있는 성우는 바닥에 난 금을 밟지 못해 오도 가도 못
하고 쩔쩔맨다.

S# 27 ― 통제구역 안 복도, ICU (늦은 저녁)

열려 있는 ICU 안과 복도를 꽉 채운 환자들.

복도 안쪽 진료실 문에 달라붙은 꽁지머리와 기타쟁이 그리고 쓰
레빠.

복도 중간쯤에 무덤덤한 연우가 있고, 그녀 뒤에는 불안한 얼굴로
연우의 양어깨를 꽉 잡고 있는 설하가 있다.

ICU 안으로 훌쩍훌쩍 흐느끼는 민제씨와 멍한 얼굴을 한 덕상할
배가 보인다.

두 사람 곁에 있는 퍼즐은 민제씨를 보더니 갑자기 소리 내어 울
기 시작한다.

설하 뒤에 바짝 붙어 선 지수가 험악한 얼굴로 고개를 돌려 뒤에
있는 마당쇠에게 버럭 짜증을 낸다.

지수　밀지 좀 말라고.

마당쇠　내가 아아아 안 미미 밀었어.

지수　내 뒤에서 니가 밀고 있잖아.

마당쇠　(억울한) 나나 나도 뒤에서 사사사 사람들이 미미미미 미
니까 자꾸 아아아 앞으로 쏠려서 그그 그래.

지수　(마당쇠 뒤를 향해 고개 쭉 빼고) 야 이것들아, 밀지 말라고.

지수의 침 튄 얼굴을 닦는 마당쇠.
마당쇠 뒤에 있는 십억소녀에게 바짝 붙은 인선이 빽 소리친다.

인선　시끄러. 안 밀리고 싶으면 네가 맨 뒤로 가.

지수　(인상 쓰며) 네가 나보다 세 살이나 어린데 어디서 반말이
야?

인선　그러는 넌 마당쇠 오빠보다 나이도 어리면서 오빠한테
왜 반말하는데?

(E) 더욱 커진 퍼즐의 울음소리가 ICU 밖으로 흘러나온다.
마당쇠와 인선 사이에 끼인 십억소녀는 양손으로 귀를 막는다.
목을 쭉 빼서 ICU 쪽을 향해 고래고래 소리치는 인선.

인선　　야, 그만 울어. 안 그래도 미치겠는데 너 때문에 돌아버
　　　　리겠다고.

마당쇠　(뒤로 고개 반쯤 돌리며) 좀 조조조 조용히 말해.

인선　　(히죽 웃으며 팔을 뻗어 마당쇠의 어깨를 툭 치고) 미안해 오빠.

통제구역 안 복도에 빼곡히 서 있는 환자들을 겨우 헤치고 진료실
로 통하는 문을 여는 신 간호사, 머리가 마구 헝클어져 있다.
신 간호사가 문을 열자마자 부리나케 진료실 안으로 들어가는 꽁
지머리와 기타쟁이 그리고 쓰레빠.

S # 28 — 진료실 (늦은 저녁)

발 빠르게 진료실 안으로 들어온 꽁지머리와 기타쟁이 그리고 쓰
레빠는 외래환자용 대기실 쪽으로 달려가 문에 바짝 달라붙는다.

꽁지머리　원장이 문을 열면 바로 튀어 나가자고.

쓰레빠　(아래위로 훑어보며) 환자복을 입고 나가기엔 좀 그렇긴 한
　　　　데……

기타쟁이　형은 이까짓 환자복이 대수야? 여기서 무조건 탈출하는
　　　　게 중요하지.

열쇠가 찰칵 소리를 내는가 싶더니 진료실 문손잡이가 돌아간다.

쓰레빠가 문고리를 확 잡아당기자 문이 활짝 열리고, 그 바람에
밖에 있다 안으로 꼬꾸라질 뻔하는 나 원장.
기타쟁이가 나 원장을 밀치고 진료실에서 뛰쳐나간다.
그 뒤를 따라 쓰레빠와 꽁지머리도 달려간다.

S# 29 — 대기실 (늦은 저녁)

대기실 문고리를 잡아 마구 돌려보는 기타쟁이.
기타쟁이를 재끼고 쓰레빠가 문고리를 잡아 이리저리 돌려보지만
열리지 않는 문.

나원장   (몸의 중심을 잡고 근엄하게) 지금 뭐 하는 겁니까?

뒤를 돌아보는 꽁지머리와 쓰레빠 그리고 기타쟁이.
진료실 입구에 거인처럼 우뚝 서서 세 사람을 쳐다보는 나 원장.

나원장   (열쇠 꾸러미를 흔들며 미소 짓고) 내 예감이 딱 들어맞았군
　　　　　　요. 이럴 것 같아서 대기실 문도 잠갔습니다.

어이없다는 듯 서로를 쳐다보는 세 사람.
무슨 일인가 싶어 나 원장의 어깨너머를 기웃거리는 환자들이 보
인다.

꽁지머리 (바닥에 퍼질러 앉고) 에이 씨발, 이건 생각 못 했네.

S# 30 — 진료실 (오전)

나용대 원장은 볼펜 꽁지로 테이블을 천천히 계속해서 톡톡 두드린다.
태연하게 실내를 휘둘러보는 달룽아재.

나원장   (볼펜을 내려놓고) 왜 그랬어요, 김달룽 씨?

달룽아재   (생뚱맞다는 투로) 뭐가요?

나원장   (능글맞게 웃으며) 왜 이러세요, 김달룽 씨. 다 아는 사실인데.

달룽아재   (히쭉 웃고) 다 알면서 묻긴 와 묻습니꺼.

나원장   자꾸 이러면 더 길어집니다, 김달룽 씨.

달룽아재   뭐가 더 길어진다는 겁니꺼? 여 있는 시간 말씀입니꺼? 괜찮심더. 까짓거 여서 평생 살아도 됩니더. 일 안 해도 되고 그렇다고 내 돈이 드는 것도 아이고. 마누라가 돈 떨어지면 꺼내주겠지예.

나 원장과 달룽아재는 눈도 깜빡거리지 않고 마치 눈싸움하듯 서로를 쳐다본다.

나원장   (목소리를 가다듬고) 그런 분이 왜 그랬냐고요, 김달룽 씨.

달룡아재 원장님요. 원장님은 이런 곳에 갇혀서 단 하루도 살 수 없을 낍니더. 사람들이 을매나 답답할지 생각해 보셨습니꺼? 원장님 눈에는 이 사람들 중에 진짜 환자가 을매나 된다고 보십니꺼? 진짜 환자는 저 바깥에 수두룩합니더.

달룡아재는 침을 꿀꺽 삼키고, 나 원장은 무표정하게 달룡아재를 쳐다본다.

달룡아재 여서 몇 달씩 있는 젊은 사람들이 가엽드라고예. 밖에 나가서 연애도 하고 일도 하고 그래야지예. 그래서 그랬심더. 다른 이유 읎습니더. 더 들을 것도 읎고, 할 얘기도 읎으이까네 고마 지를 아이시유에 넣어주이소.

나원장 그러니까 김달룡 씨는 나갈 생각이 전혀 없었고, 다른 환자들만 내보내려고 그랬다? 그래서 맨 뒤에서 구경을 했던 거군요.

달룡아재 내 까놓고 허심탄회하게 말하겠심더. (헛기침 두어 번 하고) 처음에는 지도 여서 나갈라고 했심더. 그란데 막상 나가도 반겨줄 사람 하나 읎다 싶으이 기운이 쫘악 빠집디더. 그라고 불 낸 장본인이 마지막 상황까지 지켜봐야 되겠다 싶데예. 혹시라도 사람이 다치면 안 된다 아입니꺼. 그래서 뒤에 남은 기라예. 우쨌기나 실패작으로 끝났으이 원장님이나 나나 더 이상 힘 빼지 마입시더.

달롱아재가 자리에서 일어서자 나 원장은 잠시 뭔가를 생각하다
가 수화기를 든다.

S# 31 — 광장 (오전)

몇몇 환자들이 광장에 모여 낮은 소리로 웅성거리고 있다.
표정 없는 주 간호사 뒤를 따라 봄 방에서 나와 통제구역 쪽으로
가는 달롱아재, 광장에 있는 환자들을 향해 윙크를 하고는 손가락
으로 V자를 만든다.

충림　　　(옆에 있는 첫사랑에게 몸을 기울이며 낮게) 달롱아재가 일을
　　　　　꾸몄대. (혀를 차고) 이왕이면 성공할 것이지……

첫사랑　　(천천히 고개 끄덕거리며) 아, 그게 그거였구나.

충림　　　뭔 일 있었어?

첫사랑　　그저께 저녁밥 먹을 때 달롱아재가 물어보더라고. 여기
　　　　　서 나가고 싶냐고.

충림　　　그래서 불내기로 작당한 거야?

첫사랑　　민제씨가 오는 바람에 이야기가 끊겼지. 그래서 그 뒤는
　　　　　어떻게 됐는지 난 몰랐어.

주 간호사가 열쇠로 통제구역 문을 열자 안으로 들어가는 달롱
아재.

주 간호사도 안으로 들어가 문을 닫는다.

환자들은 각자의 방으로 돌아가고 광장에 남은 설하와 현자, 수정 그리고 연우.

수정   (한숨 쉬고) 제대로 불이 났더라면 큰일 날 뻔했네.

연우   (아쉬운 표정 짓고) 그랬더라면 더 좋았을 텐데.

수정   (눈 똥그랗게 뜨며) 미쳤니? 그랬다간 다 타죽었을 거야.

연우   여기 있는 것보단 타죽는 게 나아.

연우는 휑하니 돌아서 겨울 방으로 향하고, 설하도 뒤따라 겨울 방으로 간다.

수정   (연우의 뒤통수를 향해 불만스럽게) 쟤는 왜 맨날 우리 방에 오는 거야?

현자   (수정의 등을 툭 치고) 냅둬. 우리도 들어가서 간식이나 먹자.

S# 32 — 여름 방 (오후)

벽에 기대앉아 허탈하게 천장만 바라보는 기타쟁이와 꽁지머리, 그리고 몇몇 환자는 낮잠을 자고 있다.

쓰레빠가 슬리퍼를 팽개치듯 벗고 들어온다.

쓰레빠	(꽁지머리 앞에 앉으며) 형, 어쩌지? 달롱아재한테 너무 미안해서.
꽁지머리	그러게나 말이다.
기타쟁이	에이 씨바, 원장 새끼가 대기실 문을 잠그고 들어올 줄은 진짜 몰랐네. 얍삽한 새끼.

충림은 고개만 빼꼼 내밀고 방 안을 휘둘러보다가 슬금슬금 안으로 들어와서 쓰레빠 옆에 엉덩이를 내려놓는다.

충림	이게 다 무슨 일이래요?
쓰레빠	달롱아재가 우릴 여기서 빼내주려고 했다가 실패한 거야.
충림	그럴 것 같으면 화장실이 아니라 방에다 불을 확 질렀어야죠.
꽁지머리	야, 말 같은 소릴 해라. 그랬다가 까딱 큰불이 나서 누가 다치거나 죽기라도 하면 어쩌려고?
충림	근데 달롱아재가 범인이라는 걸 어떻게 알았대요?
쓰레빠	담배꽁초를 몰래 숨기고 화장실 안에 들어가서 휴지에 불을 붙였걸랑.
충림	에이 그럼 씨씨 카메라에 다 잡혀서 금방 들통나죠.
꽁지머리	그럴까 봐서 내가 미리 휴지를 길게 풀어 옆 칸으로 밀어 넣어놨지. 그 뒤에 달롱아재가 옆 칸으로 들어가서 휴지에 불 붙인 다음 내가 휴지 풀어놓은 쪽으로 차 넣었거든. 그럼 씨씨 카메라엔 달롱아재가 들어간 곳이 아니라

그 옆 칸에서 불이 난 걸로 생각할 거잖아. 그리고 혼선을 주려고 (손가락으로 쓰레빠와 기타쟁이를 가리키며) 얘 둘이서 일부러 화장실을 들락거렸거든.

춤림 (머리를 긁적이며) 대개 복잡하네.

기타쟁이 어쨌든 능구렁이 같은 원장 놈이 감을 잡고 유도신문을 한 거야.

쓰레빠 어린 노무 새끼한테 달룡아재가 넘어간 거지 뭐.

꽁지머리 어쩌면 민제씨가 눈치채고 고자질했는지도 모르고.

기타쟁이 에이, 설마……

네 사람 모두 벌레 씹은 표정을 짓는다.

S# 33 — 겨울 방 (오후)

현자, 설하, 수정 그리고 단골손님인 연우와 인선이 둘러앉아 이야기를 나눈다.

인선 아 글쎄 그랬다니까.

수정 진짜요? (연우를 힐긋 쳐다보고) 그럼 불이 더 크게 났어도 됐겠다.

인선 그러게 말이야. 그랬다면 다 병원 밖으로 대피했을 거 아냐. 그때 눈치껏 토끼면 되는 건데.

현자   근데 달룡아재는 왜 맨 뒤에 있었대?

인선   그게 말이죠. 아재는 불이 크게 안 날 줄 알았다는 거예요. 탈출하고 싶은 사람만 빠져나가면 되니까. 그리고 자기는 방화미수범으로 경찰서에 넘겨질 줄 알았대요. 그정도 불은 형이 가벼울 거라 생각한 거지. 형만 살고 나오면 그게 탈출보다 더 쉽잖아요.

설하   실패해서 아쉽네요.

수정   그러게요. 어서 여기서 나가고 싶은데.

연우   아까는 타 죽을까 봐 걱정하더니.

수정   (샐쭉해져서) 불난 이유를 몰랐으니까 그랬지.

현자   난 여기서 나가고 싶은 생각, 아직 없어.

인선   언니도 참, 더 이상 생리도 안 하는데 여기서 뭐 하게요?

현자   생리보다도…… 여기선 살림 안 살아도 되잖아. 빨래며 밥이며 다 해주니까 난 너무 편해서 좋다 야.

인선   (몸을 부르르 떨며) 난 하루라도 빨리 여기서 나가고 싶어.

연우   (무릎 사이에 얼굴을 묻으며) 나도……

말을 잇지 못하고 연우가 흐느낀다.

옆에 앉은 설하는 연우의 등을 쓸어주고, 나머지 사람들도 숙연한 분위기에 표정이 침울하다.

10
은설

은설은 영화가 시작되고 초반에 느꼈던 불안과 갑갑함이 어느새 사라졌다는 걸 깨달았다. 오히려 다음 장면은 또 어떤 이야기가 전개될지, 연지가 무엇을 더 얘기했을지, 상욱은 그것을 어떻게 그려냈을지 자못 궁금했다.

영화를 보던 은설은 당시의 상황이 고스란히 기억났다. 불은 보이지 않고 연기만 자욱했던 병원이 생생히 떠올랐다. 상욱은 마치 그 당시 그 병원에 있었던 사람처럼 화재가 났던 때를 스크린 위에 재현시켰다.

연지에게 들었을 이야기만으로 실제처럼 그리긴 쉽지 않았을 텐데, 은설은 상욱이 상상력을 제대로 발휘한 것을 인정할 수밖에 없었다.

***

화재 사건이 있은 뒤, 은설은 그곳에 있는 사람들이 더 이상 환자라는 생각이 들지 않았다. 치료가 필요한 사람이 있긴 하지만, 그 수는 쉰여섯 중에 열 명도 채 되지 않았다.

치료 가망성이 전혀 없는 치매 환자 남덕상 씨를 제외하고 스물네 명이 입원해 있는 남자 쪽에는 공황장애로 들어온 스물여덟 살 김성우가 있을 뿐이었다. 그는 평소에는 멀쩡하고 깔끔한 청년이었다. 그러다가 가끔 병이 도지면 병원 바닥에 쫙 깔린 타일의 금을 밟지 못해 불안해했다.

나머지는 알코올의존증이 다수였고 일부는 우울증 또는 조울증이었지만, 은설이 봤을 때 이미 치유가 끝난 사람들이었다.

남자보다 여덟 명이 더 많은 여자 쪽도 다수가 우울증 때문에 입원했다. 가을 방에 있는 세 여자는 치료가 필요해 보였다. 교통사고로 뇌 손상을 입어 어린아이가 되어버린 민제씨는 어쩔 수 없다지만, 늘 험악한 인상을 쓰고 있는 양지수는 정신착란증이었다. 그리고 육 개월째 입원 중인 손가락과 대화하는 서연이 있었다. 인격 분열 증세를 보이는 서연은 은설에게 사랑한다고 속삭이는 바람에 그녀를 당황하게 만든 스물일곱 살의 아가씨였다. 그날 이후에도 틈틈이 은설에게 다가와 배시시 웃으며 '사랑해'를 속삭이곤 했다.

퍼즐과 울보라는 별명을 가진 햇빛 방의 주영은 뇌성마비 장애를 가졌으며 넉 달째 이곳에 있었다. 주영이 왜 특수학교가 아닌 정신병원에 있어야 하는지 은설은 이해할 수 없었다. 게다가 얌전하고 귀엽기까지 한 스무 살 십억소녀 지현은 또 어떤가. 그녀는 정신분열증, 즉 조현병 환자였다. 그러나 은설은 지현이 저보다 나이 많은 사람에게 '엄마'라고 부르는 것 외에 다른 증상을 발견하지 못했다. 첫사랑 역시 실연의 상처가 너무 커서 그 충격으로 정신까지 병든 케이스였다. 분노조절장애가 있어 보이긴 하나 나이 어린 유정은 왜 이런 곳에 있는 걸까. 그녀를 고칠 곳은 가정이 아니던가. 은설은 유정을 받아준 나 원장과 유정의 가족들에게 분노를 느꼈다.

따지고 보면 사회 일원으로든 가족 구성원으로든 딱히 문제 삼을 일도, 위험하지도 않은 사람들이 정신병원에 갇혀 서로를 의지하고 위로하며 허송세월하고 있었다. 반대로 사회에는 비정상적이고 폭력적이며 위험한 사람이 얼마나 많은가. 격리당해야 마땅한 사람들이 오히려 바깥세상에서 버젓이 활개치고 있잖은가.

환자들은 최소 한 달 반에서 많게는 이 년을 세상과 단절된 채 병원 생활에 적응할 수밖에 없었다. 적응하지 못하면 고통만 가중된다는 것을 그들은 잘 알고 있었다.

어처구니없게도 나용대 원장 한 사람의 판단에 의해 그들은 여전히 환자였다. 그에게 설득당한 환자 가족들은 원장을 전적으로 신뢰했다. 원장의 판단으로 퇴원이 가능했던 환자가 있긴 했으나, 오히려 가족이 극구 반대하여 퇴원을 못하는 드문 경우도 있었다. 예를 들면, 알코올의존증으로 들어와 일 년 사 개월째 이곳에서 터줏대감 노릇을 하는 김달룡 씨가 거기에 해당되었다.

은설은 지루한 시간을 죽이려고 김달룡 씨와 식당에서 오목을 두다가 나눴던 대화를 떠올랐다.

"이렇게 오랫동안 입원하는 게 가능한가요?"

"뭐, 요양병원이나 재활병원 같은 데는 장기입원도 가능하지예. 그란데 이런 개인병원은 좀 달라예. 그래도 가능합니더. 그기 와 가능하냐 하믄요, 보통은 석 달이 막시믐인데 병원끼리 짜고 환자를 바꾸치기 하는 거지예."

"바꿔치기라뇨?"

"여서 두석 달 입원하고 퇴원한 것처럼 서류를 만들어가 다른 병원으로 넘깁니더. 그라고 얼마 지나믄 다시 일로 가져와가 재입원한 것처럼 꾸미지예. 말하자면 사람은 여 있는데 서류만 왔다리 갔다리 하는 기라요. 입원 기간이 길어지믄 공단에서 병원에 주는 돈이 삭감된다고 합니더. 누가 나와가 확인하는 것도 아이고, 지들끼리 짜고 그 짓을 하는 기라요."

"어떻게 그런 일을…… 근데 입원비를 못 내는 환자도 있다던데, 그런 경우엔 퇴원 안 시키나요?"

"입원비를 몬 내는 사람은 국가에서 보조금을 받을 수 있습니더. 그걸 또 서류로 만들지예. 환자들은 사인만 하믄 되고, 병원은 입원비 쪼로 그 보조금을 받으이까네 손해 볼 것 하나도 없심더."

"이건 엄연히 불법이고 환자들에 대한 인권 침해가 분명하네요."

"뭐 우짜겠습니꺼. 병원장들끼리 서로 주고받으면서 서류에 도장만 찍어주믄 기냥 환자가 되는 기지예. 불법도 다 빠져나갈 구멍 맹글어놓고 하는 거 아입니꺼."

은설은 김달룡 씨의 이야기를 들으면 들을수록 기가 막혔고 말문까지 막혔다.

"여 있는 환자들을 사람으로도 안 보지예. 두 당 얼마짜리 돈으로 보는 게 맞지 싶네요. 의사 중에서 제일 힘 안 들이고 돈 버는 기 정신병원 의사일 깁니더."

"어쩜 그럴 수가 있어요? 이건 말도 안 되는 일이에요."

"치매 환자가 요양원도 아이고 정신병원에 있는 거 보믄 모릅니꺼. 민제씨는 병도 아이지예. 여서 고칠 수도 읎고. 어찌 보믄 보호자들도 문제 있는 사람들이 태반인기라. 유정이 같은 청소년이 와여 있겠습니꺼. 경찰이고 검찰이고 판사까지 다 한통속이라예. 여들어오믄 모조리 환자가 되는 기지예. 약도 특별한 기 읎습니더. 항우울제 제일 약한 거 하고 신경안정제만 먹이는데 누가 나아서 퇴원하겠능교."

"신경안정제라…… 그래서 환자들이 약 먹은 뒤엔 다 무기력하게 늘어지는 거네요."

"작가선생도 여서 후딱 나가고 싶지예?"

"당연하죠. 근데 너무 막연해요."

"쪼매 기다려 보이소."

은설은 김달룡 씨가 몸을 앞으로 숙여 나지막이 했던 말, 조금 기다려 보라는 말뜻을 그때는 전혀 이해하지 못했다.

그녀는 인권 사각지대에 놓인 정신병원 실태에 분노가 치밀었다. 인간이면 누구나 누릴 수 있는 행복추구권마저 박탈하고 자기들 입맛대로 규칙을 정해 통신과 면회의 자유마저 강탈하는 병원의 행태를 고발하고 싶은 마음뿐이었다.

　은설은 억울하고 분했지만 방법이 없었다. 하다못해 나 원장에게라도 강력히 따지고 싶었으나 먹혀들 리 없다는 걸 알았다. 은설이 분노를 내보였다가는 오히려 병원장이 멋대로 진료기록부에 적어 넣은 극심한 우울증과 자살 충동을 증명하는 꼴이 될 게 뻔했다. 그렇게 되면 그녀의 입원 기간은 기약 없이 늘어날 것이고, 진료기록부에 적힌 그대로 극심한 우울증과 싸워야 할지 몰랐다. 은설은 어디에도 하소연할 통로가 없다는 것을 뼈저리게 느꼈다. 졸지에 잉여인간으로 전락한 자신이 가여웠다.

　김달룡 씨와 은설이 식당에서 대화했던 이튿날, 그가 남자 화장실에 불을 질렀다.

　그 사건은 비록 짧은 에피소드로 끝났지만, 은설은 몇몇을 제외한 환자들 대부분이 이곳을 벗어나 세상 속으로 복귀하고 싶어 한다는 걸 알게 되었다. 화장실에서 시작된 화재가 일찍 잡히지 않았더라면 최소한 환자들 중 몇몇은 탈출에 성공했을 것이고, 몇몇은 퇴원했을 것이고, 어쩌면 이런 곳에서 자행되는 인권유린이 알려졌을 것이고, 그랬다면 병원은 경고 또는 최악의 시나리오인 폐쇄 조치를 받았을 것이고, 은설은 예전의 일상으로 돌아갔을 것이라 생각했다. 불발로 끝난 화재 사건은 그녀를 절망 속으로 빠뜨렸다.

　하루를 견딘다는 것은 심한 갈증을 느끼면서도 눈앞에 놓인 자유라는 생수를 마시지 못하는 것이었고, 모멸감을 참는 일이었다. 거기에 더해 자신이 진짜로 병든 인간이라고 믿게 될 것 같은 극도의 불안을 떨쳐내는 일이었다.

갈증과 모멸감과 불안이라는 하루를 지워가기 위해 은설은 바둑을 배웠고 종이접기를 했으며 주영과 퍼즐을 맞추었다. 땀이 나도록 탁구를 치는가 하면, 그녀에게 정작 필요하지도 않은 것들로 사물함을 채웠다. 그런 식으로 은설은 작은오빠가 넣어준 제법 넉넉한 차입금 숫자를 줄여나갔다.

환자들은 일주일마다 간호사실 창구 앞 창틀에 묶어놓은 볼펜으로 필요한 생필품이나 간식을 주문서에 체크했다. 그런 뒤, 체크한 생필품을 월요일 오후에 임시 매점으로 변한 식당에서 건네받았다. 병원은 절대 손해 보는 짓을 하지 않았다. 환자들이 필요한 것들을 대신 사주는 대가로 물품들을 도매로 구매하여 소매로 팔았다. 그러고는 물품 값은 차입금에서 차감해 나갔다. 주문서에 나열된 물품들이라고 해봐야 뻔했다. 선택의 폭이 좁은 만큼 늘 같은 것을 반복해서 사는 경우가 허다했다.

은설이 병원에 들어와 제일 먼저 산 것은 촉이 무르고 짧은 수성사인펜과 노트 그리고 다용도 플라스틱 컵과 치약, 칫솔이었다. 자해용으로 사용될 수 있다는 이유로 볼펜이나 샤프 같은 딱딱하고 뾰족한 필기구는 구매 품목에서 제외되었다. 수성사인펜 한 자루를 사고 차입금에서 오백 원을 제했고, 노트는 천 원을 차입금으로 계산했다. 노트라고 해봐야 초등학교 저학년용의 받아쓰기 공책이었지만, 은설은 뭔가를 기록한다는 행위가 이렇게 기쁨을

줄지 몰랐다.

아침에는 무엇을 먹었고 점심때는 어떤 음식들이 나왔는지, 저녁 식사는 얼마나 먹었으며, 무엇이 입에 맞았고 어떤 것은 먹기가 곤란했다는 것까지 기록했다.

고등학생 때까지 썼던 단순한 일기와는 또 다른 새로운 방식의 일기였다. 환자들에 대한 기록도 빠지지 않았다. 어떤 날은 성우가 간호사실 앞에서 바닥의 금을 피해 식당까지 가는 시간을 체크했다.

이런 단순한 일련의 과정을 은설은 아주 진지하고 세밀하게 적어나갔다. 그러다가 갑자기 생각이 떠오르면 소설 시놉시스를 썼고, 마음에 안 들면 줄을 그어버렸다.

구매물품 목록을 작성하는 동안, 시간은 의외로 잘 갔다. 이걸살까 저걸 살까 목록을 만들고 지우고 다시 채우는 무한 반복에 불과했지만 말이다. 정작 은설은 자신에게 필요한 것보다 나눌 것들을 생각했다. 예를 들면, 두유를 즐겨 사는 현자와 나눌 것으로 사이다나 오렌지 주스가 필요했고, 우유와 믹스커피를 즐기는 수진과의 물물교환으로 요구르트나 녹차를 샀다. 또 연지가 좋아하는 초코파이를 목록에서 빠뜨리지 않았고, 가끔 성우가 건네주는 웨하스에 보답할 요량으로 프렌치파이를 샀다.

각 방에 설치된 개인 사물함이 작기도 했거니와, 한 사람이 구매할 수 있는 양이 정해져 있어 대량으로 쌓아놓을 수가 없었다. 종이상자에 든 것, 즉 초코파이나 녹차, 커피믹스 같은 것은 낱개로 살 수가 없고 무조건 한 상자를 사야 했다. 멸균우유나 요구르트, 주스는 낱개로 주문이 가능했고, 예외에 해당하는 담배는 1회 구매에 열 개비 묶음 단위로 판매했다. 그래서 매주 구매 목록을 작성할 때면 남은 간식의 양과 소모품들을 잘 체크해 둘 필요가 있었다. 물건을 받기 전에 떨어지면 빌리는 것도 녹녹지 않았다. 무엇이 되었든 넉넉하게 챙겨둔 환자가 없기 때문이었다.

사물함에는 열쇠가 없었다. 까닭에 물건이 없어지는 일이 가끔 발생했다. 그렇다고 심각한 도난 사건이 일어날 리 만무했다. 입원 환자는 현금을 소지할 수 없었고, 금붙이를 비롯하여 싸구려 액세서리나 시계 등도 마찬가지였다. 그런 것들은 입원과 동시에 압수당했다.

주로 간식들이 사라졌다. 통째로 없어지는 경우는 거의 없었고, 양이 줄어드는 정도의 도난 사건이 생기곤 했다. 예를 들면, 은설이 남겨둔 오렌지주스가 한 컵 분량 줄어들었거나, 한 상자에 열두 개 든 초코파이 중 다섯 개를 먹고 남은 일곱 개에서 하나가 모자란다거나, 녹차 티백 두 개의 행방이 묘연했다.

종종 물물교환이 이루어졌는데, 거기에는 법칙이 있었다. 가령 초코파이 한 개는 믹스커피 하나와 동일하게 취급했으나, 초코파이 세 개는 믹스커피 다섯 개와 맞바꿨다. 가격과 개수를 따져 금액을 산출해서 정해진 규칙이었다. 담배도 예외는 아니었다. 믹스커피 한 봉지와 담배 한 개비를 동등하게 매겼지만, 믹스커피 세 개를 주면 담배는 두 개비를 받았다. 다만 초코파이와 담배는 등급이 같았다.

이런 물물교환에 이의를 제기하는 사람은 없었고, 누가 만들었는지 아는 사람도 없었으며, 은설이 무지개 정신병원에 있는 동안에도 잘 지켜졌다.

"야, 넌 왜 맨날 얻어먹으면서 이것 사라 저것 사라 간섭이니?"

수정이 연지를 보며 짜증스럽게 말했다.

은설과 수정이 간호사실 창구 앞에서 구매 주문서에 체크를 하는 동안, 그녀들 곁에 서 있던 연지가 은설에게 두유를 사라고 권했던 뒤끝에 나온 수정의 말이었다.

"괜찮아. 이번엔 나도 두유를 사려고 했었어."
"두유를 사도 안 먹을 게 뻔해요. 작가언니가 콩 싫어하는 거 알거든요. 콩조림 반찬엔 손도 안 대고 어쩌다 잡곡밥에 콩이 있으면 다 골라내는 걸 안다고요."
"유심히도 봤구나. 그래도 두유는 가끔 마실 때가 있어."
"초코파이도 그래요, 언닌 매번 초코파이를 사잖아요. 그렇지만 많이 먹어야 한두 개? 나머진 다 남 주잖아요."

수정은 남 준다는 말을 할 때 연지를 슬쩍 흘겨봤다. 은설이 두유에 숫자 6을 써넣고 초코파이에 막 체크하려던 때였다. 은설은 팔꿈치로 수정의 팔을 살짝 건드렸다. 무안해서 고개를 떨구고 있던 연지가 얼굴을 들었다. 연지의 눈빛이 식어 있었다. 그러고는 수정을 향해 눈빛보다 더 싸늘한 미소를 지으며 말했다.

"미안해 수정 언니. 내가 돈이 없잖아."

은설이 주문서를 채워 넣은 다음날, 대소변을 못 가려 실수하는 햇수가 늘어가던 남덕상 씨가 드디어 퇴원했다. 그가 떠날 때 배웅한 사람은 마당쇠 정원석과 김달룡 씨 두 사람뿐이었다.

11

꽁이비행기

S# 34 — 광장 (오후)

충림의 멱살을 잡고 고래고래 소리치며 악다구니하는 유정.

유정   네가 인간이야? 어떻게 그럴 수 있어?

충림   (쩔쩔매며) 미안해 유정아. 제발 이거 놔줘. 오빠가 잘못했어.

유정   (멱살 놓고 충림의 머리채를 잡으며) 오빠? 야 이 나쁜 놈아, 오빠 같은 소리 하고 자빠졌네. 지 혼자 살겠다고 날 팽개치고는 뭐라고? 이제 와서 미안하다고? 내가 며칠 곰곰이 생각해 봤는데, 넌 진짜 나쁜 놈 맞아.

충림   (머리채를 잡고 흔드는 유정의 손을 잡으며 우는 소리로) 야, 제발 이러지 마, 유정아. 아파죽겠어. 머리 다 뽑힐 것 같다고.

유정   (더 세게 흔들며) 나보다 이까짓 머리가 더 중요해?

광장으로 하나둘씩 모여드는 환자들, 재미난 구경거리가 생겼다는 표정들이다.

그들과 다르게 퍼즐은 울상이 되어 유정 뒤에서 안절부절못하고 있다.

열린 겨울 방 안에서 밖을 내다보는 설하, 현자 그리고 수정.

가을 방과 겨울 방 사이 벽에 기대선 연우는 팔짱을 낀 채 충림과 유정의 싸움을 보고 있다.

간호사 실 유리 창구 문을 연 채 턱 괴고 앉아 말릴 생각도 없이 심드렁하게 구경하는 주 간호사.

광장으로 달려 나온 인선이 유정을 말린다.

머리가 아프다고 소리소리 지르는 충림.

인선   (유정의 손을 충림의 머리에서 떼어 내며) 이거 놓고 말로 해, 말로.

갑자기 바닥에 철퍼덕 주저앉으며 평평 우는 유정.

유정을 따라 바닥에 쭈그리고 앉아서 훌쩍훌쩍 울기 시작하는 퍼즐.

충림은 마구 헝클어진 머리를 매만지며 아파죽겠다는 표정이다.

유정   (분하고 원통해하며) 내가 저런 인간을 믿었다고 생각하니 너무너무 억울해 죽겠다고.

인선   (유정 앞에 쪼그려 앉고) 야, 이것아. 불이 났다고 다들 정신없이 피신하던 때였잖아. 그 정도는 이해해 줘야지.

유정   인선 이모는 자기 일이 아니니까 쉽게 말하는 거잖아. 내
        가 아직 애라며? 애가 그런 걸 어떻게 이해해?

인선   (유정에게 꿀밤 한 대 먹이고) 야 이년아, 너 말 잘했다. 그래
        너 애 맞아. 열여섯 살이 그럼 어른이냐? 아직 사랑도
        이해 못하는 주제에 무슨 연애를 한다고 지랄이냐? 잘
        됐네. 그 나이에 연애도 해봤으니까 이제 다른 것도 좀
        해봐.

유정   (울음 뚝 그치고) 다른 거 뭐?

인선   공부밖에 더 있어?

유정은 고개 들어 충림을 아주 사납게 째려본다.

유정의 눈빛에 움찔하며 봄 방 쪽으로 슬금슬금 도망가는 충림.

퍼즐은 유정 옆에 쭈그리고 앉아 여전히 훌쩍대고 있다.

다시 인선을 쳐다보며 옷소매로 마른 눈물을 닦는 유정.

구경거리가 사라지자 느릿느릿 흩어지는 환자들.

S# 35 — 봄 방 (오후)

창문 아래 앉아 화투를 쫙 깔아놓고 화투점을 보는 달룡아재.

성우는 고개 숙인 충림의 머리카락을 마치 이 잡듯 뒤적거리고
있다.

성우   형, 별로 안 빠진 것 같은데······

충림   좀 더 자세히 봐. 유정이 그년이 내 대가리가 뽑힐 정도로 머리채를 쥐고 흔들었다니까.

성우는 다시 충림의 머리카락을 헤집으며 자세히 들여다본다.

달롱아재   야, 머리가 좀 빠지면 어떻노. 또 자랄 낀데.

충림   (고개 쳐들고 원망스럽게) 이게 다 달롱아재 때문이라고요.

달롱아재   그기 와 내 탓이고? 애인을 팽개치고 혼자 살겠다고 토낀 니 놈 잘못이지.

충림   불만 안 냈으면 이런 일도 없었잖아요.

성우   그건 우리들 탈출시키려고 그랬는데······

충림   (성우 뒤통수를 툭 치고) 야, 나는 탈출할 생각 꿈에도 없었거든.

슬리퍼를 아무렇게나 벗어던지고 방으로 들어와서 충림의 머리를 쥐어박는 쓰레빠.

쓰레빠   유정이한테 쥐어뜯길 짓은 지가 해놓고 웬 남 탓?

충림   (쓰레빠를 올려다보며) 아이 참, 실수였다니까.

쓰레빠   (달롱아재 앞에 앉아 화투를 섞으며) 실수 좋아하네. 사람 본심은 그럴 때 다 드러난다고.

달롱아재   그나저나 나 때문에 너그들이 담배 몬 펴서 우짜노.

쓰레빠　괜찮아요. 일주일 금지니까 내일만 지나면 돼요. (충림을
　　　　　쳐다보며) 야, 징징거리지 말고 화투나 한판 하자.

입이 한껏 튀어나온 충림은 화투판 쪽으로 엉덩이를 질질 끌고
간다.

S # 36 — 식당 (아침)

환자들이 식사하는 가운데, 같은 식탁에서 밥을 먹는 인선과 그녀
맞은편에 앉은 달룡아재 그리고 마당쇠, 그 옆 식탁에는 민제씨와
첫사랑 그리고 지수가 식사 중이다.
제일 먼저 식사를 마친 달룡아재가 수저를 내려놓고 물을 마신 뒤
한숨을 내쉰다.

달룡아재　식후불연초면 사후 지옥행이요 신혼초야 발기불능이며
　　　　　자자손손 고자 속출이라고 안 했나. 거기에 하나 더 붙이
　　　　　자면, 식후불연초는 소화불량인기라.
마당쇠　(달룡아재를 걱정스럽게 쳐다보며) 소소 소화가 안 되세요?
달룡아재　소화불량도 여러 종류가 있다 아이가.
인선　아재는 얼마동안 금지래요?
달룡아재　한 달.
인선　창문에서 구석 벽 쪽으로 최대한 바짝 붙어도 카메라에

잡힐까요?

달룡아재   쪼매 잡히지 싶다.

마당쇠   (목소리 낮추어) 저저 저기요, 제 제가 카카카 카메라 방향을 조 조금 바바 바꿀까요?

달룡아재   (놀라며) 어떻게?

마당쇠   그 그건 쉬쉬쉬 쉬워요.

인선   (허벅지를 탁 치고) 아하, 마당쇠 오빠가 여기 오기 전에 백화점 보안실에서 근무했잖아요.

달룡아재   (풀이 꺾여서) 그라믄 뭐 하노, 연초도 읎는데.

인선   좀 있다 하나 줄 테니까 아재는 나한테 커피 하나 줘요.

달룡아재   내가 커피가 어딨노. 마누라가 예치금도 자꾸 까먹고 안 넣는데.

마당쇠   (인선을 쳐다보고) 내내내 내가 커피 세 개 주주주 줄게.

달룡아재   (마당쇠 손을 덥석 잡고) 아이고 고마버라. 날 생각해 주는 사람은 니밖에 읎다. 니는 나중에 천당 갈 끼다. (인선을 보며) 두 개다, 알았제?

밥을 다 먹은 첫사랑이 식판을 들고 일어나더니 달룡아재가 있는 식탁 모서리에 바짝 붙어 선다.

첫사랑   (눈을 크게 깜짝거리고는 소리 낮춰) 얘기 다 들려요.

달룡아재와 마당쇠, 인선은 동시에 고개를 돌려 민제씨를 쳐다본다.

민제씨는 시치미 뚝 떼고 맛있게 밥을 먹고 있다.

S# 37 — 남자 화장실 (오전)

담배 한 모금을 깊이 들이마신 후 창문 틈으로 길게 연기를 내뱉는 달룡아재, 무척 흡족한 표정이다.
돌아서서 감시 카메라를 쳐다보며 놀리듯 혀를 쏙 내미는 달룡아재.
벽과 천장 사이에 고정된 주먹 크기의 감시 카메라와 그 중앙에 박힌 까만 렌즈.
렌즈가 확대되면서 화면이 어두워진다.

S# 38 — 남자 화장실 (밤) – 플래시백 (지난밤)

모두가 잠든 깊은 밤, 멀리서 민제씨의 코 고는 소리가 들리는 가운데 어두운 복도 쪽에서 두툼한 팔 하나가 스르르 들어오더니 불빛으로 환한 화장실 입구 안쪽 벽을 더듬는다.
그 손이 벽에 붙은 스위치를 눌러 전등을 끈다.
화장실 쪽에서 비스듬히 보이는 철문 위에 초록색 비상구 등이 보인다.
비상구 등 불빛으로 희미하게 식별되는 화장실.

잠시 뒤, 접이식 의자를 들고 화장실 안으로 들어와 조용히 문을 닫는 마당쇠.

어두운 화장실에서 마당쇠는 의자를 펼쳐 문과 벽 사이에 바짝 붙이고 그 위에 올라서서 손을 더듬어 감시카메라를 잡는다.

S# 39 ─ 남자 화장실 (오전)

다시 화면이 밝아지자 달룡아재는 필터 앞까지 타들어가는 담배를 빨고 연기를 내뿜은 뒤, 창틀에 놓인 깡통 속에 꽁초를 비벼 끄고는 창가에 단단히 매달아둔 라이터를 손가락으로 튕긴다.

  달룡아재 등잔 밑이 어둡다고 하드만 딱 이걸 두고 하는 말이제.

가래를 세면대에 칵 뱉고 수도꼭지를 열어 손을 씻은 뒤 얼굴까지 말끔하게 씻는 달룡아재, 고개를 드는 순간 너무 놀라 '헉' 소리를 내고는 그대로 얼어붙는다.

거울에 비친 김 간호사가 달룡아재를 사납게 노려본다.

S# 40 ─ 식당 (저녁)

바둑돌이 빼곡하게 놓인 바둑판을 골똘히 쳐다보는 달룡아재.

달룡아재와 마주 앉아 바둑돌을 만지작거리며 싱글거리는 최 주임.
그 곁에는 마당쇠와 꽁지머리가 구경하고 있다.

꽁지머리 오늘은 아재가 졌어요.

달룡아재 (실눈으로 바둑판을 노려보며) 야, 아직 끝난 거 아이데이.

최주임 그냥 항복하셔.

달룡아재 (고개 들고 한숨을 크게 내쉰 뒤) 마, 내가 졌다. 인선이가 나
때문에 아이씨유에 들어갔는데 지금 바둑에 집중될 턱이
없제.

마당쇠 (고개 떨구고) 저저저 저 때문이에요.

달룡아재 아이다. 니는 잘못한 기 없다. 나 때문에 인선이가 욕보는
기라.

최주임 (바둑알을 정리하며) 담배 한 대 가지고 그 난리를 치다
니…… 그냥 눈감아줘도 될 일인데. 김 간호사가 너무 깐
깐해서 탈이에요.

달룡아재 우리 말은 바로 합시더. 그런 성격은 깐깐하다고 하는 기
아이라 억수로 독종이라고 해야 맞심더. 우리 마누라도
에지간히 독한데, 김 간호사한테 비하믄 순한 양이라요.

S# 41 ― 광장 (오후)

주 간호사가 통제구역 문을 열고 나와 제법 큰 상자를 테이블 위

에 올려놓는다.

특활 프로그램에 참여한 환자들이 상자 주변으로 모여든다.

시간이 흐른 뒤, 환자들은 종이접기와 수채화 그리기에 몰두해 있다.

간호사실 안에서 턱을 괴고 앉은 주 간호사가 프로그램에 참여한 환자들을 무심한 표정으로 보고 있다.

설하는 색종이로 학을 접고, 설하 맞은편에 앉은 수정도 학 접기에 열중이다.

설하의 오른쪽에 앉은 연우는 마지못해 노란색 색종이로 종이비행기를 접는다.

설하 (연우를 보며) 재미없나 보구나.

연우 응. 이런 거 말고, 다른 거 하고 싶어.

설하 어떤 거?

연우 글쎄…… 뭐랄까, 막 움직이는 거. 그런 게 하고 싶어.

설하 막 움직이는 게 뭐가 있을까? 예를 들면?

연우 무작정 달리고 싶어.

수정 여기선 불가능하지. (연우를 보고) 탁구 하면 되잖아. 막 움직이는 게 하고 싶다면 말이야. 그건 또 싫지?

연우 (샐쭉해져서) 알면서 왜 물어? (설하를 향해) 언니, 나 화장실 갔다 올게.

자리에서 일어나 화장실 쪽으로 가던 연우는 뒤돌아서서 손에 들고 있던 종이비행기를 설하에게 날린다.

설하 앞에 정확하게 떨어지는 종이비행기.

12

은설

은설은 알고 있었다. 잊고 싶었던 것들, 잊었다고 생각했던 일들이 한 치의 흐트러짐 없이 머릿속 서랍에 차곡차곡 저장되어 있다는 것을. 서랍을 열어보지 않았을 뿐 모든 기억은 순서대로 잘 정돈되어 있었다. 자기 것이지만 자기 마음대로 내다 버릴 수 없고, 버리고 싶어 할수록 더 진해지는 것이 기억이었다.

잊고 싶은 기억이 낡고 바래지거나, 다시 채워지는 기억들에 밀리고 눌려져서 더 아래로 내려가거나, 은설이 기대할 수 있는 건 그것밖에 없었다.

영화 촬영을 마치고 상영 날짜를 기다릴 때 상욱은 말했다. 영화는 영화일 뿐이라고. 그러나 은설의 눈앞에서 펼쳐지고 있는 영화는 현실과 데칼코마니였다.

자신이 아니라 타인에 의해 헤집어지고 불쑥 꺼내진 기억은 폭력이었다.

***

세상과 격리된 좁은 공간에서 비밀을 만든다는 것은 거의 불가능한 일이었다. 개인에게도 비밀이 허락되지 않는데 둘 이상이 모의를 한다는 건 말할 필요도 없었다. 그러니 알려질 것을 염두에 둔 작당일 뿐이었다. 그럼에도 사람들은 몰래 일을 꾸몄고, 그 일은 이틀을 넘기지 못하고 발각되기를 거듭했다.

화재 사건으로 ICU에서 사흘을 보낸 것도 모자랐는지 김달룡 씨에게 한 달 금연 처분이 내려졌다. 그것이 안타까워 인선은 마당쇠 정원석에게 커피믹스 세 개를 받고 김달룡 씨에게 담배 두 개비를 건넸다가 규율 위반으로 ICU에 들어갔다. 김달룡 씨가 화장실에서 몰래 담배를 피울 수 있도록 마당쇠는 모두가 잠든 밤에 감시카메라의 위치를 조금 돌려놓았었다. 덕분에 김달룡 씨는 식후불연초가 유발한 소화불량을 해소했다. 그러나 비밀 아닌 비밀은 하루 만에 들통나고 말았다.

입원 초창기 때 은설은 화장실을 다녀오면 환자복이며 머리카락에 스며든 담배 냄새가 마뜩잖았다. 그렇다고 샤워장 탈의실에 설치되어 있던 감시카메라처럼 항의할 문제는 아니었다. 소수이긴 하나 애연가들에게 허락된 고작 몇 분의 즐거움을 빼앗거나 방해하고 싶지 않았다. 그녀들이 화장실 창가에 바짝 붙어 흡연하는 모습이 무척 측은해 보였던 까닭도 있었다. 여자 환자는 인선을 비롯하여 네댓 명이 담배를 피웠다. 혼자서 피우기보다는 늘 두셋이 모여 여자 화장실 창가를 점령했다.

병원에서 담배는 흔한 기호품이 아니었다. 한 사람당 일주일에 열 개비만 허락된 상황이다 보니 하루에 기껏 한두 개비를 아껴가며 피웠다. 은설은 그녀들이 흡연하는 시간만 화장실 출입을 삼가면 어느 정도 냄새에서 자유로울 수 있었고, 알게 모르게 냄새에도 익숙해져 버렸다.

그러나 민제씨는 2년이라는 긴 시간을 병원에서 보냈어도 익숙해지지 못해 늘 불만이었다. 그리고 그 불만은 선택적이었다. 왜냐하면 입바른 인선과 입빠른 민제씨는 앙숙이라고 해도 될 정도로 사이가 껄끄러웠다.

어쨌든 담배 사건은 어느 모로 보나 민제씨의 고자질이라는 걸 눈치채지 못할 사람은 없었다. 식당에서 김달룡 씨와 인선과 마당쇠 정원석이 대화를 나눌 때 무심한 척 밥을 먹던 민제씨가 들었음이 분명했다. 민제씨와 마주 앉아 식사하던 첫사랑 한영실이 그들의 대화가 다 들린다고 눈치를 줬을 정도였으니 말이다.

게다가 민제씨가 간호사실 창구 안쪽으로 고개를 디밀고 김 간호사에게 뭔가 한참 이야기하는 걸 목격한 환자도 몇몇 있었다. 김 간호사가 남자 화장실을 직접 시찰하는 일은 거의 없었다. 하필 김달룡 씨가 담배를 피운 그 시간에 그곳을 갔다는 것도 누군가의 고자질이 있었음을 뒷받침해줬다.

김달룡 씨가 화장실에서 담배를 주웠다고 여러 차례 변명을 해도 김 간호사에게 전혀 먹혀들지 않았다. 그녀는 입원실을 돌며 김달룡 씨에게 담배를 준 사람은 자수하라고 협박했다. 자수하지 않으면 김달룡 씨가 규율 위반으로 또다시 ICU에 들어간다는 것을 강조했다. 그녀가 다른 데보다 두 배의 시간을 할애한 곳은 별빛 방이었다. 그러고는 유독 인선에게 시선을 고정시킨 채 목소리에 힘을 주었다.

자신을 지목하여 채근한다는 걸 안 인선은 자리에서 벌떡 일어나 김 간호사에게 말했다.

"갑시다. 까짓것 내가 아이씨유에 들어가면 되지 뭐. 달롱아재는 아무 죄도 없으니까 냅둬요."

"죄라니? 박인선 씨, 이건 어디까지나 규율 위반이야."

"규율 위반이나 죄나 뭐가 다른데요? 어차피 일인실에 감금되는 건 교도소나 여기나 똑같은데 뭘."

"허, 내가 졸지에 교도관이 된 느낌이네."

김 간호사는 어이없다는 듯 피식 웃으며 말했고, 인선도 질세라 실실 웃으며 대꾸했다.

"민제 그 할망구가 뭐라고 꼰질렀는지 모르겠지만, 어쨌든 달롱아재는 담배 달라고 한 적 없었고, 내가 먼저 주겠다고 했으니 날 가두라고요."

"누가 고자질했다고 생각하나 본데, 잘못 짚었어. 내 촉은 아직 쓸만해."

"하이고 다 아는데 새삼스럽기는…… 내 촉도 보통 촉은 아니거든요. 빨랑 갑시다."

인선이 자처하여 ICU에 들어가겠다고 서둔 이유는 따로 있었다. 화재 사건으로 ICU에서 사흘을 보낸 김달룡 씨를 다시 또 그곳에 갇히게 할 수 없었다. 뿐만 아니라, 감시카메라의 방향을 틀어버린 마당쇠에게까지 불똥이 튈 일은 막고 싶었다.

그나저나 김 간호사가 정원석이 한 짓을 알았다면 눈에는 쌍심지를 켜고 입에는 게거품을 물고도 모자랐을 판에 정작 세 사람 중에서 가장 무거운 규율 위반을 저지른 정원석을 취조하지 않았다. 거기에는 모두가 쉽게 유추할 수 있는 한 가지 이유가 있었다. 그것은 아마도 민제씨가 마당쇠를 좋아한다는 소문에서 답을 찾을 수 있을 듯했다. 정신연령이 대여섯 살인 민제씨에게 스무 살 차이는 아무것도 아니었다. 반면에 정원석은 민제씨를 이모뻘로 생각할 뿐이었다.

세상 어디에서든 생명이 모이고 만나는 곳이라면 거기에 묘한 기운이 돌게 되어 있다. 그 기운이 화학작용을 일으켜 감정을 건드리고, 잠자던 감정은 깨어나 우정이 되었든 애정이 되었든 혹은 증오가 되었든 뭔가로 변화한다. 무지개 정신병원 입원 병동은 세상으로부터 격리된 채 새롭게 형성된 또 하나의 사회였다. 그러므로 그 속에서 일어날 법한 일은 다 일어났다.

시간은 난해한 것들을 묽게 만드는 재주가 있었다. 세상에는 이해하지 못할 것도 별로 없었다. 다만 이해하기 어려울 뿐이다. 어려운 것이 있다면 이해하려고 노력하는 대신 내버려 두면 된다는 걸 은설은 알게 되었다. 그녀가 관여할 문제가 아니라면 더욱 그랬다.

예를 들면, 유정의 경우가 거기에 해당되었다.

무지개 정신병원은 열여섯 살 청소년이 있을 곳이 아니었다. 그녀는 학교와 따뜻한 가정과 친구들 사이에 있어야 했다. 유정은 병원을 휘젓고 다니며 누구의 말도 잘 듣지 않고 제멋대로였다. 그녀는 병원에 입원한 지 무려 5개월째였다. 앞날이 창창한 유정을 어떻게 이런 곳에 방치할 수 있을까. 은설은 치가 떨린다는 생각보다 사람들이 무섭다는 생각을 먼저 했다.

그녀는 유정의 부모가 어떤 사람인지 궁금했다. 어떻게 하면 자식을 이런 곳에 처넣을 수 있는지 그녀의 머리로는 상상할 수 없었다. 안다고 달라질 것도 없을뿐더러 은설과 유정은 무엇으로도 묶을 수 없는 절대 타인이었다. 공통점이라고는 같은 병원에 입원해 있는 환자라는 것, 그것뿐이었다.

사회가 하지 않는 일을 개인이 하는 건 무리였다. 그런 건 계란으로 바위를 깨부수겠다는 망상으로 분류되는 일이었다. 지금까지 표 나지 않게 티 안 내고 살아온 은설에게 관습이나 관행에 맞선다는 것은 한 번도 생각한 적 없는 남의 일이었다.

자유를 빼앗긴 자신의 처지도 어쩌지 못하는 주제에 오지랖 부린다고 될 일이 아니었다. 방관자가 되는 건 쉬웠다. 그럼에도 답답한 마음은 오래갔다.

화재사건이 있고 얼마 지나지 않았을 때였다. 유정은 병원이 떠나가라 일방적으로 충림을 몰아세우며 한바탕 소란을 피웠다. 그날은 인선이 나서서 유정을 달랬지만, 분을 다 풀지 못한 유정은 여러 날 동안 충림이 눈에 띄면 달려가 폭력을 행사했다. 머리채를 잡거나 발로 걷어차거나 주먹으로 등을 강타하거나 하여간에 그녀가 아는 방법을 다 동원하여 충림을 응징해댔다.

늘 그렇듯 기회는 우연히 찾아왔고, 은설은 그동안 쌓인 궁금증 하나를 풀었다. 그날은 은설과 유정이 같은 식탁에서 점심을 먹었다. 식당에 늦게 들어왔던 두 사람만 테이블에 남게 되었고, 그것을 계기로 은설은 유정에게 말을 걸었다.

"유정아, 넌 집에 가고 싶지 않아?"

난데없는 은설의 질문에 유정은 잠시 당황하는 눈치였으나 이내 입을 열었다.

"아뇨. 가기 싫어요. 갈 수도 없지만 갔다간 다리몽둥이 부러질 거예요."

"왜?"

"그렇죠 뭐. 전 여기가 편하고 좋아요. 가끔 재밌기도 하고요."

"친구들 만나서 노는 게 더 재밌지 않을까?"

"이젠 친구도 없어요. 걔네들 다 시설에 들어갔어요."

"시설? 그게 뭔데?"

"애들이 가는 감옥 같은 데 있잖아요. 무슨 무슨 학교라고 하잖아요. 옛날에는 소년원이라고 했다던데…… 제가 여기 오기 전에 사고를 좀 쳤거든요. 말하자면 일진이었다고나 할까……"

은설은 시설이 무슨 의미인지, 무엇을 하는 곳이며 어디에 있는지 퍼뜩 떠오르는 것이 없어 되물었고, 유정은 망설임 없이 술술 대답했다.

은설의 귀에 감옥, 학교, 소년원, 사고, 일진이라는 단어 몇 개가 단박에 박혀들었다. 그녀는 말문이 막혀 고개만 주억거렸다. 반대로 말문이 열린 유정은 자기 이야기를 줄줄이 늘어놓았다.

"제가요, 걔들하고 어울려서 좀 놀았거든요. 옆 반에 있던 애 버릇 좀 고쳐주려고 했는데, 근데 문제가 생겼지 뭐예요. 그래서 걔들은 십 호 받고 시설에 끌려갔죠. 거기서 적어도 일 년, 길면 이 년은 있어야 될걸요."

"십 호를 받다니?"

"하긴 작가선생님은 그런 거 모르실 거예요. 학교 다닐 때 모범생이었을 거야."

"근데 어떤 문제가 생겼기에……"

"버릇만 고쳐주려 했는데, 걔가 죽었어요. 옥상에서 뛰어내렸거든요."

은설의 벌어진 입이 닫히질 않았다. 옆 반 아이가 죽었고, 거기에 관여되었다는 소리를 태연하게 하는 유정을 어떻게 이해하면 좋을까. 괴롭힘을 당하던 아이 하나가 투신하여 죽었는데 말이다. 머리부터 발끝까지 싸늘한 냉기가 은설을 훑고 지나갔다.

그녀는 겨우 다문 입에 힘을 주고 유정의 다음 말을 기다렸다.

유정은 빈 식판에 붙어 있는 밥알 몇 개를 젓가락으로 짓이기며 말을 이어나갔다.

"십 호는요, 제일 질이 나쁜 애들이 가는 곳이에요. 그러니까 어른들이 말하는 강력 범죄라고나 할까, 어쨌든 그래요."

"너도 걔들과 어울렸다고 하지 않았니?"

"그랬죠. 그런데 우리 아빠가 날 빼돌렸다는 거 아니겠어요. 돈이면 다 되잖아요. 판사랑 이 병원 원장이랑 고등학교 선후배라나 뭐라나, 어쨌든 그래요. 그래서 전 칠 호 받아서 여기 들어온 거예요. 무조건 육 개월은 있어야 돼요."

"칠 호는 어떤 거야?"

"정신질환이 있다고 의사가 진단서 써주면 칠 호 받고 이런 병원에 있을 수 있대요. 육 개월이 지나면 더 연장될 수도 있고요. 전 아마 더 있을지도 몰라요."

"근데 말이야, 한 아이가 죽었는데, 그것도 괴롭힘을 당하다 자살을 했는데……"

"저기요 작가선생님, 그건 더 이상 말하기 싫어요. 저도 괴로웠거든요. 전에 인선 이모한테 이 얘길 했다가 뺨도 한 대 얻어맞았다고요."

은설은 다시 입을 다물고 말았다. 그녀는 자신이 지나온 세상이 너무도 좁았다는 걸 확인했을 뿐이다. 그렇다고 그 세상 너머에 있는 넓은 세상을 알고 싶은 마음도 없었다. 거기에는 은설이 감당하지 못할 두려운 일들이 너무 많을 것 같았다.

은설은 하루라는 시간 단위가 갈수록 버거웠다. 양손으로 떠받치고 머리에 이고 등에 짊어져도 시간은 줄지 않는 무게였으며, 아무리 깎아먹어도 남아도는 양이었다. 때맞춰 일어나고 잠자리에 들고, 종이 울리면 식당으로 가서 밥을 먹고, 씻고 잡담하고 오목을 두거나 퍼즐 조각을 끼워 맞췄음에도 늘 하루였다.

물론 은설이 바깥세상에 속해 있을 때에도 시간이 짓누르는 무게를 감당하기 어려웠던 적은 있었다. 그러나 이곳에서 보내는 시간에 비하면 그건 무게라고도 양이라고도 할 수 없었다. 비교하지 말아야 했다. 그럴수록 하루라는 시간은 더 무겁고 더 늘어났으니까. 쇠공과 플라스틱 공을 한 저울에 올려놓고 가늠하는 건 바보짓이었다.

이곳에서 가장 먼 미래 시간은 내일이었다. 한 달은 고사하고 일주일이라는 시간을 입에 올리는 사람도 없었다. 누구는 석 달째 입원 중이고 누구는 반년도 짧아서 일 년이 다 되어 가고, 드물게는 일 년을 넘기고 이 년을 채워가는 사람이 있다지만, 그건 은설의 상상 너머에 있는 무한대의 시간이었다.

그녀를 슬프게 만든 것은, 그렇게 흘러가는 시간을 피부로 느끼는 사람이 별로 없다는 거였다. 환자들 대부분이 단순한 일과에 나태해졌고, 무기력이라는 타성에 길들여졌다. 절망까지도 길들여진 것 같았다. 어쩌면 길들여진 척을 하는지도 몰랐다. 그렇지 않으면 견뎌내지 못할 테니까.

은설을 비롯하여 그곳에 있는 모두가 무지개 정신병원에 입원하는 순간부터 시간의 경계 밖으로 밀려난 사람들이었다. 말하자면 시간으로부터도 관심을 받지 못하는 부류였던 것이다.

은설은 주말마다 특활 프로그램으로 선택한 종이접기를 빠짐없이 해왔다. 그러나 한 달이 지나면서 이마저도 시들해졌다. 엄지손톱만큼 작은 종이별을 접은 뒤로 그랬다. 은설이 손을 놀리는 만큼 많은 별이 탄생했다. 작디작은 아기별을 만드는 재미에 빠져 초코파이 상자에 가득 채워보자는 생각도 했었다.

그랬는데, 종이접기 시간이 끝날 무렵 손바닥에 올려놓은 색색의 종이별을 보고 있자니 슬펐다. 알록달록한 종이별은 빛이 없었다. 빛이 의미하는 희망이 없었다. 별이 빛을 잃으면 한갓 돌덩이에 지나지 않는 것처럼 그녀의 손바닥 위에 있는 별도 모두 쓸모없는 종이일 뿐이었다. 별들은 쓰레기통으로 사라졌다.

은설은 무엇을 해야 시간이 빨리 가고 시간을 생각하지 않아도 될까 하는, 답 없는 생각만 반복했다. 그러다 보니 입원한 지 한 달이 훌쩍 지난 뒤로는 연지와 나란히 앉아 종이접기 시늉을 하며 잡담으로 시간을 때웠다.

"언니, 비행기 타봤지?"

연지는 난이도를 조금 올려 접는 횟수가 더 많아진 종이비행기를 이리저리 날리는 시늉을 하다가 은설에게 물었다.

"비행기? 그야 타봤지."

"난 한 번도 못 타봤어. 이담에 돈 많이 벌면 일 년에 두 번씩 탈 거야."

"좋지. 근데 왜 두 번씩이야?"

"그냥 그러고 싶어. 언닌 비행기 타고 어디 어디 가봤어?"

"음…… 호주는 부모님 만나러 세 번 갔었고, 제주도 한 번 그리고 일본 한 번 홍콩에 한 번, 그게 다야."

"많이 갔었네. 재밌었겠다."

"뭐, 그냥 그랬어. 연지는 제일 가보고 싶은 데가 어디야?"

"글쎄, 만약 가게 되면…… 제일 먼저 그리스에 가고 싶어."

"그리스? 왜?"

"그리스에 있는 섬인데, 이름이 생각 안 나. 중학교 다닐 때 달력에서 봤는데, 하얀 집들과 파란색 둥근 지붕 그리고 굉장히 파란 하늘과 바다가 있는 곳이었어. 그 달력 아직도 가지고 있어."

"아, 어딘지 알겠다. 산토리니 섬 말하는 거지?"

"맞아 산토리니, 거기 꼭 가보고 싶어."

"나도 가고 싶다, 그 섬에."

극도로 긴장하거나 경직된, 가끔은 무표정한, 어떤 때는 차가움과 분노가 어려 있던 연지의 얼굴에 처음으로 환하고 따스한 빛이 서렸다.

"언니, 이담에 우리 그 섬에 같이 가자."

"그래, 이담에 같이 가."

은설과 연지가 초코파이를 먹는 동안 나눴던 대화들은 금방이라도 비를 퍼부을 것 같이 잔뜩 흐린 하늘색이었다. 이날 처음으로 그녀들은 맑은 지중해 빛깔의 대화를 나눴고, 은설은 몇 안 되는 희망 사항 속에 산토리니를 넣었다.

은설은 꿈이라는 단어를 쓰지 않았다. 그녀는 무거운 것이 싫었다. 꿈은 무거웠다. 서른세 해 동안 꿈을 가진 사람은 많이 봤지만, 꿈을 이뤘다는 사람을 만난 적이 없었다. 왠지 꿈이라는 것은 함부로 바꿀 수 없는, 없애기도 곤란한 약속 같았다. 없애지도 바꾸지도 못한 채 처참하게 깨어지는 걸 바라봐야 할 것 같았다.

시간이 흘러 먼 훗날 거울 앞에 섰을 때, 실망과 좌절이라는 가시투성이 면류관을 머리에 쓰고 있는 그녀 자신을 본다는 건 얼마나 끔찍할까. 그래서 언제라도 수정할 수 있는 희망 사항이라는 단어가 편했다.

은설이 희망 상자에 넣은 것들은 무게가 나가지 않았다. 꺼냈다가 마음에 안 들고 능력이 닿지 않는다면 언제라도 폐기처분할 수 있는 것, 그래서 미안한 마음이나 빚진 느낌이 별로 들지 않을 것들로 채웠다. 말하자면 미련이 남지 않을 것들이었다.

가령 기회가 생기고 여건이 마련되고 마음이 변하지 않는다면 언젠가 소설을 써보고 싶다는 것, 그런 것은 꿈이 아니라 희망 사항이었다. 기회가 안 생기고, 생겨도 여건이 갖춰지지 않고 마음이 변하면 언제라도 바꿀 수 있는 거니까. 그리스의 작은 섬 산토리니에 가는 것도 그랬다. 가고 싶지만 기회가 없고 여건이 안 되고 생각이 바뀌어 다른 곳으로 가버린다 해서 마음에 찌꺼기를 남길 일이 없으니까.

꿈이나 희망 사항이나 그게 그거 아니냐고 할 사람도 있겠지만, 그 둘을 분명하게 구분 짓는 건 어디까지나 은설의 자유였다. 그 것만큼은 고집을 꺾을 생각이 없었다.

두 시간에 걸친 종이접기 프로그램이 끝날 무렵, 연지가 화장실 간다며 먼저 자리에서 일어났다. 그러고는 가던 걸음을 돌려 손에 들고 있던 종이비행기를 은설에게 날렸다. 자기 앞에 날아온 종이 비행기를 보는 순간, 섬광 하나가 은설의 머릿속을 스쳐갔다.

그녀는 연지가 만든 종이비행기를 모두 챙겨 방으로 돌아갔다. 연지는 종이접기 시간에 만든 것들을 그날 바로 쓰레기통에 버렸 으므로 그녀에게 허락받을 필요가 없었다. 은설도 자기가 만든 것 을 다 간직하지는 않았다. 사물함 속에 잠시 뒀다가 구매품들을 채울 때 남김없이 버렸다.

방으로 돌아온 은설은 주먹 하나 들락거릴 정도밖에 열리지 않 는 프로젝트 창을 밀었다. 그런 뒤, 고개를 한껏 비틀어 창에 바짝 붙였다. 폭이 좁은 두 건물 사이로 12월 차가운 공기가 소용돌이 쳤고, 얼얼한 바람은 코끝을 찔렀다. 그녀의 어깨가 움츠러들었다.

은설은 연지가 만든 종이비행기 중에서 파란색을 선택했다. 지 중해 같은 색이었다. 어디를 조준해서 날릴까 잠시 고민한 은설은 그저 멀리 날아가 주면 좋겠다는 생각으로 바꿨다. 그러고는 손끝 에 힘을 주어 한없이 멀어 보이는 바깥세상을 향해 날렸다. 종이 비행기는 바람을 타고 잠시 위로 떠오르는가 싶더니 중심을 잃고 쉽게, 너무도 쉽게 바닥으로 곤두박질쳤다.

13

꽁이비행기

S# 42 ― 겨울 방 (오후)

방 한가운데에 귤과 고구마, 음료수 등, 간식들이 잔뜩 널려 있다.
현자, 수정 그리고 설하와 인선이 둘러앉아 간식을 먹는다.

> **현자**　(군고구마 껍질을 까서 인선에게 내밀며) 이거 더 먹어.
>
> **수정**　(빨대 꽂은 우유팩을 인선에게 건네고) 이거 마셔요. 그러다
> 　　　　체하겠어.

한 손에는 다 먹어가는 고구마를 든 채 현자가 내민 고구마를 받
으려다 수정이 건네는 우유팩을 먼저 받아 들고 빨대로 쭉쭉 빨아
마시는 인선.

> **인선**　아이씨유에서 꼼짝도 못하고 누워만 있었더니 소화가 될
> 　　　　턱이 있겠어? 사흘 동안 굶다시피 했더니 그새 속에 거

지새끼가 들어앉았나 봐.

인선의 말에 둘러앉은 여자들 모두 킥킥거리며 웃는다.
열린 문밖으로 광장을 서성거리는 연우가 보인다.
귤을 까다가 문밖을 내다보는 설하, 연우와 눈이 마주치자 미소를
짓는다.
설하의 시선을 따라 고개를 옆으로 빼고 밖을 보는 현자.

현자   (큰소리로) 연우야, (손짓하며) 너도 이리 와.

수정   냅둬요. 운동하러 나왔겠죠 뭐.

현자   (나무라듯) 너무 그러지 마. 쟤도 알고 보면 엄청 불쌍한
       애야.

수정   그렇긴 하지만…… 왠지 정이 안 가요.

방으로 들어와 수정의 눈치를 살피며 설하 곁에 다소곳이 앉는
연우.
설하는 손에 들고 있던 귤을 마저 까서 연우에게 건넨다.

인선   민제 할망구, 그 주둥아리가 늘 말썽이야. 이번에 내가
       버릇을 단단히 고쳐놓고 말 거야.

수정   어떻게요?

인선   그건 좀 생각해 봐야지.

현자   (웃으며) 방법도 없으면서 큰소리치기는.

설하	이왕이면 코골이부터 고쳐주면 안 될까?

설하의 말에 모두 배를 잡고 웃는다.

수정	아 진짜. 인선 언니, 그것부터 좀 해결해 주면 안 될까요? 우린 바로 옆방이잖아. 자다가 깬 적이 한두 번이 아니라니깐요. 울 아빠 코 고는 소리도 유명한데 민제씨 코 고는 소리에 비하면 자장가야.
현자	하긴 좀 심했지. 내가 잠귀가 어두운 편이라 천둥 쳐도 자는 사람인데, 민제씨 코 고는 소리에 몇 번 잠을 설치긴 했어.
연우	(귤 알맹이 표면에 붙은 하얀 속껍질을 벗겨내며) 코를 막아버리고 주둥이는 쥐어뜯어버리면 되겠네요.
인선	(의외라는 듯) 오, 연우가 제법 쎄게 나오네.
수정	(연우 손에 들린 귤을 보며 못마땅해 하는) 야, 넌 그걸 왜 다 벗겨내니? 그게 몸에 더 좋은 건데.
연우	(고개 들어 수정을 빤히 쳐다보며) 난 이게 싫어.

S# 43 — 여자 화장실 (점심시간)

창틀에 기대어 혼자 담배 피우는 인선, 표정이 어둡다.
화장실로 들어오던 설하, 인선을 발견하고 다가간다.

설하　　식전에 웬 담배? 아직 점심 안 먹었잖아.

인선　　입맛이 없네.

설하　　(인선의 표정을 살피며) 무슨 일 있어?

인선　　(담배 한 모금 빨고 창밖으로 연기를 뱉은 뒤) 좀 전에 엄마랑
　　　　　통화했걸랑.

설하　　잘 됐네. 연락 안 된다고 답답해했잖아.

인선　　통화 좀 하자고 그렇게 사정할 땐 안 하더니만, 거의 한
　　　　　달 만에 전화해서는 한다는 소리가…… (한 손으로 머리카
　　　　　락을 헝클며) 에이 씨, 딱 돌아버리겠네.

설하　　(걱정스러운) 뭔 일인데?

인선이 막 뭐라고 대답하려는 순간, 화장실로 들어오는 첫사랑과
민제씨.

민제씨　　(얼굴을 찡그리며) 아이 참, 또 담배야? 그걸 왜 자꾸 피우
　　　　　나 몰라.

인선　　(깡통에 꽁초를 비벼 끄고) 작가언니, 우리 나중에 얘기해.

설하　　(세면대 수도꼭지를 틀어 손 씻으며) 응, 그렇게 해.

첫사랑이 입구에서 가까운 칸으로 들어가고, 민제씨는 투덜대며
안쪽으로 간다.

이를 악물고 소맷자락을 걷어붙이는 인선.

인선	이것 보세요, 김민제씨.
민제씨	(뒤돌아보며) 왜?
인선	내가 담배를 피우든 말든 댁이 왜 자꾸 상관하냐고요.
민제씨	(발끈하여) 나 담배 피는 거 싫어해.
인선	그건 본인 사정이고, 왜 남이 피는 것 가지고 지랄이시냐고요. 기분 잡치게.
민제씨	(놀라며) 지랄? 어머, 너 나한테 욕했어?
인선	뭔 욕? 지랄? 그건 욕이 아니거든. 그리고 여긴 엄연히 흡연해도 되는 장소거든.
민제씨	(더 놀라며) 어머 이젠 반말까지 하네. 너 몇 살이야?
인선	나 서른하나다, 왜? 고자질쟁이 할망구는 여섯 살이라며?
민제씨	(얼굴에 경련을 일으키며) 할망구? 나보고 할망구라고?

S# 44 — 식당 (점심시간)

철제 테이블 위에 순서대로 식판을 쌓는 환자 몇이 있는가 하면,
광장 쪽으로 빠져나가는 환자들과 아직 식사 중인 환자들도 있다.
달룽아재와 쓰레빠 그리고 꽁지머리는 한 식탁을 차지하고 앉아
잡담 중이다.

쓰레빠	아재, 생일이라면서요?
꽁지머리	(눈 동그랗게 뜨고) 오늘이에요?

달롱아재 (손사래 치며) 아이다. 며칠 남았다.

꽁지머리 언젠데요?

달롱아재 쑥스럽게 와 자꾸 묻노. 그냥 넘어가자.

쓰레빠 에이 그러면 섭섭하죠. 올해 환갑이라면서요.

꽁지머리 벌써 환갑이에요? 그럼 잔치라도 열어야죠.

달롱아재 잔치 같은 소리 하고 있네. 여서 무슨 잔치를 한다꼬 그라노.

꽁지머리 회식 날 하면 되죠.

쓰레빠 맞다, 회식 날이 다가오네. 그날 하면 되겠네요. (어깨춤 추며) 앗싸.

달롱아재 고마 치아뻐라. 너그들 광고하고 다니지 마라, 알았제?

쓰레빠 한솥밥 먹는 식구끼리 나 몰라라 하면 안 되죠. (꽁지머리를 보며) 안 그래 형?

꽁지머리 그렇지. 그냥 지나치면 섭섭하지. 아재는 가만히 구경만 하세요. 우리가 알아서……

그때 민제씨의 악쓰는 소리가 요란하게 들려오는 바람에 꽁지머리는 말을 하다 말고 깜짝 놀란다.

달롱아재 (심각하게) 이기 무슨 소리고?

꽁지머리 민제씨 소리 같은데요?

쓰레빠 (벌떡 일어나며) 바람 잘 날 없는 소리죠 뭐.

쓰레빠를 선두로 달룡아재와 꽁지머리 그리고 식당에 남아 있던 몇몇 환자들, 우르르 여자 화장실로 달려간다.

S# 45 — 여자 화장실 (점심시간)

인선과 민제씨는 서로 머리끄덩이를 잡고 허리를 굽힌 채 씩씩거리며 기싸움을 하고 있다.
첫사랑은 민제씨를, 설하는 인선을 각각 잡은 채 싸움을 말리느라 쩔쩔맨다.
환자들은 화장실 문 입구에서 서로 잘 보려고 틈을 헤집거나 까치발을 해가며 싸움을 구경한다.

설하　　두 사람 다 손 놓으라니까요, 제발.

인선　　이 고자질쟁이 할망구야, 내 머리 놓으라고.

민제씨　이 나쁜 년아 너부터 내 머리 놓으라니까.

인선　　할망구가 먼저 내 머리 쥐어뜯었잖아.

첫사랑　(민제씨 허리를 잡아당기며) 아이 참, 그만하라니까요.

민제씨 머리에서 먼저 손을 뗀 인선은 자기 머리채를 잡고 있는 민제씨의 양쪽 손목을 잡는다.

인선　　야 이 할망구야, 이거 빨리 놔.

민제씨　　(고개를 최대한 뒤로 젖히고) 사과해. 안 그러면 머리 다 뜯
　　　　　　어버릴 거야.

인선　　　(민제씨의 두 손목을 세게 꼬집으며) 뭘 사과해? 이 손 안 놔?

꼬집힌 손목이 아파서 '아얏' 소리치며 펄쩍 뛰는 바람에 인선의
머리채를 놓아버린 민제씨.
민제씨의 양 손목에 꼬집힌 자국이 선명하다.
설하와 첫사랑은 각자 뒤에서 껴안고 있던 인선과 민제씨를 놓아
준다.

민제씨　　(울상이 되어) 나쁜 년이 폭력까지 쓰다니……

인선　　　(헝클어진 머리를 만지며) 폭력은 누가 먼저 썼는데? 아 진
　　　　　　짜 아파 죽겠네. 뭔 놈의 손힘이 그렇게 세냐?

민제씨　　(다시 인선을 향해 손을 뻗으며 달려드는) 너도 꼬집어 줄 거야.

깜짝 놀란 첫사랑은 냉큼 민제씨의 허리를 잡아당긴다.
그 바람에 첫사랑과 민제씨는 뒤로 나자빠진다.
구경하던 환자들이 킥킥거린다.
환자들 뒤에서 구경하다가 앞으로 나서는 달룡아재.

달룡아재　(버럭 화를 내며) 이 비좁은 데서 뭐 하노? 레슬링을 할라
　　　　　　　믄 넓은 광장에서 할 것이지 여서 와 지랄들이고.

인선은 달롱아재를 보며 배시시 웃고, 민제씨는 바닥에 퍼질러 앉은 채 여전히 분을 풀지 못해 씩씩거리며 인선을 노려본다.
바닥에서 일어나 환자복 바지를 툴툴 털며 키득거리는 첫사랑.

S# 46 ― 광장 (오후)

간호사실 옆 통제구역 문이 열리고, 거기에서 큰 상자를 안고 나오는 김 간호사.
김 간호사는 광장에 설치한 긴 테이블 위에 상자를 올려놓는다.
첫사랑은 상자에서 스케치북과 물감, 붓 등을 꺼내 수채화 프로그램에 참여한 환자 네 명에게 나눠준다.
그 뒤를 이어 종이접기 교본과 색종이 세트, 딱풀, 공작용 작은 가위 등을 꺼내 테이블에 올려놓는 설하.
김 간호사는 설하 옆 테이블 코너에 팔짱을 끼고 서서 감시한다.
각자 자리에 앉아 선택한 특활 프로그램을 시작한다.
색종이 한 장으로 바구니를 접는 설하.
설하 옆에 앉아 교본을 뒤적거리다 종이학 접기를 들여다보는 연우.
김 간호사는 환자들 뒤로 천천히 돌다가 연필로 밑그림을 그리는 첫사랑 곁에 멈춰 스케치북을 내려다본다.

설하   연우는 뭐 만들 거야?

연우 오늘부터 나도 학을 접을까 생각 중이야. 소원을 그냥 빌면 안 들어주는 것 같아. 그래서 천 마리 접으면서 빌어 볼까 싶어.

설하 천 마리나? 그렇게 오래 있으려고?

연우 (잠시 생각하다 한숨 쉬고) 휴, 그건 너무 잔인해.

설하 그럼 이렇게 해. 한 마리를 열 마리로 치는 거야. 우리 맘이잖아. 그럼 백 마리만 접으면 천 마리가 되는 셈이지. 특활 시간마다 우리 둘이 합쳐서 스무 마리 접는다 치면, 한 달하고 일주일이야. 그땐 소원이 이루어질지도 몰라. 어차피 우리 둘 다 소원이 같으니까.

연우 (얼굴에 화색이 도는) 그거 좋은 생각이네. 언니 머리 참 좋다.

설하와 연우가 킥킥거리며 웃자 김 간호사가 다가온다.

김간호사 이연우가 다 웃고, 무슨 좋은 일이라도 있어?

연우 (고개 숙여 학을 접으며 혼잣말로) 좋은 일 있을 게 뭐람.

설하 (김 간호사를 올려다보고) 제가 농담을 좀 했거든요.

김간호사 윤설하 씨, 특활 시간에 잡담하는 거 별로 바람직하지 않으니까 앞으로 삼가세요.

설하 네, 조심할게요.

김간호사 (연우를 내려다보며) 난이도 높은 걸 좀 해봐. 네 나이에 어울리는 걸 접으라고. 그건 초등학생도 쉽게 접어.

연우 내가 뭘 접든 신경 끄세요.

김간호사 (불쾌한) 신경 끄라고? (혀를 차며) 허, 여전하구나. 그래 알았어. 네가 학을 천 마리 접는다고 여기서 나갈 수 있을 것 같니? 내가 그랬잖아. 육 개월 뒤에도 넌 여기 있을 거라고.

연우 (김 간호사를 쏘아보며) 나 없으면 심심하겠죠?

설하 (잔뜩 긴장하여) 연우야, 그냥 종이접기 해. (김 간호사를 올려다보고) 저기요. 우리 이제부터 잡담 안 할 테니까 신경 안 쓰셔도 돼요.

김 간호사는 콧방귀를 뀌고는 간호사실로 돌아간다.

S# 47 ─ 빌딩 사이 (초저녁)

어둠이 내리기 시작한 좁은 빌딩 사이로 날아가는 파란색 종이비행기.

곧이어 종이비행기는 축축한 바닥으로 떨어진다.

잠시 뒤에 초록색 종이비행기가 높게 나는가 싶더니 다시 아래로 추락한다.

초록색 종이비행기가 떨어진 두 빌딩 사이 바닥, 여기저기에 색색의 종이비행기가 흩어져 있다.

빌딩 5층 벽에 붙은 좁은 창틈으로 노란색 종이비행기와 그것을 든 손이 절반 정도 보인다.

S# 48 ─ 겨울 방 (초저녁)

설하와 연우 두 사람뿐인 방 안, 좁은 창틀 사이로 노란색 종이비
행기를 날려 보내는 연우.

연우 (아쉬워하며) 아, 또 떨어졌다. 창문이 조금만 더 열려도
　　　　멀리 날릴 수 있을 텐데……

설하 그러게. 어떻게 하면 큰길까지 날려 보낼 수 있을까?

연우 (창을 힘주어 밀며) 이 창문 더 여는 방법 없을까?

설하 내가 해봤는데, 그 이상은 안 열려. 차라리 비행기 앞부
　　　　분을 더 뾰족하고 길게 접는 방법을 찾아보는 게 낫겠어.
　　　　이제 그만하고 저녁 먹으러 가자.

연우 하나만 더 날려 보고.

연우는 바닥에 앉아 연두색 종이학을 펼치고는 손톱으로 문질러
접힌 선을 편다.
설하도 앉아서 분홍 색종이로 접었던 바구니를 편다.

연우 (무심하게) 언니는 약을 먹어도 생생해.

설하 내가 생생하다니, 무슨 말이야?

연우 (종이비행기를 접으며) 아침에 주는 약 먹으면 사람들이 축
　　　　축 늘어지잖아. 걷기 운동할 때 보면 다 좀비 같아. 종일
　　　　퍼질러 자는 사람도 있고. 그나마 오후엔 좀 나아지지만,

그건 약효가 떨어져서 그런 거 아닐까? 저녁 약이야 먹고 나서 자니까 알 수 없고. 항우울제 같은 거라고는 하는데…… 진짜 치료약인지 아님 여기 오래 잡아두려고 이상한 약을 먹이는 건 아닌지 모르겠어.

설하 (난처해하며) 글쎄……

연우 근데 언니는 말짱하잖아. 언니도 약 먹는 거 맞지?

설하 (잠시 뜸을 들이다 결심한 듯) 있잖아, (목소리를 한껏 낮추고) 난 약 안 먹어.

연우 (놀라며) 안 먹어? (소리 낮추고) 왜? 언니한텐 약 안 줘?

설하 약을 주는데 내가 안 먹어. 뭔가 느낌이 안 좋아서.

연우 어떻게? 간호사가 먹는 거 확인 안 해?

설하 당연히 확인하지. 약을 입에 넣은 뒤 물 마시려고 잠깐 고개 숙이잖아. 그때 표 안 나게 굴려서 혀 밑으로 숨겨. 그런 다음 물 한 모금 마시고 약 넘기는 척을 해. 그러고 입을 아 벌리면 끝. 처음엔 많이 떨렸는데 몇 번 하다 보니 요령이 생기더라고. 약을 입을 넣을 때 최대한 혀끝에 두는 거지.

연우 (고개를 끄덕이며 의미심장하게) 아, 그래서 언니는 생생하구나.

연우는 다 접은 종이비행기를 들고 일어나 창가로 간다.
설하는 바닥에 흩어진 색종이를 챙겨 사물함에 넣는다.

S# 49 — 광장, 봄 방, 겨울 방 (밤)

광장 벽에 걸린 시계 초침이 째깍거리며 9시를 향해 다가간다.

정각 9시가 되자 차임벨이 울린다.

통제구역 문이 열리고 약상자를 든 김 간호사와 장 실장이 차례로 나온다.

김 간호사는 광장을 휘둘러본 다음, 통제구역에서 가장 가까운 바다 방으로 들어가고, 그 뒤를 따라 장 실장도 들어간다.

화면이 닫혔다가 열리면 장소는 봄 방. (시간 경과 암시)

달룡아재가 물을 벌컥벌컥 마신 뒤 입을 크게 벌린다.

충림이 무릎걸음으로 김 간호사에게 다가간다.

아홉 명의 환자들이 일렬로 앉아 방 중간에서 약 먹는 충림을 본다.

화면이 닫혔다가 열리자 장소는 겨울 방. (시간 경과 암시)

약을 입에 넣고 물 한 모금 꿀꺽 마신 뒤 입을 크게 벌리는 수정.

김 간호사는 고개를 끄덕인다.

약을 입에 넣고 물컵을 들어 한 모금 마신 뒤 입을 벌리는 설하.

설하의 입을 쳐다보고 잠시 뜸을 들이는가 싶더니 고개를 끄덕이는 김 간호사.

S# 50 — 하늘 방 (밤)

각자 물이 든 컵을 앞에 놓고 일렬로 앉아 있는 열 명의 환자들.

연우는 문에서 제일 가까운 벽에 머리를 비스듬히 기대고 앉아 있다.

약상자를 든 김 간호사와 장 실장이 들어온다.

김간호사 (연우를 보며) **이연우, 바로 앉아.**

연우는 마지못해 허리를 세우고 앉는다.

김 간호사와 장 실장은 방 한가운데 약상자를 놓고 앉는다.

방에서 제일 안쪽에 앉은 첫사랑이 물컵을 들고 김 간호사 앞에 와 앉는다.

김 간호사는 첫사랑의 얼굴을 한 번 본 뒤, 약상자에서 꺼낸 약봉지를 확인하고 찢어서 그 속에 든 약 두 알을 첫사랑 손바닥에 올려놓는다.

첫사랑은 약을 입에 넣고 물을 마신 뒤 입을 벌린다.

화면이 닫혔다가 열린다. (시간 경과 암시)

연우는 물컵을 들고 김 간호사 앞에 앉는다.

약상자에 단 하나 남은 작은 약봉지가 보인다.

김 간호사는 봉지를 찢어 약 세 알을 꺼내 연지의 손바닥 위에 올려놓는다.

연지는 약을 입에 넣고 잠시 뜸을 들여 물을 마신 뒤 컵을 내려놓으려다 다시 물을 마신다.

장실장   **입 벌려보세요.**

연우는 입을 꾹 다물고만 있다.

김간호사 (짜증스럽게) 야, 입 벌려봐.

고개를 좌우로 흔드는 연우.

김 간호사는 양손으로 연우의 입을 억지로 벌리려 한다.

그럴수록 더 입을 꽉 다무는 연우.

장 실장이 그만하라는 신호로 김 간호사의 어깨를 잡자 장 실장을 불쾌하게 올려다보는 김 간호사.

그 틈에 연우는 김 간호사의 손을 뿌리치고 방 밖으로 뛰어나가려 한다.

김 간호사는 잽싸게 발을 뻗고, 그 발에 걸린 연우는 앞으로 넘어진다.

장 실장이 넘어진 연우를 일으키자 김 간호사는 얼굴이 벌게져서 다시 연우의 턱을 잡고 억지로 입을 벌리려 한다.

유정   (안타깝고 애가 타는) 연우 언니 제발, 얼른 입 벌려.

김간호사 (용을 쓰며) 입 안 벌려? 또 아이씨유에 가고 싶어 이 지랄이야?

첫사랑   (울상이 되어) 연우야, 왜 그래? 말 좀 들어.

갑자기 입을 벌리더니 김 간호사의 오른손 검지를 세게 물어버리는 연우.

김 간호사는 고통에 비명을 지른다.

연우가 손가락 문 입에 힘을 빼자 김 간호사는 간신히 손가락을 빼낸다.

김 간호사 손가락에는 납작하고 눅진해진 캡슐 약이 붙어 있고, 검붉은 피가 맺힌다.

입안에 남아 있던 알약 두 개를 뱉어내는 연우.

피를 본 김 간호사는 눈을 부릅뜨고 이를 악문다.

방 안에 있는 겁먹은 환자들, 뒤로 물러나거나 한쪽으로 모여 앉는다.

김 간호사 뒤에서 어쩔 줄 몰라 쩔쩔매는 장 실장.

연우의 왼쪽 뺨을 세게 후려치는 김 간호사.

오른쪽으로 돌아간 고개를 바로 하고 김 간호사를 노려보는 연우, 김 간호사의 피가 볼에 묻어 있다.

김 간호사는 다시 연우의 뺨을 있는 힘껏 때리고, 연우는 옆으로 나동그라진다.

14

은설

6년 전이었다.

은설의 눈앞에 펼쳐진 스크린 속 허구가 현실이었던 적이 있었다. 현실에서 일어났던 일이었으니 사실이라고 말해도 좋을 것이다. 상욱이 만든 영화 〈종이비행기〉는 실제 상황을 착실하게 그려 냈다. 그럼에도 실화를 바탕으로 각색한 영화일 뿐이었다. 소설처럼 허구일 뿐이었다. 너무도 사실적인, 그러나 진실을 다 담아내지 못한 반쪽짜리 실화였다.

6년은 적은 시간이 아니다. 은설은 그 당시 일들을 웬만큼 잊고 있었으니까. 시간이 흘러가면 녹이 슬고 곰팡이가 피고 나중에는 먼지가 되리라 믿었다. 믿음대로 되었다. 녹이 슬었고 곰팡이도 피었으며 먼지가 되었지만, 사라지지 않았다.

***

자유의 폭이 더도 덜도 말고 7센티미터일 수 있다는 걸 이해하는 사람은 진정한 자유가 무엇인지 아는 사람이다.

프로젝트 창 아랫부분에 붙은 잠금 손잡이를 위로 돌려서 밀면 밑으로 7센티만큼만 열리는 곳이 있다. 기능은 환기와 통풍 그리고 방범이 목적이라 하지만, 이 병원에 설치된 것은 탈출의 가능성을 완전히 제거하기 위함이다. 억지로 힘을 주어 더 열 수 있다 해도 겨우 1, 2센티의 차이에 지나지 않는다. 그 좁은 곳으로 주먹 하나 빠져나가기도 어려웠다. 게다가 병원은 빌딩 5층에 있다. 그럼에도 7센티미터로 고정한 이유는 아마도 건물주의 특별 주문이거나, 창을 설치한 건설 업자가 진짜 자유가 무엇인지 아는 사람일 것이다. 그게 아니라면 실수이거나, 멍청하거나, 불량품이거나.

이 건물은 유독 무지개 정신건강의학과 병원이 통째로 사용하는 5층만 프로젝트 창으로 되어 있었다. 건물주가 멋을 부리려고 이렇게 지은 것일까? 그건 아니다. 건물주가 나용대 원장의 아버지라는 소리를 최 주임에게서 들었다는 김달룡 씨의 말이 없었다면 은설은 오랫동안 의심했을 것이다. 이 건물은 나용대 원장이 의도한 대로 처음부터 이렇게 설계된 건물이었다.

어쨌든 7센티미터 틈으로 종이비행기는 날아갔다. 거기에는 은설의 바람이 담겨 있었다. 이곳에서 나가게 해달라는 간절한 소망이자 청원이었다. 그러나 아쉽게도 어느 것 하나 목적지에 닿지 못했고, 어정쩡한 곳에 불시착하고 말았다. 게다가 12월 초순에 내린 눈으로 남김없이 젖어버렸다.

7센티미터 틈으로 볼 수 있는 세상은 옆 건물의 콘크리트 벽과 목을 최대한 비틀면 두 건물 사이로 겨우 시야에 들어오는 도로변

의 은행나무 한 그루가 전부였다. 은설이 이곳에 들어올 무렵 노
랗게 물들었던 은행잎들은 하나 남김없이 사라졌으나, 나무는 변
함없이 그 자리에 서서 은설과 눈을 맞춰주었다.

은설에게는 그 좁은 통로가 세상 쪽으로 열린 유일한 자유였기
에 그녀는 지치지 않고 종이비행기를 날렸다.

김달룡 씨에게 담배를 줬다는 이유로 사흘간 ICU를 다녀왔던
인선은 벼르고 있었다. 병원에 입원한 사람들은 서로가 동료이자
가족이나 마찬가지였다. 그들 사이를 흐르는 동질감은 시간이 흐
를수록 토실토실한 유대감으로 살쪘다.

그렇다고 모두가 다 그런 건 아니었다. 민제씨와 인선은 예외
였다. 인선은 종종 민제씨의 존재를 무시했지만, 민제씨는 인선을
사사건건 목에 걸린 가시처럼 여겼다. 민제씨는 누가 피우느냐에
따라 담배 냄새에 민감했다. 예를 들면 유정이나 민제씨와 같은
방을 쓰는 양지수가 피울 때는 별말 없다가 인선이 피울 때는 꼭
한소리를 해야 직성이 풀렸다.

민제씨는 병원에 들어온 지 이 년이 되었고, 인선은 일 년을 바
라보고 있었다. 한 지붕 아래 동거한 시간이 일 년이면 정들만도
하건만 유독 두 사람은 앙숙 같았다. 민제씨의 자잘한 고자질이
얄밉긴 하나 그때까지 인선에게 그다지 해가 된 일은 없었다. 인
선은 담배 피울 때마다 민제씨의 하나 마나 한 소리를 귓등으로
흘렸다. 그랬던 그녀가 민제씨 때문에 ICU로 들어가 사흘을 꼼짝
달싹 못하고 묶여 지냈다.

민제씨가 옆 식탁에서 주고받던 이야기를 엿듣고 김 간호사에게 고자질한 바람에 일어난 일이었던 만큼, 평소에도 그다지 매끄럽지 못했던 둘 사이가 결국 폭발하고 말았다. 민제씨의 나쁜 버릇을 고치고 말겠다며 벼르던 인선은 어렵사리 자기 어머니와 통화한 뒤, 신경이 잔뜩 날카로워져 있었다. 답답한 속이라도 달래보려고 그녀가 화장실에서 담배 두 대를 연거푸 피우던 때였다. 분위기 파악이 어두운 민제씨는 마침내 인선에게 기름을 끼얹고 말았다.

"난 엄연히 미스야 미스. 네까짓 게 뭐라고 날 할망구라고 해?"
"네까짓 게? 허, 그러는 미스는 뭐가 그리 잘났나? 왕년에 이대 나왔다며? 그까짓 게 무슨 벼슬이라도 되나?"
"그까짓 게? 야, 고졸인 주제에 어디서 우리 학교를 깔봐?"
"아이고 그 잘난 대학 나오면 뭐 하냐, 이런 데 처박혀 사는 건 나나 할망구나 피장파장 아닌가?"

교통사고로 여섯 살이 되어버렸다는 민제씨는 바들바들 떨며 서른한 살 난 인선에게 독기 어린 눈빛을 쏘아댔다. 반면 호시탐탐 기회를 노리던 인선은 민제씨를 놀려가며 약을 올렸다.
말로는 당할 재간이 없던 민제씨는 인선에게 와락 달려들어 양손으로 머리채를 잡고 '네 이년 네 이년' 하면서 마구 흔들었다. 생각지도 못한 기습이었으나 인선도 질세라 민제씨의 커트 머리를 잡고 흔들었다. 먼저 화장실에 와있던 은설과 첫사랑은 본의 아니게 싸움의 중재자가 되었다. 싸움에서 빠질 수 없는 발길질이 오갔고, 그 바람에 두 사람을 말리던 은설과 첫사랑은 누구인지도 모를 발길질에 몇 번 종아리를 걷어차였다.

좁아터진 화장실에서의 난투극을 잠재운 사람은 복도 밖까지 빼곡히 모여 구경하던 환자들 중 김달룡 씨였다. 오래간만에 구경거리 났다고 키득대던 환자들은 김이 빠졌고, 최 주임은 자신이 나서지 않아도 시끄러운 문제가 해결됐다며 여자 화장실로 오던 걸음을 되돌렸다.

싸움이 끝나고 겨울 방을 찾아온 인선은 은설에게 하소연을 하나씩 풀어냈다. 현자는 그녀의 사정을 다 아는 눈치였고, 수정은 걷기 운동을 하겠다며 밖으로 나갔다. 서른한 해를 산 인선의 삶역시 기막히게 기구했다.

"은설 언니, 내가 너무 일찍 결혼을 했어. 살아오면서 그게 제일 후회돼."

그동안 은설은 두 살 아래인 인선에게 '작가선생님'으로 시작하여 '작가언니'로 불렸다가 이 순간부터 또 호칭이 바뀌었다. 여기는 그런 곳이었다. 이름을 불렀다가 직명이 붙기도 하고 별명으로 불리다가 다시 이름으로 되돌아가기도 하는 곳. 그러니 무엇으로 불리든 전적으로 부르는 사람 마음이었다.

김 간호사를 예로 들면, 공식적으로는 '김 간호사'이고, 그녀가 보이지 않으면 '김선영 그년'이 되었고, 그녀가 히스테리를 부릴 때면 '악녀'로 통했다.

"결혼을 언제 했는데?"
"고등학교 졸업하고 바로 했지 뭐."
"남편은 뭐 하는 사람이야?"
"이제 남편 아냐. 얘 이혼했거든. 그것도 여기 들어온 뒤에."

은설이 묻는 말에 현자가 대답했다. 인선의 과거사를 현자는 웬
만큼 들어서 알고 있었고, 인선이 대답을 머뭇거린다 싶으면 그녀
가 대신 입을 뗐다.

"그럼 남편이 인선 씨를 여기 입원시킨 거야?"
"아니, 친정 식구들이 날 여기 처넣었어. 식구라는 사람들이 내
말은 절대 안 믿고 그 새끼 말만 믿지 뭐야."

은설은 대꾸도 질문도 하지 않기로 했다. 뭔가 심하게 꼬여버린
사연이 있겠구나, 짐작만 했다. 이곳에 있는 사람들의 사정을 들
어보면 누구에게라도 있을 법한 일인 동시에 기가 차서 입이 벌어
지는 일이 어디 한둘이든가.
인선이 풀어놓는 과거사에 현자가 양념을 쳐가며 은설에게 들
려준 이야기는 이랬다.
인선은 고3 끝날 무렵에 나이가 터울 진 남자를 만났고, 그 남
자가 인선을 건드린 바람에 임신했으며, 졸업하자마자 언니 오빠

들을 제치고 결혼식을 올렸다. 하지만 첫아이를 자연유산으로 잃고 말았다.

인선의 부모는 변두리 단독주택에서 가내수공업으로 제복에 붙일 이름표를 만들었다. 남자는 그녀 부모에게 일거리를 주는 거래처 사람이었고, 사장의 동생이었다.

결혼 몇 년 후 인선은 아들 하나를 낳았다. 남들처럼 알콩달콩 소꿉장난도 하고 부부 싸움도 해가면서 평범하게 살았다. 그러다가 어느 날부터 남자의 출장이 잦아지더니 인선이 살림을 야무지게 살지 않는다며 타박하는 잔소리도 잦아졌다. 그러던 중 남자가 다른 거래처 여자와 바람을 피운다는 사실을 알게 되었다. 확실한 소식통의 제보에도 불구하고 남자는 시치미를 떼며 오히려 인선을 의부증 환자로 몰았다.

남자가 바람피운 여자와 헤어지면 일상은 잠잠해졌고, 다시 딴 여자가 생기면 남자는 출장을 핑계로 외박과 타박이 늘었다. 심지어 매번 인선을 의부증 환자로 몰아세웠다. 결혼 십 년에 그 짓을 여러 번 반복하다 보니 인선은 자신이 진짜로 남자가 말한 의부증 환자가 아닌지 의심스럽기까지 했다.

그러나 아니었다. 꼬리가 길면 밟히는 법. 인선은 남자가 깜빡 잊어버리고 간 중요한 계약서가 든 서류봉투를 전해주러 그의 일터로 갔다. 그녀는 지하철을 한 번 갈아탄 뒤 공장 근처로 가는 버스를 탔다. 내릴 정류장에 도착하기 직전, 인선은 신호 대기 중이던 버스 안에서 보지 말아야 할 것을 보고 말았다. 삼거리 골목 입구에 있는 모텔에서 20대 후반쯤 되어 보이는 여자와 나란히 나오는 남자였다. 그것도 벌건 대낮에.

인선은 꼭지가 돌아버릴 것 같았다. 그녀는 버스에서 내리자마자 한달음에 달려가 대로변에서 남자 멱살을 잡고 고래고래 소리치며 따졌다. 싹싹 빌어도 모자랄 판에 남편이라는 작자는 바람피운 여자 앞에서 인선을 내동댕이치며 미친년 취급을 했다.

인선은 들고 간 서류봉투를 그 자리에서 발기발기 찢어버렸고, 그 길로 친정으로 가서 이혼을 선언했다. 그런데 웃지 못할 일이 그 뒤에 벌어졌다. 남자는 처갓집에 와서 대성통곡을 했다. 그동안 아내의 의부증으로 상처를 너무 심하게 받아 더 이상 같이 살 수 없다면서.

인선은 남자가 위자료를 일절 주지 않으려는 수작이라고 누누이 말했지만, 식구들은 인선이 아니라 남자 편을 들었다. 그러고는 그 죽일 놈에게 싹싹 빌며 한 번만 용서하라는 것이었다. 부모가 하는 일이 비록 가내수공업이지만 착실히 발판을 다져왔던 터라 남자의 회사가 아니라도 하청을 주는 거래처가 몇 군데 더 있었다. 일이 한꺼번에 들어오면 밤잠을 반납해야 할 정도로 바쁜 때도 있었다. 그런 때면 인선도 가서 도와야 했다. 낡고 작은 집이나마 전세 살다가 부모 소유가 된 단독주택도 있었다. 그러니 거래처 하나 잃어도 생활에 지장이 없었지만, 부모는 영세업자가 어쩔 수 없이 껴입어야 하는 비굴함을 너무 오래 입고 있었던 까닭에 몸의 일부가 되어버렸다.

"그 새끼가 애는 엄마 손에 커야 한다면서 나한테 맡기겠대. 그러면서 쥐꼬리만 한 양육비를 준다는 조건으로 협의이혼 서류를 보내온 거야. 도장 찍어 보내라면서.”

“적반하장이라는 말은 이럴 때 쓰는 거지. 천벌 받을 놈은 밖에서 떵떵거리며 잘 살고, 억울한 년은 여기 갇혀 있잖아. 세상 참 요지경이다 요지경.”

현자는 마치 자기가 당한 사람처럼 분해하며 나서서 말했다.

인선은 아니꼽고 더러워서 당장이라도 이혼 서류에 도장 찍고 싶었지만, 억울하고 분해서 갈 데까지 가보자는 심정으로 이혼소송을 결심했다. 그녀는 식구들을 잡고 한 번 더 자기를 믿어달라며 하소연했다. 그러나 쇠귀에 경 읽기였다. 부모는 인선에게 애 아빠를 찾아가서 무릎 꿇고 싹싹 빌라는 소리만 앵무새처럼 해댔다.

부모조차 천불이 오르는 속을 몰라주고 오히려 염장을 질렀으니, 인선은 저 혼자 가슴속 불이라도 달래보려고 강소주로 병나발을 불었다. 그것도 울홧술로 네 병씩이나 마시고 말았다. 마셨으니 취했고, 취하고 보니 천불은 더 활활 타올랐다. 타오르는 가슴에 인선의 어머니는 부채질을 했다. 애 아빠한테 당장 가서 고개 숙이고 용서 빌라며 인선의 등을 떠밀었다. 그렇게 못하겠으면 부모 자식 연을 끊고 집에서 나가라는 매정한 소리까지 했다. 그 말에 인선은 부모고 자식이고 다 필요 없다는 생각을 했다. 오냐 죽자 그래 죽자 하면서 마당 뒤로 돌아가 창고에서 기름통을 들고 나왔다. 그러고는 기름통을 기울여 머리에서부터 좔좔 흘렸다. 이

꼬락서니를 본 인선의 어머니는 기함을 토하며 떨리는 손으로 경찰에 신고했다. 그녀는 119에 전화를 건다는 것이 그만 마음이 급한 나머지 112를 눌렀던 것이다.

네년이 집에 불을 내서 평생을 고생하여 일군 것들을 다 재로 만들 생각이냐, 너는 내 자식도 아니다, 이 쳐 죽일 년아, 무섭고 독한 년, 네가 단단히 미친 게 분명하다, 그러면서 인선의 어머니는 땅을 치며 울었다. 뒷이야기의 종착지는 무지개 정신건강의학과, 즉 이곳 무지개 정신병원이었다.

나용대 원장은 진료기록부에 박인선을 과대망상과 의부증과 우울증으로 극단적 자살까지 시도한 환자라고 써넣었다. 인선은 졸지에 심신상실자라는 오명을 뒤집어쓴 채 금치산자 수준의 낙인이 찍혀버렸다. 정작 그녀가 먼저 이혼하겠다고 난리를 쳤지만, 억울함을 제대로 호소해 보지도 못한 채 이혼을 당한 꼴이 되었다.

인선은 외할머니 손에서 자라고 있을 아들을 생각하면 주저앉혔던 천불이 다시 타올라 미칠 것 같았다. 그녀는 당장 밖으로 내보내 달라고 소란을 피워댔다. 몇 차례 ICU로 끌려갔던 이유였다. 시간이 지나자 서서히 눈물바람도 줄어들었고, 밉고 분한 마음을 어느 정도 내려놓거나 묻거나 내다 버렸다.

그랬는데 며칠 전에 인선의 어머니가 한 달 만에 전화 통화를 신청해 와서는 일방적인 통보를 했다. 키우기 힘들다고 인선의 아들을 제 아비에게 보내겠다는 내용이었다. 인선은 세상 전부를 양보해도 아들만큼은 절대 양보할 수 없었다. 모든 것을 잃은 그녀에게 유일한 희망은 아들이었다. 그것을 인선의 부모가 잘라낼 권리는 없었다.

인선은 양손으로 수화기를 번갈아 잡아가며 애걸복걸했다. 병원에서 나가게 해달라고. 아들을 데리고 식구들 눈에 안 띄게 멀리 다른 지방으로 가서 살겠노라고. 그 말에 마음이 약해졌는지 인선의 어머니는 시간을 좀 더 두고 생각해 보겠다는 소리만 하고 전화를 끊었다.

"전화 끊고 나니까 마음이 너무 심란하더라고. 그래서 화장실에서 줄담배를 좀 피웠지. 아 그랬는데 그놈에 민제 할망구가 담배 가지고 지랄을 하잖아."

세상에는 별별 사람이 셀 수 없이 많다. 그러니 별별 일도 그 숫자만큼 많다는 걸 은설은 새삼 느꼈다. 그녀의 사연도 누군가가 듣는다면 똑같이 느낄 거라 생각하니 우울했다. 은설은 인선의 하소연을 듣고 철칙 하나를 세웠다. 기분이 우울할 때에는 절대 술을 마시면 안 된다는 것이었다. 술이 불러온 불행은 너무도 끔찍했기 때문이다.

은설은 주말이면 빠짐없이 종이접기 프로그램에 참여했다. 재미있다거나 또는 좋아서 선택한 건 아니었다. 종이접기가 두뇌활동에 도움 된다는 이유는 더더군다나 아니었다. 오로지 시간 죽이기가 목적이었다.

죽어나가는 그 시간조차 참기 힘들 정도로 지루하게 느껴질 무렵, 연지가 은설 앞으로 무심히 날렸던 종이비행기가 동기를 만들어주었다. 그것은 그녀가 이 프로그램에 꼭 참석해야 하는 이유가 되었다.

우연은 늘 이런 식으로 가면을 쓴 채 어렴풋이 왔다가 어느 순간 사람을 옴짝달싹 못하게 운명으로 변신하곤 했다. 은설은 종이접기와 관련된 일련의 행동이 운명의 단초가 될 줄은 몰랐다. 자신의 행동이 누군가의 운명에 개입할 수 있다는 건 더더욱 몰랐다. 우연과 운명을 구분하는 건 꽤나 어려운 일이었다.

그녀가 색종이를 계속 접는 이유는 단 하나였다. 종이가 필요했기 때문이다. 색종이가 있어야 종이비행기를 날릴 수 있었고, 종이비행기를 날려야 그녀의 바람이 밖으로 나갈 수 있었다. 날리는 족족 기대치의 절반에도 닿지 못하고 추락했어도 성공할 거라는 희망을 포기하지 않았다. 아니, 포기할 수 없었다. 지옥보다야 덜 하겠지만, 종이비행기는 창살 없는 감옥과 진배없는 정신병원을 벗어날 수 있는 유일한 비상구였으니.

그렇다고 공책을 찢어 날릴 수는 없었다. 그 공책은 은설이 입원 초기에 단식을 해가며 나용대 원장에게 겨우 허락을 받아 얻어냈던 것이다. 그녀는 뭐라도 쓰지 않으면 진짜로 돌아버릴 것 같았기에 예전부터 마음만 먹고 있던 소설을 써보자 했다. 그런 조건으로 얻어낸 공책을 희생시킬 수는 없었다. 거기에는 은설이 써보고 싶었던 소설 줄거리가 빼곡했고, 하루의 기록들이 촘촘히 들어 있었다.

가끔 사물함 검사를 받는 날이면 공책도 포함되었다. 검사는 주로 최 주임이나 장 실장이 했고 간혹 김 간호사가 포함될 때도 있었지만, 은설이 쓴 것을 자세하게 읽는 일은 없었다. 가볍게 넘겨보는 정도였다. 혹시라도 병원에서 일어나는 일 중에 밖으로 새어 나가면 곤란할 것 같은 일들이 기록되었거나, 다른 환자의 전화번호 등이 있다면 압수당할 게 뻔했다. 그런 것을 쓰지 않는다는 조건으로 공책을 타냈던 것이다. 만약 그것을 어겼다가는 나용대 원장의 불쾌하기 짝이 없는 얼굴을 마주해야 할 것이며, 포악한 김 간호사에게 어떤 수모를 당할지 모르는 일이었다.

은설은 별을 접었고 개구리를 접었으며, 토끼와 바구니를 만들었다. 특활 프로그램이 끝나면 간호사는 들고 나왔던 상자에 도구들을 빠짐없이 챙겨서 통제구역 안으로 사라졌다. 그때 각자 만든 것들을 상자 속에 같이 넣기도 하고, 자기가 만든 걸 가져가서 사물함에 보관하거나, 선물이라며 다른 환자에게 주기도 했다. 그러나 오래 간직하는 사람은 없었다. 얼마 뒤 그것들은 분리수거 쓰레기통으로 들어갔다. 간호사가 가지고 간 상자 속에 든 완성품들도 어차피 쓰레기로 처리될 테니까.

은설은 별과 개구리, 토끼와 바구니를 방으로 가져와서 접었던 순서의 역순으로 모양을 허물어뜨렸다. 그러고는 색종이를 펼쳐 손가락과 손톱으로 접혔던 선을 폈다. 그런 다음, 펼친 색종이로 종이비행기를 접었다. 처음에는 막막한 심정으로 그 막막함을 떨쳐버리고 싶어 날렸다. 별과 개구리와 토끼와 바구니는 비행기가 되어 날아갔다. 그렇게 서너 번 날린 뒤로 떠오른 생각이 있었고, 그것을 실천에 옮겼다. 펼친 별과 개구리와 토끼 그리고 바구니 한쪽 면에 깨알 같은 글을 썼다.

　제 이름은 고운설입니다. 저는 병들지도 않았는데 제 의지와 상관없이 강제로 병원에 입원한 상태입니다. 저는 이곳에서 하루 속히 나가길 원합니다. 제가 나갈 수 있도록 도움을 주신 분께 사례를 하겠습니다. 제 부탁을 들어주시길 간절히 바랍니다. 아래 전화번호로 연락하셔서 제 뜻을 전달해 주시면 고맙겠습니다.

　맨 아래에 작은오빠의 전화번호를 적어 넣었다. 종이비행기가 두 빌딩 사이를 힘차게 날아서 은행나무가 있는 큰길까지 닿기를 바라며, 또한 지나가는 사람이 종이비행기를 주워 펼쳐보기를 바라며, 간절한 마음을 담아 색종이를 접었다.

　그렇다고 무작정 날려 보낸 것은 아니었다. 조금이라도 바람이 분다 싶은 시간을 기다렸고, 그 바람도 앞쪽에서 부는 것이 아니라 역방향일 때를 기다렸다. 그리고 방을 나눠 쓰는 현자와 수정이 없을 때를 기다려야 했다.

　은설은 그녀들을 믿지만, 혹시라도 무심결에 발설했다가 김 간호사나 나용대 원장의 귀에 들어가서는 안 될 일이었다. 무엇보다 민제씨의 귀에 들어가는 일은 없어야 했다. 비밀이 일절 보장되지 않는 곳에서 비밀을 갖는다는 것은 무모한 도전이며 어리석은 객기라는 걸 알면서도 은설의 모험은 시작되었다.

　은설은 혼자 종이비행기를 날리다가 나중에는 연지와 함께했다. 작은 학을 천 마리 접어 보겠다던 연지는 마음을 바꿔 색종이 하나로 큰 학을 접었고, 접은 학을 은설에게 몽땅 건넸다.

"연지 비행기엔 뭐라고 적을까?"

"내 건 안 날려도 돼."

"왜? 여기서 나가고 싶잖아."

"그 사람들은 내가 여기서 나가는 걸 원하지 않을 거야. 아니, 어쩌면 여기서 내가 죽길 바랄지도 몰라."

"설마. 그 사람들도 양심은 있을 거 아냐. 지금쯤 미안한 마음을 가지고 있을지도 몰라."

"절대 그럴 사람들 아냐. 그랬다면 날 여기 이대로 두진 않았겠지. 벌써 네 달이나 지났는걸."

"걱정 마 연지야. 내가 여기서 나가면 널 꼭 퇴원시키게 할 거야."

은설은 접었던 종이비행기를 다 날린 뒤, 연지에게 간식을 내놓다가 대화의 방향이 엉뚱한 데로 흘러가자 난감했다. 연지는 병원에서 아침저녁으로 공급하는 약을 의심했고, 거기에 대해 은설의 생각을 물었다. 은설은 거짓말을 하거나 얼렁뚱땅 뭉뚱그려 넘길 수가 없었다. 분위기에 따라 곤란한 질문은 그때그때 모면할 줄 아는 센스는 물론이고 임기응변조차 그녀와 거리가 멀었다. 그 점은 그녀의 장점이 되었다가 단점이 되기도 했지만, 단점일 때가 더 많았다.

까닭에 은설은 연지가 미심쩍어하던 질문에 곧이곧대로 대답했고, 그것이 두고두고 후회할 일이 될 줄은 몰랐다.

연지는 김 간호사에게서 약을 받아먹는 척한 뒤, 은설이 했던 것처럼 간호사가 나가면 혀 밑에 숨긴 약을 아무도 눈치 못 채게 뱉으려 했다. 그러나 실패했다. 캡슐로 된 약이 입안 볼 점막에 붙어버렸던 것이다. 티 안 나게 혀로 떼어내리려고 했지만 마음 같지 않았다. 그러니 연지는 입을 벌릴 수 없었다.

신 간호사나 주 간호사가 당번이었다면, 연지가 약을 삼키지 않았다가 들켜도 경고로 넘어갈 수 있었을 것이다. 하필이면 연지가 약을 거부하기로 마음먹은 첫날 당번이 김 간호사였다.

약을 삼켰는지 확인하려고 무지막지한 힘으로 연지의 입을 열게 하려던 김 간호사는 손가락이 물려버렸고, 열이 머리 꼭대기까지 뻗친 그녀는 인정사정없이 연지에게 폭력을 가했다.

순식간에 일어난 일의 결말은 최악이었다. 은설은 단단하지 못한 자신의 성격을, 연지에게 경솔하게 말해버린 그 시간을, 도대체 무슨 잘못을 저질렀기에 꼬이기만 하는 인생을 저주했다. 그리고 이 모든 일을 방임하는 신을 원망했다.

15
꽁이비행기

S # 51 ― 여자 화장실 (밤)

세면대 위에 붙은 거울을 물끄러미 보고 있는 연우, 김 간호사에
게 맞아 부어 있는 뺨을 쓸어내린다.

    연우(N)   당신 김선영, 평생 후회하게 해 줄게.

연우는 배수구를 막고 수도꼭지를 튼다.
세면대에 물이 점점 차오른다.
수도꼭지를 잠근 뒤, 그 물에 얼굴을 담그는 연우.

    연우(N)   태어나지 말았어야 했었는데, 태어난 게 죄고, 버림받은
               게 죄고, 살아온 게 죄고…… 또 살아간다 해도 죄가 될 게
               뻔해. 원래 그런 거야, 나 같은 애는. 사는 거, 이제 그만할
               래. 하나님을 믿었던 적이 있었는데…… 그딴 거 없어.

연우가 세면대에 담갔던 얼굴을 들자 물이 뚝뚝 떨어진다.

그러거나 말거나 전혀 개의치 않고 환자복 바지 왼쪽 밑단을 올리는 연우.

양말에 꽂힌 작은 문구용 가위 손잡이가 보인다.

S# 52 ─ 식당 앞 복도 (밤)

잠에 취한 십억소녀가 비틀거리며 화장실 쪽으로 간다.

(E) 여자 화장실에서 유리가 빠지직 깨어지는 소리가 들려온다.

깜짝 놀라 잠이 달아난 십억소녀, 그대로 얼음처럼 굳어버린다.

다시 정적이 흐르고 화장실 쪽에서는 아무런 인기척이 없다.

한참을 서 있다가 고개를 갸우뚱거리며 살금살금 화장실로 다가가는 십억소녀.

S# 53 ─ 여자 화장실 (밤)

화장실로 들어오는 십억소녀, 고개 숙여 바닥을 보다가 비명을 지르며 뛰쳐나간다.

바닥에 스러져 있는 연우, 손목에서 검붉은 피가 계속 흘러 환자복을 적신다.

세면대 위 거울에 여러 번 찍힌 흔적들, 그 흔적을 따라 거미줄처럼 금이 가 있고 몇 군데에 거울 조각이 떨어져 나가고 없다.

세면대 물속에 문구용 가위와 뾰족한 거울 조각 몇 개가 가라앉아

있다.

S# 54 ─ 광장 (밤)

제자리에서 빙글빙글 돌며 여전히 비명을 질러대는 십억소녀.

통제구역 문을 열고 나오는 주 간호사.

설하를 비롯하여 각 방에서 꾸역꾸역 나오는 환자들, 잠이 덜 깬

채 영문을 몰라 어리둥절해한다.

십억소녀는 주 간호사가 자신의 몸을 꽉 잡자 비명을 멈추고 멍한

얼굴로 주 간호사를 쳐다본다.

주간호사 왜 그래 김지현?

십억소녀 (주 간호사를 와락 껴안으며) 엄마 엄마, 나 무서워.

주간호사 (십억소녀를 떼내며) 왜 그래, 뭐가 무섭다는 거야?

십억소녀 (다시 주 간호사에게 안겨들며) 엄마, 나 무서워. 화장실에……

주 간호사와 십억소녀 곁에 있던 설하는 뭔가 불길한 느낌이 든다.

모여 있던 몇몇 환자들도 서늘한 느낌에 몸을 움츠린다.

갑자기 화장실 쪽으로 달려가는 설하.

주 간호사는 십억소녀를 밀쳐내고 서둘러 설하 뒤를 따라가고, 그

와 동시에 달룡아재도 달려간다.

S# 55 ― 여자 화장실 (밤)

설하는 바닥에 퍼질러 앉아 의식이 없는 연우를 안고 넋이 빠진 사람처럼 몸을 앞뒤로 흔들며 눈물만 하염없이 흘린다.
달룡아재는 환자복 상의를 벗은 뒤 소매 하나를 찢어내어 피가 흐르는 연우의 손목 위를 세게 묶는다.

    달룡아재 (주 간호사를 향해) 빨랑 큰 병원으로 옮깁시더.
    주간호사 일단 원장님한테 연락할게요.
    달룡아재 (버럭 소리 지르며) 지금 원장한테 연락할 시간이 어딨는
             교. 먼저 연우를 아이씨유에라도 옮겨서 응급처치부터
             하이소.

때마침 최 주임이 들어오고, 달룡아재의 도움을 받아 연우를 둘러업고 화장실을 나간다.
주 간호사는 뒤따라가며 휴대폰으로 나 원장의 번호를 누른다.
설하는 넋을 잃은 채 꼼짝도 하지 않고 피가 흥건한 바닥에 앉아 있다.
설하 옆에 쪼그려 앉아 머리를 쓰다듬어주는 퍼즐, 슬금슬금 훌쩍이더니 소리 내어 울기 시작한다.

정신이 든 설하는 퍼즐을 껴안고 목놓아 운다.

S# 56 — 겨울 방 (아침)

김 간호사가 약을 설하에게 건네자 그 손을 세게 뿌리치는 설하.
약들이 벽에 튀어 바닥에 흩어진다.
현자와 수정 그리고 김 간호사 곁에 있던 최 주임도 놀란 눈으로
설하를 쳐다본다.

> **김간호사** (당황하여) 윤설하 씨, 지금 뭐 하는 거예요?
>
> **설하** (당차게) 약 안 먹어요. 강제로 먹일 생각 말고 원장한테
> 말하세요. 앞으로 그 어떤 약도 안 먹을 겁니다.
>
> **김간호사** (불쾌한 표정으로) 이건 간호사들에게 주어진 의무예요.
>
> **설하** 당신들의 의무를 거부할 수 있는 건 제 권리예요.
>
> **김간호사** 약을 먹어야 병이 낫는 겁니다.
>
> **설하** (김 간호사를 노려보며) 제가 무슨 병에 걸렸는데요?

대답을 못하고 기가 차다는 듯 설하를 쳐다보기만 하는 김 간호사.
현자는 슬쩍 입을 가리고 소리 없이 웃는다.
가슴이 조마조마하여 김 간호사의 눈치를 살피는 수정.

> **김간호사** (억지 미소를 지으며) 원장님께 면담 신청을 넣도록 하죠.

김 간호사가 약상자를 챙겨 일어서자 최 주임이 먼저 방을 나간다.

설하 부탁 하나 할게요. 앞으로 연우에게 함부로 대하지 말아
주세요. (눈에 힘을 주고) 진짜로 죽기를 바라는 게 아니라
면 말이죠.

김간호사 (설하를 돌아보며 차갑게) 누가 들으면 내가 아주 나쁜 인간
인 줄 알겠군요.

현자 (손으로 다시 입을 가리며 혼잣말로) 착하진 않지.

설하는 눈 한 번 깜짝하지 않고 김 간호사를 올려다본다.
그 눈빛에 고개를 설레설레 흔들고 방을 나가는 김 간호사.

S# 57 ― 식당 (저녁)

식탁 여러 개를 붙여 만든 긴 테이블 위에 탕수육이며 피자 등등
다양한 종류의 음식들이 근사하게 차려져 있다.
테이블 상석에는 달룽아재와 쓰레빠가 있고, 테이블 둘레에는 여
러 환자들이 끼리끼리 서서 이야기를 나누거나 음식 구경을 한다.
달룽아재 앞에는 제과점용 초가 여섯 개 꽂힌 제법 큼지막한 케이
크가 놓여 있다.
최 주임은 싱글벙글 즐거운 얼굴에 작은 쇼핑백을 흔들며 식당으
로 들어온다.

쓰레빠 (큰 소리로) 자 자 여러분, 조용히 하시고 제 말을 들어주십시오. 아시다시피 오늘은 달룡아재의 생신입니다. 그것도 그냥 생신이 아니라 환갑입니다. 그것도 그냥 환갑이 아니라 한 달에 한 번 있는 회식날에 딱 맞추셨으니, 참으로 먹을 복을 타고나셨습니다. 우리 다 같이 박수 한 번 칩시다.

환자들 키득키득 웃으며 손뼉 친다.
멋쩍어하며 뒷머리를 긁적이는 달룡아재.

달룡아재 씰데없는 소리 고마하고 음식 식기 전에 얼른 묵자.

쓰레빠 (팔꿈치로 달룡아재 옆구리를 툭 치며) 좀 기다리세요. (환자들을 향해) 여기 모인 분들이 각자 회식비로 음식을 장만해 주셨습니다. 대단히 감사합니다. (케이크를 가리키며) 이 케이크를 비롯하여 회식비를 가장 많이 쏘신 윤설하 작가 선생님은 감기 기운이 있어서 이 자리에 참석하지 못했습니다. 자, 이제부터 촛불 점화가 있겠습니다. 최 주임님, 부탁합니다.

최 주임은 쇼핑백을 의자 위에 놓고, 달룡아재 옆으로 가서 라이터로 케이크에 꽂힌 초 여섯 개에 불을 붙인 뒤, 라이터를 호주머니에 넣는다.

최주임　자, 다 같이 축하의 노래를 합시다.

환자들 일제히 손뼉 치며 생일 축하 노래를 부른다.

싱글벙글 즐거운 달룡아재.

최 주임도 함께 손뼉을 치며 축하 노래를 우렁차게 부른다.

노래가 끝나자 손을 모으고 잠시 눈을 감았다 뜨는 달룡아재, 입바람을 불어 초를 끈다.

모두 축하한다고 환호하며 크게 박수를 친다.

달룡아재　(꾸뻑 인사하고) 다들 이렇게 모이가 축하해 줘서 고맙심더. 음식 식기 전에 맛있게 마이 드이소.

달룡아재의 말이 끝나자마자 탕수육으로 일제히 몰려드는 나무젓가락들.

최주임　(쇼핑백을 내밀며) 이거, 양말 몇 켤레 샀습니다.

달룡아재　(냉큼 받아 들고) 아이고 고맙심더. 내 맘을 우째 그리 잘 아노. 양말이 빵꾸 나서 버릴라고 했는데 (발을 들어 구멍 난 양말을 보이며) 빨은 기 아까와서 이렇게 신었다 아입니꺼.

최주임　(웃고) 근데 좀 전에 무슨 소원을 빌었어요?

달룡아재　(쇼핑백을 테이블에 올려두고) 다 알면서 뭘 물어보는교. 자, 최 주임도 어서 드이소.

각자의 종이접시에 음식을 담는 환자들.

달룡아재와 최주임도 종이접시에 음식을 담기 시작한다.

S # 58 ─ 하늘 방 (오후)

이불이 나란히 개어져 있는 너른 방, 창가 쪽 벽에 기대앉은 채 귤
을 까먹으며 잡담하는 인선과 첫사랑 그리고 유정.

문 입구 벽 쪽으로 돌아누운 연우, 이불 밖으로 비죽이 나온 왼쪽
손목에 붕대가 감겨 있다.

유정	(불만 가득한) 그저께 달룡아재 생일 때 난 탕수육 하나도 못 먹었어.
첫사랑	나도 몇 개 못 먹었어. 탕수육이 제일 인기 많아서 금방 동났잖아.
인선	유정이 넌 입은 빠른데 행동은 엄청 느려터진 게 문제야. 그러다 자기 밥그릇도 빼앗기는 수가 있어.
유정	(입을 삐죽 내밀고) 치, 내 밥그릇 뺏었다간 반 죽지. 힝, 내 생일 때도 달룡아재처럼 차려 주면 좋겠네.
첫사랑	생일이 언젠데?
유정	아직 두 달 남았어.
인선	생일 선물은 담에 내가 여기서 나가면 넣어줄게. 탕수육 도 너만 먹으라고 별도로 줄 거니까 걱정 마.

유정   (눈 똥그래져서) 이모, 퇴원해?

첫사랑   진짜?

인선   에이 참, 그냥 그렇다는 얘기야.

방 안으로 살며시 들어오는 설하.

설하를 본 인선은 유정과 첫사랑에게 조용히 밖으로 나가자는 손
신호를 보낸다.

유정과 첫사랑은 마지못해 일어나 인선을 따라 방을 나간다.

설하는 누워 있는 연우 곁으로 가 앉는다.

설하   (연우의 까슬까슬한 짧은 머리를 쓰다듬으며 나지막한 소리로)
        연우야, 자니?

연우는 아무런 기척이 없다.

설하는 붕대 감은 연우의 팔을 이불로 덮어주고 자리에서 일어
난다.

연우   (힘없는 목소리로) 언니.

설하   (다시 자리에 앉고) 어 그래, 자는 걸 내가 깨웠나 보네. 미
        안해.

연우   아냐, 안 잤어. 언니 온 줄 알았어.

설하   미안해 연우야. 다 나 때문이야.

연우가 힘겹게 일어나 앉으려 하자, 설하는 얼른 연우를 도와 앉힌다.

설하 그냥 누워 있는 게 낫지 않겠어?

연우 아냐 괜찮아. 근데 언니가 왜 나한테 미안해? 내가 너무 바보라서 그런 건데…… 내가 미안해.

설하 (연우를 안으며) 연우야, 어떤 일이 있어도 너 자신한테 상처 내는 건 하지 마.

연우 언니, 난 가끔 이런 생각이 들어. 사람들은 살려고 이 세상에 태어나는 건데, 난 반대로 죽으려고 태어난 것 같아. 사는 게 너무 힘들어.

설하 그런 소리 하지 마. 내가 지금은 아무 힘이 없지만, 그래도 할 수 있는 데까지 널 도와줄 거야, 알았지?

연우 (흐느끼며) 언니…… 나, 화장실에서 쓰러졌을 때, 언니가 안아준 거 기억나. 가물가물하지만 그때 언니 냄새가 느껴졌어. 그때랑 똑같아. 언니 냄새, 정말 따뜻해.

설하는 천천히 연우의 등을 토닥토닥 두드려준다.

S# 59 — 겨울 방 (저녁)

(E) 식사 시간을 알리는 차임벨.

열린 겨울 방 문밖으로 식당에 가는 환자들이 보인다.

현자와 수정이 나란히 방을 나가고 설하도 자리에서 일어난다.

잠시 뒤, 문 입구 벽에 기대선 설하는 광장에 아무도 없다는 걸 확인하고 방안으로 들어와 사물함에서 사인펜과 종이개구리를 꺼내 바닥에 앉는다.

개구리를 접었던 색종이를 펼쳐 접힌 자국을 손톱 끝으로 문질러 최대한 없앤 뒤 색깔이 옅은 쪽으로 뒤집는 설하.

그런 뒤 설하는 색종이에 글을 쓰기 시작한다.

제 이름은 박인선입니다. 저는 지금 병원에 갇혀 있고 가족과 연락할 방법이 없습니다. 저는 여기에서 하루 속히 나가 어린 제 아들과 살고 싶습니다. 제가 엄마의 전화를 간절히 기다린다고 전해주시면 고맙겠습니다. 이곳에서 나갈 수 있도록 도움을 주시면 반드시 사례를 하겠습니다. 엄마 이름은 강혜자, 휴대폰은

글쓰기를 멈추고 설하는 고개를 기울여 문밖을 확인한 후 왼손을 펼친다.

설하의 손바닥에 까만 사인펜으로 쓴 휴대폰 번호가 적혀 있다.

그 번호를 색종이에 옮겨 적는 설하.

쓰기를 마친 설하는 그 색종이로 종이비행기를 접는다.

잠시 뒤, 왼손에는 종이비행기를 들고 오른손으로 프로젝트 창을 힘껏 밀어 연 후 손을 밖으로 내미는 설하.

설하   (조용히 혼잣말로) 바람이 조금만 더 불어주면 좋겠는
        데……

오른손으로 종이비행기를 옮긴 뒤 창밖으로 최대한 팔을 뻗어 손
목을 꺾고 종이비행기를 날린다.
종이비행기는 바람을 타고 위로 앞으로 날아가다가 겨울이라 일
찍 찾아온 어둠 속으로 사라진다.
창틀에 얼굴을 대고 종이비행기가 날아간 곳을 향해 눈을 감는
설하.

설하(N)   비행기야, 멀리멀리 가야 돼. 골목 밖까지 날아가서 친절
        한 사람 앞에 떨어지렴. 인선이 하루빨리 나가서 아들을
        만나게 해 줘.
연우   (문기둥에 기대서서) 언니, 밥 먹으러 안 가?
설하   (깜짝 놀라 눈을 뜨고) 아, 연우구나. 너도 먹으러 갈 거지?

연우는 대답 대신 고개를 끄덕인다.
창문을 닫는 설하.

연우   언니 작은오빠에게 보낸 거야?
설하   아니, 인선이 거야.
연우   어제는 달롱아재 거 보냈잖아. 언니 건 없어?
설하   (사물함에 사인펜을 넣고) 응. 색종이가 다 떨어졌어. 내일

은 종이접기 하는 날이니까 내 것도 날릴 거야. 어디까지
날아갔나 알 수 없으니 답답하네.

연우　참, 조금 전에 민제씨가 언니 방 근처에 있다가 내가 오
니까 뭘 찾는 척 허둥지둥하더니 급히 식당 쪽으로 갔어.

설하　(슬리퍼를 신고 나가려다가) 그래? 내가 하는 거 봤을까?

연우　글쎄…… 만약에 또 고자질했다가는 이젠 내가 가만 안
둘 거야.

설하의 표정이 어두워진다.

S# 60 — 진료실 (늦은 오후)

몽블랑 볼펜을 진료기록부에 톡톡 두드리는 나용대 원장, 표정이
꽤 심각하다.
나 원장과 테이블을 사이에 두고 마주 앉아 볼펜만 쳐다보는 설하.

　나원장　계속 약을 거부하면 곤란합니다, 윤설하 씨.

설하는 입을 꾹 다물고 여전히 볼펜만 응시한다.

　나원장　자, 그건 별도로 하고, 근데 왜 그런 짓을 했습니까, 윤설
하 씨?

설하   (심드렁하게) 그냥 심심해서요.

나원장   소설 쓸 거라고 좀 고집을 부렸습니까. 그래서 노트며 필기도구를 특별히 허락해 줬잖아요. 그럼 심심할 때 글을 써야지요. 윤설하 씨.

설하   잘 모르시나 본데요, 글은 아무 때나 막 써지는 게 아니거든요. 여기 있으니까 답답해서 글도 안 나와요. 입장을 바꿔 생각해 보세요. 원장님은 이런 생활, 견딜 수 있겠어요?

나원장   글쎄요. 치료가 목적이니 답답해도 참아야겠지요. 저라면 견딜 겁니다. 그리고 아무리 심심해도 종이비행기를 접어서 창밖으로 날리는 짓은 안 할 거고요. 그리고 약도 거부하지 않고 잘 복용할 겁니다. 윤설하 씨.

설하   앞으로 조심할게요.

나원장   혹시 다른 목적으로 그런 짓을 한 건 아니겠지요, 윤설하 씨?

설하   (생뚱맞다는 표정으로) 무슨 목적이요? 의심스러우면 직접 내려가셔서 제가 버린 색종이들을 찾아보면 되잖아요.

나원장   뭐…… 그렇게까지 할 건 없겠지요. 일단 믿어보겠습니다. 다시는 그런 짓 하지 마세요. 그건 그렇고, 안색이 안 좋아 보이는데 혹시 어디 아픈 데라도 있나요, 윤설하 씨?

설하   네, 몸이 좀 안 좋아요. 하는 일도 없는데 엄청 피곤하네요. 그리고 감기가 일주일 넘도록 안 떨어지고요.

뭔가 골똘히 생각하다가 고개를 끄덕이는 나용대 원장.

나원장　　오늘은 늦었으니까 내일 오전에 최 주임과 다녀오도록
　　　　　하세요. 옆 건물에 내과가 있으니까요. 거기서 의사 소견
　　　　　서와 처방전을 받아오세요. 자, 오늘은 여기까지 합시다.
　　　　　이제 나가셔도 좋습니다, 윤설하 씨.

설하는 가볍게 고개를 숙인 뒤 앉은 자리에서 일어선다.

S# 61 ― 광장 (오전)

통제구역 문이 열리고, 문을 열어준 신 간호사와 몸을 가볍게 스
치며 설하가 나온다.

걷기 운동 중인 꽁지머리와 인선이 길을 터주자 겨울 방 쪽으로
가는 설하.

한 줄은 하늘 방이 있는 복도 끝을 향해 간격을 맞춰 걷는 환자들,
다른 한 줄은 복도 끝까지 갔다가 돌아서서 봄 방 입구가 있는 복
도를 향해 걷는 환자들.

민제씨는 가을 방과 겨울 방 사이에 서서 설하를 떨떠름한 표정으
로 쳐다본다.

걷기 운동 줄에서 빠져나온 인선, 설하의 팔을 잡아 세운다.

인선　　(걱정스러운 표정으로) 언니, 다른 병원 갔다면서?
설하　　(고개 끄덕이며) 응, 지금 갔다 오는 길이야. 옆 건물에 있

181

는 내과.

인선 뭐래? 어디가 안 좋대?

설하 갑상선에 문제가 있는 것 같다고 하는데, 정확한 건 검사를 해야 안대. 우선 감기약만 처방 받았어.

민제씨 (다 알고 있다는 듯이) 거짓말이잖아.

인선 (민제씨를 째려보며) 뭐가?

민제씨 (손가락으로 설하를 가리키며 모두 들으라는 듯 큰 소리로) 이 여자, 전염병에 걸린 거야. 우리한테 다 옮겨서 죽일지도 몰라.

인선 (혀를 차고) 헛소리 그만하고 운동 안 할 거면 방에나 들어가셔.

피곤한 설하는 그대로 겨울 방에 들어가고, 인선은 걷고 있는 무리들 속으로 다시 들어간다.

때마침 나타난 연우, 민제씨 앞에 바짝 다가가서 선다.

연우 (민제씨 눈을 뚫어져라 보며) 전염병? 누가? 설하 언니가? 당신이 뭘 안다고 그따위 개소리를 해?

민제씨 (연우의 눈길을 피하며) 너도 전염병 안 걸리고 싶으면 저 여자 근처에 가지 마.

연우 당신이 원장한테 고자질했더라. 창밖으로 색종이 접어서 날린다고. 당신 왜 그러고 살아? 한 번만 더 그딴 짓 하면, 내가 당신도 깨물어 버릴 거야.

민제씨   (발끈하는) 야, 고아 년 주제에 왜 나한테 그래?

연우   (차갑게 미소 짓고) 고아 년? 그래 맞아, 나 고아 년이야.
         근데 당신도 고아 년이잖아. 부모님 다 돌아가셨다며?
         오빠라는 인간은 당신이 귀찮아서 여기 처넣은 거잖아.
         고아 년들끼리 도우며 살아야지 왜 고자질에 이간질을
         하고 다녀? 그거, 아주 더러운 짓이야.

민제씨   (연우를 떠밀며 발악하는) 아니야, 우리 오빠는 그런 사람 아
         니야. 네가 뭘 알아, 이 나쁜 고아 년아. 난 고아 아니야,
         아니라고.

지수가 험악한 인상을 쓰며 가을 방에서 나와 민제씨 상의를 거칠
게 잡고 방으로 끌고 간다.

지수   잠 좀 자자 잠 좀. 시끄러워 죽겠다고. 전염병 신경 끄고
         민제씨는 좀 씻어라 씻어. 냄새나서 내가 돌아버리겠거
         든. 코 고는 건 참아도 냄새는 진짜 못 참아.

S# 62 ─ 식당 (저녁)

식판을 들고 줄 서 있는 환자들과 식탁에 둘러앉아 밥 먹고 있는
환자들.
그들 사이로 달룡아재, 꽁지머리, 첫사랑 그리고 충립이 한 식탁

에서 식사 중이다.

충림　작가선생님이 퇴원한다면서요?

달룽아재　해야지. 아무 문제도 읎는 사람을 너무 오래 잡고 있었다
아이가.

첫사랑　(숟가락 놓으며 시무룩하게) 좋겠다. 나도 나가서 첫사랑 만
나고 싶다.

꽁지머리　언제는 나가기 싫다더니 그새 맘이 바뀌었군.

달룽아재　여 첫사랑들이 새고 샜는데 뭘 또 만나겠다고 그카노.

충림　(키득거리며) 누나, 나도 첫사랑이야?

첫사랑　(입을 삐죽거리며) 치, 넌 유정이 있잖아.

충림　걘 이제 아무 사이도 아냐, 날 완전히 유령 취급해.

달룽아재 팀과 대각선에 있는 식탁에서 등 돌리고 앉아 밥 먹던
유정, 자리에서 천천히 일어나는가 싶더니 몸을 돌리는 동시에 숟
가락으로 충림의 뒤통수를 '딱' 소리 나도록 한 대 친다.
'아얏', 소리를 지르며 머리 잡고 돌아보는 충림.

유정　에이 씨, 밥맛 떨어지네.

식판을 들고 다른 식탁 빈자리로 가는 유정.
꽁지머리와 첫사랑은 키득거리며 웃는다.

달룽아재　(혼잣말하듯) 그나저나 작가선생이 나가믄 연우가 마이 서
　　　　운하겠구마.

꽁지머리　그러게요. 이제 좀 마음잡으려는 것 같던데……

S# 63 ― 겨울 방 (저녁)

방 안에는 설하와 연우 둘만 있고, 둘 다 창 쪽 벽에 나란히 기대
앉아 있다.

설하　밥 먹으러 안 갈래?

연우　생각 없어. 언닌 배고프지?

설하　아니, 나도 밥 생각 없어.

연우　언니…… 축하해, 진짜 잘 됐다.

설하　고마워. 근데 기분이 이상해. 기쁘다거나 즐겁지가 않네.

연우　(애써 밝은 척하며) 나 때문에 그럴 필요 없어. 난 언니가
　　　나가게 돼서 정말 좋아. (표정이 침울해지는) 그렇지만, 언
　　　니가 없으면 슬플 것 같아. 언니가 오기 전으로 돌아가는
　　　것뿐인데…… 그때랑은 너무 다를 것 같아.

설하　연우야, 내가 전에도 말했잖아. 내가 여기서 나가면 널
　　　꼭 퇴원하게 만들 거라고.

연우　고마워. 그런데 그 사람들이 진짜 그렇게 해줄까?

설하　(단호하게) 그렇게 하도록 만들 거야.

두 사람은 말없이 잠시 각자의 생각에 잠긴다.

설하는 일어나서 사물함을 열고 거기서 공책을 꺼낸 뒤 다시 원래 자리에 앉는다.

공책 사이에 꽂아둔 노란색 색종이 한 장, 접혔던 자국이 남아 있다.

설하는 노란 색종이를 뒤집어 연우에게 보여준다.

색종이에 휴대폰 번호가 적혀 있다.

설하   이거, 전에 종이접기 시간에 네가 화장실 갈 때 나한테 날려 보냈던 거야. 들키지 말고 잘 가지고 있어.

연우   언니…… 태어나서 지금까지 언니만큼 나한테 잘해준 사람이 없었어. 고마워. 잊지 않을 거야.

설하는 색종이에 난 자국을 따라 종이비행기를 접어 연우에게 내민다.

설하가 내민 종이비행기를 건네받는 연우의 눈시울이 붉어지고, 이내 눈물 한 방울을 떨군다.

설하는 말없이 연우를 안아준다.

연우   언니 냄새, 정말 따듯해.

16
은설

김달룡 씨의 환갑을 축하하던 자리에 은설은 없었다. 당연히 연지도 없었다. 그럼에도 상욱은 그 자리에 있었던 사람처럼 실감 나게 장면들을 그려냈다. 하지만 그 정도의 병원 신은 충분히 유추할 수 있다. 은설은 그날 그 자리에서 어떤 일들이 있었는지 현자와 수정에게 들어서 알고 있듯, 연지도 하늘 방 환자들의 잡담을 들었을 것이다. 그랬음이 분명하다. 병원에서 일어나는 일은 그 자리에 없었어도 마치 그 자리에 있었던 것처럼 모두가 공유했다.

은설은 나용대 원장과의 면담과 이웃 건물 내과에서 진료 받았던 일을 연지에게 지나가는 말처럼 했었다. 까마득히 잊었던 일이었는데, 영화는 은설의 잠든 기억까지 낱낱이 깨웠다. 정확하게는 상욱과 연지가 그것들을 되살려냈다.

연지는 무엇을 얼마나 더 기억하고 있을까. 같은 시간 같은 장소에서 똑같이 겪은 일도 기억의 성분과 점성은 사람마다 다르다는 걸 은설은 깨달았다.

***

　은설은 자신을 비롯해서 김달룡 씨, 인선과 수정 그리고 나중에 넌지시 부탁해 온 마당쇠 정원석의 하소연을 종이비행기에 실었다. 하소연은 절실한 바람이었고, 그 바람들은 하나같이 닮아 있었으며, 눈물겨웠다. 제자리로 돌아가고 싶다는, 세상 속으로 다시 넣어달라는, 제대로 살아보겠다는, 믿어달라는 간절한 호소였다. 그들은 떠나온 곳을 최종 목적지라고 생각했을까. 그래서 은빛 물고기처럼 떠나온 곳으로 되돌아가기를 바랐을까.

　종이비행기는 더없이 가벼웠으나 거기에 적어 넣은 사연은 한없이 무거웠다.

　종이비행기가 이륙했어도 이내 추락하고 만 까닭은 사연의 무게 때문이 아닐까. 시야에서 사라진 종이비행기가 제대로 착륙했을까. 착륙을 했으나 어느 누구에게도 관심을 받지 못해 쓰레기 취급을 받은 건 아닐까. 누군가의 털 부츠에 짓이겨진 것은 아닐까. 은설은 매번 종이비행기를 날리며 그런 생각을 했다.

　혹시 착륙에 성공하여 누군가가 발견했지만, 장난일지도 모른다는 의심에 휴지통으로 던져 넣은 건 아닐까. 혹은 내성적인 성격이라 고민만 하다가 연락을 포기한 것은 아닐까. 은설은 별별 생각을 하면서 또 글을 적어 나갔다.

　연지만 예외였다. 그녀에게는 어디에도 돌아갈 곳이 없었다. 그녀가 떠나온 곳은 제자리가 아니었다. 까닭에 연지는 종이비행기를 날리지 않았다. 그녀에겐 출발지도 목적지도 없었다. 연지가 몸담고 있는 곳, 무지개 정신병원은 살아서 가는 지옥이었다. 무조건 지옥만 벗어나면 되었고, 그 뒤는 그때 생각하면 될 일이었다. 죽음도 삶의 일부라 하니 뭔들 못하고 살까 싶었다.

은설은 그들을 대신하여 색종이에 글을 쓰다 말고 가끔 펜을 멈추곤 했다. 그녀는 한시라도 빨리 바깥세상으로 나가고 싶었으나, 그것이 제자리로 돌아가겠다는 의지인지 의심스러웠다. 그녀에게 제자리란 어떤 의미일까. 지금까지 꿰차고 앉았던 삶에 대충 만족하며 살아왔으니 거기로 돌아가겠다는 것일까. 그 자리가 마땅히 있어야 할 진짜 자리일까.

은설은 한 장 남은 색종이에 김달룡 씨의 애원을 마저 적고 종이비행기를 접으며 생각했다. 그러고는 그녀에겐 제자리가 없다는 결론을 내렸다. 세상 밖으로 나가면 만들기로 했다. 떠나면 언제라도 돌아갈 수 있고 돌아가고 싶은 자리를.

약 두 달 동안 세상과 격리되었던 생활이 은설을 흔들어놓았다.

은설은 연지에게 생긴 사건이 자기가 누설한 비밀 때문이라 여겼다. 비밀이 더 이상 비밀이 되지 못하면 시시하게 소멸하거나, 비웃음거리가 되거나, 반대로 여러 개의 불똥이 되어 크든 작든 화상을 입힌다. 연지는 약을 거부했고 김 간호사는 연지에게 폭력이라는 징벌로 월권을 행사해서 두고두고 흉터로 남을 큰 화상을 입혔다.

만약 연지가 입안에 든 약을 빈틈없이 잘 숨겼고, 물과 함께 삼킨 것처럼 연기를 잘했고, 남몰래 약을 변기에 버린 뒤 물을 내렸다면, 이런 일이 발생하지 않았다고 장담할 수 있을까. 이런 일이 과연 우연히 일어났다고 말할 수 있을까. 뭐가 됐든 연지는 첫날 실패하고 말았다.

연지는 끝이 둥글고 무딘 작은 문구용 가위를 언제 어떻게 빼돌렸을까. 빼낸 건 종이접기 프로그램 시간이었을 텐데, 은설은 전혀 몰랐다. 나흘 동안 어디에 숨겨뒀던 걸까. 사건이 나던 이틀 전에 사물함 검사가 있었으나 들키지도 않았다. 이런 일이 생길 거라고 미리 예상했을 리도 없었을 텐데, 왜 그랬을까.

은설은 의문투성이였으나 연지에게 묻지 않았다. 연지를 볼 때마다 자동적으로 은설의 시선이 손목으로 흘러내렸다. 얼른 끌어올려도 거기에 연지의 손목이 있다는 부동의 진실은 매번 은설의 심장을 예리한 거울 조각으로 그어댔다.

끝이 무디고 가벼운 가위로 쉽게 깨어질 거울은 아니었다. 화장실 거울에 나 있던 여러 자국이 증거였다. 수없이 많은 갈래로 금이 간 거울에서 떨어진 조각, 그것만이 연지가 지옥에서 탈출할수 있는 유일한 열쇠라고 생각했었나 보다.

지극히 사적인 일로 억울하게 입원당한 연지는 없던 우울증을 병원에서 얻었고, 날이 갈수록 증세가 도드라졌다. 급기야 방만하게 자라버린 우울증은 연지가 스스로를 내동댕이치게 만들었다. 어쨌든 사건의 동기를 제공한 사람은 다름 아닌 은설 자신이었다. 동기를 제공했으되 어떻게 책임져야 할지 몰랐다. 우선은 가슴에 묻어두어야 했다. 묻어둔 채 시간이 흐르면 자연스럽게 굳어지고 단단해지겠지. 그런다고 생각처럼 쉬운 일은 아니었다. 그녀는 묻는 데까지도 시간이 제법 걸린다는 걸 알았다. 어깨에 올라탄 짐을 내리는 것도 버거운데 그걸 어떻게 묻는단 말인가. 은설은 아팠다. 마음에서 시작된 통증이 온몸으로 퍼졌다.

은설은 김 간호사가 환자들 중에서 유독 연지에게 사사건건 간섭하고 걸핏하면 자극을 주는지 그 이유를 몰랐다. 우연이 인연으로 이어지다가 악연으로 전환했다면 그 시점이 있었을 테고, 은설이 입원하기 전이었을 것이다. 그게 아니라면 두 사람 사이는 처음부터 악연이었는지도 모를 일이다. 세상에 그런 관계로 만나는 사람들이 있다면, 아마 전생에 지독한 원수였을 거라고 은설은 생각했다.

은설은 오래전에 보았던 영화 '뻐꾸기 둥지 위로 날아간 새'를 떠올렸다. 그녀의 기억에 남은 영화 속 래처드 간호원장의 소름 돋는 냉정함이 수시로 김 간호사와 겹쳐졌다. 김 간호사는 위태로울 정도로 가냘픈 연지의 신경을 끊어지기 일보 직전까지 팽팽하게 조였고, 거기에서 희열을 느끼는 악녀의 역할을 맡은 배우 같았다.

궁금증이 풀어진 것은 은설이 입원하고 한 달이 더 지났을 때였다. 취침 시간을 알리는 차임벨이 울리기 약 30분 전, 연지는 배가 고파 겨울 방으로 은설을 찾아왔다. 은설은 먹을 것을 가지고 연지와 식당으로 갔다. 그곳에서 연지는 초코파이를 한 입 베어 먹고 이야기를 야금야금 뱉어냈다.

"김선영 그 악녀는 날 여기 처넣은 후원자의 사촌 동생이야."

"아, 그래서…… 그렇지만, 아무리 그렇기로서니……"

은설은 연지가 들려준 뜻밖의 이야기에 말을 제대로 잇지 못했다.

"사촌 동생이 근무하는 정신병원이니까 작당해서 날 정신질환 자로 서류 꾸미는 건 쉬웠을 거야. 언니도 알겠지만, 여기 원장도 똑같은 인간이잖아. 여긴 병원이 아니고 악마 소굴이야."

"그래도 이건 아니야. 어떻게 그런 일을 꾸밀 수 있지?"

"후원자 그 악마는 자기가 한 짓은 숨기고 마치 내가 자기를 공 갈 협박한 꽃뱀 취급을 했어. 경찰에 고소하면 일이 커지고 내 인 생에 빨간 줄이 그어진다면서 선심 써주는 척했어. 대신 심각한 우울증과 정신착란증 초기 증세로 몰아 날 여기로 강제 입원시켰 던 거야. 저 악녀는 내가 사실을 말해도 믿질 않았어. 당연하겠지, 자기 사촌 오빠의 말을 믿지 내 말을 믿겠어? 고아 주제에 배은망 덕한 나쁜 년이라고 했어. 후원자의 인생을 망치려 드는 파렴치한 년이라고……"

세상에서 일어나는 일 중 은설이 납득할 수 있는 건 얼마나 될 까. 은설은 자기 자신조차 이해하지 못할 때가 있었다. 하물며 관 련 없는 세상일과 사람들을 이해한다는 것은 섣부른 오만이었다.

연지가 버려졌던 곳, 그곳 보육원에서 성인이 될 때까지 보호해 줬던 보육원 원장은 연지를 도와주지 않았다. 연지의 얼굴을 외면 한 채 무지개 정신병원 입원서류에 먼저 사인을 한 후원자 이름

밑에 자기 이름을 쓰고 도장을 찍었다. 연지는 가슴이 찢어질 듯 아팠지만 보육원 원장에게 원망의 소리 한마디 하지 않았다. 그에게는 보육원을 꾸려갈 돈이 필요했으니까.

연지는 병원에 입원해도 잠깐이려니 생각했었다. 길어야 보름, 더 길어봤자 한 달이면 나갈 수 있을 거라 믿었다. 그러나 은설이 입원할 당시에도 연지는 석 달째 그곳에 있었고, 은설이 퇴원할 무렵에는 다섯 달째였다.

김 간호사는 독사 같은 혀를 날름거리며 육 개월 후에도 연지가 병원을 벗어날 수 없다는 악담을 심심찮게 퍼부어댔다.

연지는 스물한 살 파릇한 나이에 교도소와 별반 차이 없는 정신 병원에서 영어의 몸이 되어 언제까지라는 기약 없는 시간을 살고 있었다. 아니다, 사는 것이 아니라 견뎌내고 있었다. 교도소에 수감된 사람은 형량이라도 있어 그 기간을 채우면 세상으로 나갈 수 있다는 희망이 있으니 오히려 정신병원에 갇힌 사람보다 신세가 나았다.

연지는 이런 것 저런 것을 생각하면 맨 정신으로 지낼 수 없었다. 생각하면 할수록 가슴이 썩어 문드러져 갔고, 진짜로 미칠 것 같아서 미친 척을 했다. 그것조차 힘에 부대껴 삶을 포기하려 했다. 태어나면서 버림받은 영혼은 그 순간부터 피해자의 삶을 살면서 가해자의 형벌을 받아야 했다. 그녀에게 배당된 세상과 삶은 너무 가혹했다.

은설은 바람이 분다고 아무 때나 종이비행기를 날리지 않았다.

그녀는 현자와 수정이 방을 비웠을 때를 택했다. 그리고 광장에도 사람이 없어야 했다. 은설과 연지, 둘만이 공유한 비밀이었기 때문이다. 혹여 이 사실이 새어나가 김 간호사나 나 원장 귀에 들어가면 그날로 창문이 봉해지거나 숨겨둔 색종이는 물론이고 은설이 소설 흉내를 내며 끄적거리는 노트와 펜까지 압수당할 게 뻔했다. 게다가 종이접기 프로그램에 더 이상 참가할 자격도 박탈당할지 몰랐다.

광장에서 고개만 기울이면 겨울 방 창 쪽이 훤히 보였다. 약에 취해 있어도 볼 건 다 보고 들을 건 다 들으며 걷는 환자들이 겨울 방에서 일어나는 일을 놓칠 리 없었다. 은설은 식사 시간을 알리는 차임벨이 울리고 모두가 식당으로 가 있을 때를 골랐다. 까닭에 그녀는 늘 식사가 늦었고, 늦은 만큼 맛있는 반찬을 기대할 수 없었다. 그래도 여럿이 어울리는 걸 달가워하지 않는 연지와 둘이서 오붓하게 밥을 먹을 수 있어 좋았다.

아무리 조심에 조심을 더했어도 보는 눈이 있었고 들은귀가 있었던지 인선이 찾아와 넌지시 부탁을 해왔을 때 은설은 적잖이 놀랐다. 인선이 바라는 대로 종이비행기에 빼곡하게 글을 쓰고 인선 어머니의 이름과 전화번호를 적어 날린 이틀 뒤, 수정이 살며시 다가왔다. 은설은 참으로 난감했다.

"언니, 부탁이 있어요. 우리 엄마가 꼭 알아야 돼요. 전화로 말해도 엄마는 원장이 아직 더 치료가 필요하다고 했기 때문에 그 말만 믿어요. 나 여기서 진짜 나가야 돼요. 나가서 대학원 등록하고 공부 더 해서 실력을 인정받는 디자이너가 꼭 되고 싶어요. 그래야 엄마 아빠한테서 독립할 수 있어요."

"수정아, 내가 네 부탁을 들어줄 수는 있어. 근데 지금까지 돌아온 소식이 없어. 그게 네 어머니한테 전해진다는 보장이 없어."

"그래도 괜찮아요, 운이 나쁠 수도 있지만 좋을 수도 있잖아요."

벽 쪽으로 돌아누워 자는 줄 알았던 현자가 일어나며 한마디 거들었다.

"작가선생, 그냥 날려줘. 그 뒤는 하늘의 뜻이겠지, 안 그래?"

은설은 제아무리 감추고 비밀에 부쳐도 알 사람은 다 안다는 사실을 잠시 망각했었다. 무지개 정신병원에는 쥐도 새도 모르는 구멍이 여러 개 존재했다. 공공연한 비밀은 더 이상 비밀이 아니었다. 그녀는 저 혼자 은밀했던 것이다.

은설은 수정을 방문 밖에 세우고 망을 보게 했다. 그녀는 수정을 대신하여 색종이 뒷면에 호소력 짙은 문장을 써넣었고, 손바닥에 적어둔 수정의 어머니 휴대폰 번호까지 옮긴 뒤 종이비행기를 접었다. 때맞춰 큰길로 바람이 내달렸다. 종이비행기는 두 빌딩 사이에 고인 공기를 갈아치울 기세로 세차게 부는 바람을 타고 높이 오르더니 은설의 시야에서 멀어졌다.

연지가 손목을 그었던 사흘 뒤, 김달룡 씨는 60회 생일을 맞았다. 마침 한 달에 한 번 있는 회식날이었다. 회식날은 외부에서 음식을 주문할 수 있었는데 그것도 차입금이 있는 환자들에게 해당하는 호사였다.

차입금이 있고 회식을 원하는 환자들은 회식 며칠 전날 간호사실 앞에 비치해 둔 주문서에 먹고 싶은 음식을 체크했다. 그러면 회식 당일 저녁에 주문한 음식이 식당으로 배달되었다. 주문한 음식을 각자 방으로 가져가서 저 혼자 먹는 경우도 간혹 있으나 대부분 둘러앉아 함께 나눠먹었다. 주문할 수 있는 음식 종류가 많지 않았다. 회식 메뉴로는 중화요리가 가장 많았고, 피자나 제과점 빵이 뒤를 이었다.

연지가 사고를 내고 하늘 방을 비운 뒤로 은설은 몸이 아프기 시작했다. 그전부터 찾아든 감기 증세는 떨어질 기미가 보이지 않았으며 목이 붓고 극도의 피로감으로 누워 있는 시간이 많았다. 까닭에 김달룡 씨의 회갑 파티에 축하하러 나갈 수 없었다. 그 자리에 참석할 수 있었다 해도, 연지의 사건으로 은설은 자책감에 빠져 있던 때라 슬픈 감정을 숨기지 못해 축하 분위기를 망칠지도 몰랐다.

은설은 참석을 못 하는 대신 회식용 음식을 가장 많이 주문했다. 주문서를 김달룡 씨 앞으로 해뒀으며, 케이크를 비롯하여 탕수육과 피자를 자신의 차입금에서 제했다. 김달룡 씨는 고맙다는 인사와 문병을 겸해 겨울 방으로 은설을 찾아갔다. 그는 방 턱에 엉덩이를 내려놓고 이런저런 감사와 염려를 하다가 말미에 은밀한 당부 하나를 덧붙였다. 아내에게 전화로 차마 못 한 말이 있다며 종이비행기를 날려달라는 부탁이었다.

뒤를 이어 마당쇠 정원석도 평소보다 더 심하게 말을 더듬어가며 은설에게 부탁했다. 그녀는 모두의 바람을 한 자 한 자 또박또박 정성을 쏟아 적었고, 색종이를 접을 때는 속으로 기도했다. 반드시 큰길로 날아가길, 친절한 사람에게 발견되길, 그 사람이 종이비행기를 펼쳐보길, 거기에 적힌 내용을 읽고 용기를 내어 휴대폰 번호의 주인에게 연락해 주길 바라는 기도였다. 그런 뒤, 간절한 마음을 실어 날렸다.

종이비행기를 날릴 때면 은설은 불안했다. 어디선가 훔쳐보는 눈이 있을 것만 같았다. 다행이라고 해야 할까, 민제씨가 잠잠했기 때문에 은설은 애써 불안을 잠재웠다. 그러나 꼬리가 길면 밟힌다고 했다. 몇 명만 아는 비밀이란 있을 수 없었다. 한 사람을 벗어나면 비밀은 50퍼센트의 힘을 잃게 되고 다시 한 사람에게 건너가면 그 절반인 25퍼센트로 떨어졌다. 그러니 일곱 명이 아는 것을 비밀이라고 할 수는 없었다. 민제씨가 눈치채는 건 시간문제였다.

나 원장이 찾는다며 신 간호사가 은설을 불렀다. 나 원장과의 면담 예정일은 사흘이나 남았는데 이례적이었다. 은설의 머릿속이 복잡해졌다. 자신을 비롯하여 몇 명의 환자들을 위해 날린 종이비행기가 발각된 것인지도 몰랐다.

그것을 빌미로 나 원장이 은설을 불렀을 확률이 가장 컸다. 그렇다면 민제씨를 의심하지 않을 수 없었다. 혹시 빌딩 사이에 떨어져 있을 종이비행기를 주워 읽은 건 아닐까? 그런 거라면 은설의 입원 기간이 더 길어질지도 몰랐다. 그런 일만큼은 피하고 싶었다.

　그게 아니라면, 은설이 약을 먹는 척했다가 몰래 숨겨 화장실에 버렸던 걸 눈치챘을까? 그럴 확률은 매우 희박하지만, 사람이 하는 일 누가 알겠는가. 숨어서 본 눈이 있는지도 몰랐다.

　혹시 퇴원하는 건 아닐까? 대한민국에서 제일 바쁜 작은오빠가 두 달 만에 드디어 은설을 기억해 냈고, 하나뿐인 여동생을 구출해 주기로 작심을 했는지도 모를 일이었다. 어쩌면 호주에 있는 부모님이 은설을 병원에, 그것도 정신병원에 처넣었다고 작은오빠에게 호된 꾸지람을 했을 수도 있었다.

　사람이 죄짓고는 못 산다 했고, 도둑이 제 발 저리다고 했다. 신 간호사가 나 원장과 면담이 잡혔다는 걸 은설에게 알려주러 온 뒤부터 약 30분의 대기 시간 동안 오만가지 생각이 은설을 스쳐갔다.

　나 원장이 이렇게 질문하면 뭐라고 대답할까, 저렇게 질문하면 어떻게 대답할까, 이렇게 저렇게 대답하면 무사히 빠져나갈 수 있을까, 표정으로 드러나진 않겠지, 목소리가 떨리진 않겠지 등등, 진료실로 들어가는 순간까지 은설은 뒤죽박죽으로 떠오르는 생각 때문에 머리가 지끈거렸다.

　민제씨가 눈치채는 건 시간문제라고 생각했던 게 우스웠다. 벌써 나 원장의 귀에 흘러들어 갔고, 그 결과로 은설은 호출되었다. 나 원장은 귀에 거슬릴 정도로 말끝마다 환자의 이름을 꼭꼭 챙겨 불렀다. 그와의 대화는 사람을 질리게 하는 구석이 있었지만 은설은 최대한 태연한 표정과 목소리와 행동을 유지해야만 했다.

나 원장과 마주앉은 은설은 놀랐다. 그녀가 놀란 이유는 민제씨가 벌써 고자질을 한 것도 아니고, 나 원장이 그 사실을 안 것도 아니었다. 그런 일보다 그녀 자신의 변화에 놀랐던 것이다. 범죄 영화에서 자주 써먹는 장면 중에 흉악범을 취조하는 형사의 윽박질에도 실실 웃어가며 태연하고 심드렁하게 구는 피의자가 있다. 나 원장과 은실이 바로 그것을 연출하고 있었다.

나용대 원장은 마치 범인을 취조하듯 톤을 높였다가 말을 돌리기도 하고 더러 달래는 듯도 하면서 위압적인 낮은 목소리로 그녀의 자백을 유도했지만, 은설은 진짜 태연할 수 있었다. 그녀는 나 원장이 그만한 일로 사람을 불러서 피곤하게 하냐는 식으로 시큰둥하게 맞받아치는 자신이 놀라웠다.

드디어 이득 없는 실랑이를 접고 나 원장은 은설에게 가벼운 주의를 주는 걸로 일단락 지었다. 은설의 승리였다.

그녀는 속으로 생각했다. 입원 두 달 만에 대단한 성과라고. 소심하고 내성적이던 그녀가 상상할 수 없었던 변화였다. 거기에 하나 더 얻어낸 성과가 있었다. 근래 떨어지지 않는 감기몸살뿐만 아니라 부은 목을 만져보면 딱딱하게 잡히는 정체를 알 수 없는 이물질이 그녀를 피곤하게 했다. 나 원장은 최 주임의 동행 하에 이웃 건물에 있는 내과 진료를 허락했다.

두 달 만의 외출이었다. 은설은 몸을 휘감고 있던 불쾌감과 피로가 순식간에 사라지는 걸 느꼈다. 신 간호사가 빌려준 오리털 점퍼를 환자복 위에 걸치고 건물을 나서자 은설의 가슴이 뚫렸다. 프로젝트 창으로 들이마시던 한 줌의 바람과 비교할 수 없는 신

선함이었다. 폐부를 찌를 듯한 차가운 겨울 공기가 이토록 다디달 줄은 몰랐다.

"선생님, 절 좀 도와주세요. 제가 우울한 기분을 참지 못해 저지른 실수였어요. 한순간이었을 뿐인데…… 그 실수로 지금 두 달째 정신병원에 갇힌 신세가 되었어요. 제발 저를 도와주세요. 병원에서 퇴원할 수 있도록 해주세요."

의사는 은설이 줄줄이 쏟아 내는 소리를 이해했는지 못했는지 표정에 변화가 없었다.

"이 세상에 우울증이든 우울감이든 단 한 번도 겪지 않은 사람이 있을까요? 우울증은 마음의 감기 같은 거라고 하잖아요. 그것 때문에 강제로 세상과 단절당하고 갇혀 살아야 한다는 건 너무 억울하잖아요. 제가 속상한 일이 있어서 술을 많이 마셨거든요. 평소에는 거의 마시지도 않다가…… 그래서 그만 취했고, 친구에게 답답함을 호소했다가 자살 충동으로 오해한 친구가 경찰에 신고하는 바람에 일이 꼬여서 그만 여기까지 오게 된 거예요."

최 주임이 대기실에서 기다리는 동안 은설은 진료실로 들어가 의사에게 최근 그녀가 겪고 있던 몸 상태를 알렸다. 의사는 청진기로 은설의 등을 진찰했고 전날보다 부기가 조금 빠진 목, 특히 딱딱하게 만져지는 부위를 손가락으로 몇 차례 눌렀다. 그러고는 심각한 표정으로 은설을 쳐다봤다. 그녀는 말없이 자신을 쳐다보는 내과 원장의 눈을 피하지 않았다.

은설은 처절한 표정에 어울리는 간절한 목소리로 호소했다. 사람이 다급하면 없던 용기나 뻔뻔함이 생기나 보다. 나 원장과의 면담에서도 그랬듯이 은설은 이웃 내과병원 원장에게도 연기력을 실험했다. 주변 사람들에게 말 없고 조용한 사람으로 알려졌던 은설은 온데간데없고 자기 처지를 호소하기 위해 속사포처럼 빠르고 끊김 없이 말을 이어가는 은설이 나타났다. 정해진 진료시간이 너무도 짧았기 때문이었다.

"선생님, 도와주세요. 부탁드립니다."

마침내 과묵한 내과 원장이 입을 열었다.

"갑상샘에 문제가 있는 것 같으니까 검사를 받도록 하시고, 감기는 처방해 주는 약을 먹으면 좋아질 겁니다."

"갑상샘이요?"

"정확한 건 검사를 해봐야 아니까 일단 진단서에 그렇게 써줄게요."

"어디에서 검사를 받아야 하나요?"

"큰 병원 가셔야죠. 아마 퇴원할 수 있을 겁니다."

은설은 생각지도 못한 인체 부위가 튀어나오는 바람에 조금 놀라긴 했으나, 퇴원할 수 있을 거라는 말에 날아갈 듯 기뻤다. 내과 원장이 써준 소견서 겸 진단서, 그 종이 한 장이 은설의 수호신이 었고 행운의 여신이었다.

내과 원장은 환자의 갑상샘에 심각한 문제가 있어 보이며, 정확한 검사를 해봐야 알겠지만 갑상샘암의 가능성도 배제할 수 없으므로 서둘러 큰 병원에서 검사를 받도록 하라는 진단서를 작성해 주었다. 그녀는 퇴원만 할 수 있다면 그까짓 암이 문제인가 싶었다. 은설은 내과 원장이 그녀가 했던 말을 충분히 이해했고, 진단서에 써준 의사의 소견은 그녀를 도와주기 위한 일종의 장치라는 느낌을 받았다.

나중에 은설은 퇴원한 뒤 혹시나 싶어 대학병원에서 검사를 받았다. 그리고 목 안에 든 이물질은 암과 거리가 먼 갑상샘 결절로 판명되었다.

김 간호사는 퇴원 날짜와 시간에 맞춰 은설의 작은오빠가 병원으로 올 거라는 내용을 쌀쌀맞게 전달했다. 그러고는 은설의 공책을 가져갔다. 퇴원까지 남은 시간은 이틀, 그 사이 환자들과 연락처를 주고받는 행위는 규정 위반에 해당하므로 노트와 필기도구를 압수하는 건 정당한 처사라 했다. 어처구니없었지만 은설은 군말 없이 순순히 공책과 사인펜을 건넸다. 퇴원까지 아무 탈 없이 조용히 지내고 싶었기 때문이었다.

은설은 김 간호사를 대할 때마다 드는 생각이 있었다. 몸에는 흰 가운을 걸친 간호사이지만 뇌는 교도관의 것으로 스캔 된 사람이 아닐까 하는 생각 말이다. 거기에 한 술 더 보태면, 입원환자들에게 적용하는 규칙이니 규정이니 하는 것들을 김 간호사가 저 혼자 정한 건 아닐까 하는 의심까지 들었다.

국립병원이나 종합병원이나 개인병원이나에 따라 환경과 규정은 다르겠지만, 어쨌든 정신병원에 들어온 사람은 제일 먼저 인격을 영치품들과 함께 저당 잡혔다. '당신은 정상이 아니다'라는 말이 환자에게 어떤 짓을 해도 정당하다는 말과 동의어가 되었다.

영화에서 다룬 정신병원 내부 사정은 영화답게 과장이 심하긴 했어도 영 틀린 건 아니었다. 사람은 존중받지 못하고 인격이 거세당하면 누구라도 난폭해질 수 있고, 그것이 지속되면 걷잡을 수 없는 괴물로 변할 수 있었다. 그것을 제압한다고 병원에서는 환자들에게 어떤 식으로든 폭력을 가했다. 그 폭력을 견디지 못해 반항을 하면 반항한다고 또 폭력을 휘두르는 형국이었다. 그러니 없던 병도 정신병원에 들어가면 생길 수 있고 심지어 더 심해질 수 있었다.

은설은 표정 관리에 애썼다. 날아갈 것 같은 마음을 누구에게도 들키고 싶지 않았다. 반면에 연지와의 이별은 가슴 아팠다. 연지뿐만이 아니었다. 그곳에서 두 달을 함께한 사람들 모두와 헤어지려니 서운했다. 하루라도 빨리 나가고 싶은 곳이었는데, 정이란 참으로 요상한 것이었다. 하루가 한 달처럼 느껴지던 것이 엊그제였는데, 기다리던 이틀은 눈 깜짝할 사이였다.

은설은 자신의 차입금 계좌에 남아 있던 돈을 연지 앞으로 돌려놓은 뒤, 그녀의 손을 잡고 말했다.

"연지야, 절대 딴 생각 말고 기다려. 내가 나가서 너 퇴원시켜 준다고 했던 약속, 꼭 지킬게."

17

종이비행기

S# 64 ― 광장 (오전)

힘없이 축축 늘어진 환자들이 광장을 가로질러 복도 끝에서 끝까
지 왕복으로 걷기 운동 중이다.

슬리퍼를 질질 끌며 마지못해 걷는 인선과 그 뒤에 인선의 옷자락
을 잡고 바짝 붙어 눈 감은 채 걷는 유정.

갑자기 인선이 걸음을 멈추자 유정은 인선의 뒤통수에 얼굴을 박
고 놀라 눈을 뜬다.

유정　　(버럭 소리 지르며) 이모, 갑자기 멈추면 어떡해?

인선　　이년아, 나 귀 안 먹었어. 조용히 말해.

인선이 걷기 운동 줄에서 빠져나오자 따라 나오는 유정.

그 뒤를 이어 수정도 운동을 포기하고 줄에서 나와 인선 곁으로
간다.

환자들이 하나둘씩 줄에서 빠지기 시작한다.

유정　　　이모, 운동 안 할 거야? 아직 반도 안 걸었잖아.

인선　　　(벽시계 아래 퍼질러 앉으며) 운동이고 뭐고 다 귀찮네.

유정　　　(인선의 왼쪽에 앉으며) 어디 아파?

인선　　　아픈 건 아닌데 기분이 이상해. 작가언니 나간 뒤로 그러네.

수정　　　(인선의 오른쪽에 앉고) 나도 그래. 기분이 이상해.

유정　　　민제씨 말대로 작가선생님이 진짜 전염병 걸렸던 거 아닐까? 그래서 다들 기분이 이상한 거고.

인선　　　(유정의 머리를 쥐어박고) 전염병 같은 소리 하고 자빠졌네.

유정　　　아얏! (맞은 머리를 문지르며) 왜 때려? 그냥 해본 소린데.

인선　　　(한숨 쉬고) 철없는 널 잡고 내가 뭔 소리를 하겠냐. 여기 일 년 있는 동안 퇴원한 환자들이 있었어도 이런 기분은 아니었거든. 나가면 가나 보다 들어오면 오나 보다 했거든. 근데 작가언니 나가고 나니까 뭔가 빠져나간 것 같고 허전하고 막 그러네.

수정　　　맞아. 나도 딱 그런 기분이야.

유정　　　(심각하게) 난 그것이 뭔지 알겠어.

수정　　　뭔데?

유정　　　그러니까 이런 거지. 티가 나진 않는데 존재감이 큰 사람이 있어. 말하자면 영향력이 큰 사람이라고나 할까……　작가선생님이 그런 사람인 거였어. 그랬는데 그 존재감

이 사라졌기 때문에 생기는 일종의 상실감? 그래 상실감
이지. 그래서 우울증이 도진 거야. 그래서 기분이 꽝인
거지.

인선   (유정을 껴안고) 아이고 똑똑해라. 많이 컸다 우리 유정이.

수정   (고개를 끄덕이며) 듣고 보니 일리가 있네.

걷기 운동을 하던 환자가 절반으로 줄어들었고, 그마저도 하나둘
빠져나간다.

주간호사   (간호사실 창문을 열고) 다들 왜 이래? 운동 안 할 거예요?

S# 65 ― 하늘 방 (오후)

벽에 기대앉은 채 천장으로 시선을 두고 생각에 잠겨 있는 연우.
첫사랑은 이불 위에 엎드려 만화책을 본다.
잔뜩 화난 얼굴의 유정이 슬리퍼를 팽개치듯 벗어던지고 방으로
들어온다.
유정의 뒤를 따라 하늘 방으로 들어오는 인선.
유정은 개어진 제 이불을 펼쳐 얼굴까지 뒤집어쓴다.

인선   (이불을 걷어내고) 유정아, 내 말 들어봐.

유정   (이불을 뺏어 다시 얼굴을 가리고) 말하기 싫다니까.

첫사랑　(앉으며) 왜, 무슨 일인데 그래?

인선은 이불 속으로 손을 넣어 유정에게 간지럼을 태운다.
깍깍거리며 발버둥 치는 유정.

인선　아이 참, 내 말 들어보라니까.

첫사랑　아니 무슨 일인데?

유정　(이불을 팽개치고 빽 소리치며) 이모가 퇴원한다잖아.

뜬금없는 소식에 놀란 첫사랑은 만화책을 내려놓고 인선 곁으로
후다닥 기어간다.
연우도 놀란 눈으로 인선을 쳐다본다.

첫사랑　퇴원? 이렇게 갑자기?

인선　그렇게 됐어.

유정　이모랑 같이 있으려고 지난달에 아빠한테 말했단 말야.
　　　　더 근신하고 있겠다고. 그래서 육 개월 연장됐잖아. 근데
　　　　이게 뭐야? 앞으로 다섯 달을 어떻게 있으라고 그래?

인선　아빠한테 다시 부탁해서 나가게 해달라고 해.

유정　한 번 연장하면 바꾸기 어렵대.

인선　그래도 혹시 모르니까 아빠한테 한 번 얘기해 봐, 응? 안
　　　　되면 육 개월에서 절반으로 줄여 달라고 해봐, 응? 이모
　　　　가 미안하게 됐다. 나도 이렇게 빨리 나갈 줄 몰랐어.

첫사랑	(가라앉은 목소리로) 자기가 나간다니까 왠지 기분이 좀 그렇다.
연우	축하해 인선 언니. 나가면 아들 만날 수 있잖아.
인선	(연우를 보며) 고마워. 너도 곧 나갈 수 있을 거야.
첫사랑	종이비행기가 성공했나 보네. 나도 날려달라고 할 걸 그랬나……
연우	성공한 종이비행기는 없어. 큰길까지 날아가는 건 무리였어. 분명히 설하 언니가 인선 언니 엄마에게 연락했을 거야. 설하 언니라면 가능해.
인선	그래. 나도 그랬을 거라는 느낌이 들어.
첫사랑	어쨌든 좋은 일이니까 축하해.

유정이 큰 소리로 울기 시작한다.

S# 66 — 식당 (오후)

바둑을 두는 달룡아재와 최 주임, 둘 다 진지한 얼굴이다.
마당쇠, 꽁지머리, 쓰레빠와 충림은 바둑 두는 두 사람 주변에 앉아 구경하고 있다.

충림	(꽁지머리에게) 참, 내일 인선이 나간다면서요?
꽁지머리	그렇다고 하네.

최주임   (검은 돌을 놓고) 일 년이 넘었잖아. 이제 나가서 잘 살아
　　　　　야지.

달롱아재   (흰 돌을 만지작거리며) 내는 인선이보다 넉 달 더 있었는데
　　　　　언제 내보내 줄란교?

최주임   그건 내 소관이 아니올시다. 빨리 두기나 하세요.

충립   작가선생님처럼 있는지 없는지 티도 안 나던 사람이 나
　　　　　갔을 때도 며칠 동안 심란했는데, 인선이 나가면 엄청 썰
　　　　　렁할 것 같네요.

쓰레빠   인선이 나가면 유정이 외로워서 어쩌냐.

충립   그러게요. 걔가 보기보다 맘이 여린 구석도 있거든요.

마당쇠   지지 지금이라도 유유 유정이한테 자자 잘해줘.

꽁지머리   걔 성격 몰라? 버스는 이미 떠났어.

달롱아재   (흰 돌 놓고) 그나저나 나도 이제 슬슬 소식이 올 때가 됐
　　　　　는데.

최주임   그건 또 무슨 소리래요?

달롱아재   무슨 소리기는요, 기냥 하는 헛소리지예. 빨리 두기나
　　　　　하소.

쓰레빠   달롱아재 없으면 우린 심심해서 어떻게 살아요?

최주임   이거 이거, 내가 모르는 비밀이 있는 것 같은데……

달롱아재   비밀은 무슨…… (쓰레빠 이마를 치고) 임마, 내가 너그들한
　　　　　테 심심풀이 땅콩카라멜이가?

쓰레빠   (맞은 이마를 문지르며) 그게 아니라요, 만약에 아재가 없다
　　　　　면 사는 낙이 없을 것 같다 이 말이죠.

최주임   (미심쩍은 얼굴로 주변을 둘러보며) 이거 분명히 뭐가 있긴
        있어.

마당쇠   (손을 휘휘 내저으며) 그그 그런 거 어어 없어요.

달룡아재   기다려 보입시더. 뭐가 있나 없나.

최 주임은 까칠한 턱을 손가락으로 비비며 달룡아재를 의미심장
하게 쳐다본다.

달룡아재   (배시시 웃으며) 바둑 안 둘 낍니꺼?

S# 67 — 광장 (오전)

인선은 개인 용품이 잔뜩 든 비닐가방 두 개를 양손에 든 채 복도
를 빠져나와 간호사실 쪽으로 다가간다.
배웅하려는 환자들, 하나 둘 늘어간다.
가을 방 입구에는 민제씨가 엉거주춤 서 있다.
요리조리 금을 피해 겨우 인선 곁으로 다가온 성우.

성우   누나, 잘 가.

인선   그래. 성우도 잘 지내. 그리고 엄마한테 여기보다 큰 병
        원으로 옮겨달라고 해. 그래야 빨리 나아.

성우   (쑥스럽게 웃으며) 알았어. 병원 옮겨달라고 해볼게.

달룡아재 (인선의 어깨를 툭 치고) 인선이가 없으면 한동안 적적하겠
　　　　　다. 보고 싶어서 우짜꼬.

인선 그럼 퇴원 취소할게요.

달룡아재 거짓말하는 거 봐라. 나가고 싶다고 맨날 노래 불렀으면
　　　　　서. 마 빨리 나가서 아들 만나고 다시 좋은 인연 만나가
　　　　　잘 살아야제.

인선 (눈시울이 붉어지고) 아재, 그동안 정도 많이 들었네요. 저
　　　　한테 잘 해주셨는데…… 고마워요. 안 잊을게요.

달룡아재 고마울 끼 뭐 있다꼬…… 그라고 인연이면 또 만나는 기
　　　　　라. 여서 일 년을 동고동락했다 아이가. 보통 인연이 아
　　　　　이제. 우짜든동 건강하게 잘 살그라.

인선 (고개 끄덕이며 코 훌쩍이고) 아재도요.

충림 갑장아, 잘 가.

마당쇠 이이이 인선아, 잘 가. 해해해해 행복하게 살아야 돼.

인선 알았어, 행복하게 잘 살게. 오빠도 여기 오래 있지 말고
　　　　빨리 나가도록 해. 나가서 직장 얻고 결혼도 해야지, 안
　　　　그래?

마당쇠 그그 그래. 고 고마워.

십억소녀 (인선에게 다가와서) 엄마, 잘 가. 나중에 또 올 거지?

인선 지현아, 잘 있어. 빨리 좋아져서 진짜 엄마한테 가도록
　　　　해. 알았지?

십억소녀 응, 엄마.

인선 (모여 있는 환자들을 휘둘러 본 뒤 큰 소리로) 고맙습니다. 다

들 잘 지내시고 **빨리 퇴원해서 건강하게 멋지게 삽시다.**

S# 68 — 하늘 방 (오전)

첫사랑은 이불 뒤집어쓰고 누운 유정 곁에 안쓰러운 얼굴로 앉아 있다.
그녀들 곁으로 연우가 다가와 발로 이불을 툭 찬다.

  연우   야, 일어나서 나가봐.

  첫사랑   (유정을 흔들며) 유정아, 인사는 해야 할 거 아냐.

  연우   너 이러다 분명히 후회한다.

  첫사랑   연우 말이 맞아. 너 이러다 나중에 엄청 후회한다니까. 그
             때 가서 울고불고해봤자 소용없어. 어서 일어나라니까.

연우는 유정이 뒤집어쓴 이불을 확 걷어서 팽개친다.
눈물범벅이 된 유정은 마지못해 일어나 앉고는 옷소매로 눈물을 닦는다.

S# 69 — 광장 (오전)

비닐가방 속을 뒤적거리며 뭔가를 찾는 인선.

인선과 거리를 두고 서서 고개를 쏙 뺀 채 비닐가방 속을 기웃거리는 민제씨.

인선은 분홍색 슬리퍼를 꺼내더니 민제씨에게 불쑥 내민다.

연우   자, 이거 민제씨 줄게요.

민제씨   (몸을 비비 꼬며 인선에게 다가가는) 진짜 나 주는 거야?

연우   그렇다니까. 내가 아끼느라 잘 안 신어서 거의 새 거나 마찬가지야. 어서 받아요. 안 받으면 딴 사람 줄 거야.

민제씨   (배시시 웃으며 얼른 슬리퍼 받고) 고마워. 진짜 예쁘다. 내가 제일 좋아하는 색이야.

연우   앞으로 다른 사람들하고 친하게 지내셔. 그래야 사랑받는다고. 알았죠?

민제씨   알았어. 이제 안 그럴게. (슬리퍼를 꼭 껴안고) 나 이거 진짜 좋아.

민제씨는 당장 낡아빠진 실내화를 벗고 인선이 준 슬리퍼로 갈아신는다.

광장으로 나오는 연우.

연우 손에 잡혀 질질 끌려오는 유정.

유정의 등을 떠밀며 같이 오는 첫사랑.

슬리퍼 신고 마냥 좋아하는 민제씨를 보던 인선은 유정을 발견하고 환하게 웃는다.

인선	야 이년아. 이모가 간다는데 코빼기도 안 보여주려고 했냐?
첫사랑	얘 많이 울었어. 부은 거 좀 봐.
인선	붓긴 뭐가 부어. 걔 요즘 살이 쪄서 그래.
유정	(발끈하여) 살찐 거 아니거든. (눈 흘기고) 알지도 못하면서.
인선	어쭈, 성깔은 살아있네. 이리 와, 이모가 한번 안아보자.

유정은 털레털레 인선에게 다가가고, 인선은 두 비닐가방을 바닥에 내려놓는다.

인선	(유정을 안고) 아빠한테 책 넣어달라고 해서 검정고시 공부해. 그래서 나중에 대학도 가고 멋진 여성이 되어야 하잖아. 유정인 그럴 수 있어. 알았지? 이모랑 약속하는 거다, 응?
유정	몰라.
인선	몰라? 그럼 그러겠다는 소리네. 약속한 거다.
유정	(흐느끼며) 몰라.

인선은 유정을 안았던 팔을 풀고 유정의 얼굴에 또르르 흐르는 눈물을 닦아준다.
갑자기 인선을 와락 껴안는 유정.
통제구역 문을 열고 나오는 김 간호사.
연우는 김 간호사를 보자마자 바짝 긴장하여 얼굴 표정이 굳어진다.

김 간호사는 광장과 복도 사이 모서리에 서 있는 연우에게 시선을 던지며 싸늘한 미소를 짓는다.

> **연우** (돌아서서 광장을 나가며) 재수 없어.
>
> **김간호사** (짜증 섞인 소리로) 무슨 이별이 그렇게 길어? 퇴원 수속 다 끝났으니까 박인선 씨는 얼른 진료실로 가. 원장님 기다리셔.
>
> **인선** (유정을 몸에서 떼어 내며) 이모 갈게. 나중에 우리 꼭 만나자. 이모 집 전화번호 잘 기억하고 있지?

유정은 고개를 끄덕이고는 마침내 소리 내어 운다.
입술을 깨문 인선은 바닥에서 두 비닐가방을 든다.
인선이 김 간호사를 따라 통제구역 안으로 들어가자 문이 닫힌다.
배웅 나온 사람들은 흩어지고, 사람들 속에서 훌쩍거리던 퍼즐이 유정을 껴안으며 함께 울기 시작한다.
거리를 두고 있던 충림이 천천히 다가와 유정의 등을 토닥토닥 두드려준다.

S# 70 ─ 빌딩 입구, 거리 (오전)

빌딩 입구에 서서 안쪽을 기웃거리는 강혜자(60대 초반)와 인선의 아들 우진(7세).

혜자는 인선이 빌딩 입구로 나오자 손에 들린 비닐가방 두 개를
빼앗듯이 받아 들고는 눈을 흘긴다.
우진은 슬그머니 혜자 뒤로 숨고, 그런 우진을 보니 눈물이 핑 도
는 인선.
우진은 인선과 눈이 마주치자 고개를 숙이고 새로 산 운동화만 내
려다본다.
우진에게 다가가 쪼그려 앉는 인선.

혜자　　우진아, 엄마 얼굴 까먹은 겨?

인선　　우진아, 엄마 얼굴 잊어버린 거 아니지?

우진은 고개를 끄덕이고는 눈물을 참느라 입을 실룩거린다.
인선은 우진을 가슴에 꼭 안고 한 손으로 아들의 머리를 쓰다듬
는다.

인선　　우리 아들, 미안해. 앞으로 엄마가 너 혼자 두고 절대 어
　　　　　디 안 갈게.

혜자　　다신 그 짓거리하지 말어. 그랬다간 진짜 인연 끊어버릴 겨.

인선　　(혜자를 올려다보며) 걱정 마, 그럴 일 없을 테니까. (일어서
　　　　　서 우진의 손을 잡고) 우진아, 집에 가자. 가서 엄마랑 놀자.

혜자　　먹고 싶은 거 있음 말혀. 사줄게.

인선　　먼저 두부부터 먹어야지.

혜자　　두부? 기껏 두부가 먹고 싶은 겨?

인선	빵에서 나왔으니 두부를 먹어야지.
혜자	미친년, 누가 들으면 징역 살다 나온 줄 알겠어.

인선은 헤헤거리며 웃고는 우진과 맞잡은 손을 씩씩하게 흔들며
걸어간다.
혜자는 가볍게 눈을 흘기며 종종걸음으로 인선과 우진을 쫓아
간다.

S# 71 ― 식당 (점심시간)

입맛이 없어 깨작거리며 밥을 먹는 달룡아재.
같은 식탁에 앉은 쓰레빠와 기타쟁이는 힐끗힐끗 달룡아재의 눈
치를 살펴가며 밥 먹는다.
옆 식탁에 앉은 연우와 유정 그리고 첫사랑 역시 억지로 밥을 먹
는 중이다.

유정	마당쇠 아저씨까지 없으니까 너무너무 썰렁해.
첫사랑	진짜…… 작가선생이 퇴원한 뒤 인선이도 가고 마당쇠
	오빠도 가고, 세 사람이 빠진 것뿐인데 병원이 텅 빈 것
	같아.
유정	이러다 첫사랑 언니도 나가는 거 아냐?
첫사랑	걱정 마, 난 종이비행기 안 날렸거든. 어쩜 나보다 네가

먼저 나갈지도 몰라.

유정   (숟가락을 소리 나게 내려놓고) 에이 씨, 난 아직 다섯 달 남
         았다고.

첫사랑   인선이가 나갈 때 공부하라고 그랬잖아. 공부하다 보면 시
           간 금방 가. 그나저나 사람들이 모두 다 우울한 것 같아.

연우   즐거운 사람도 있어.

연우는 고개를 살짝 틀어 턱짓으로 민제씨를 가리킨다.
주방 근처 식탁에 앉아 맛있게 밥 먹는 민제씨, 분홍색 슬리퍼가
유독 눈에 띈다.
수저를 내려놓고 물 마시는 달룽아재.

쓰레빠   어? 다 드신 거예요?

꽁지머리   반 밖에 안 드셨네. 혹시 어디 아프세요?

달룽아재   (한숨 쉬고) 인선이도 가고 마당쇠도 갔는데 나는 고마 포
             기해야 하는갑다. 마누라가 바늘구멍도 안 들어가는 갑
             다. 망할 놈에 예편네.

쓰레빠   조금 더 기다려 보자고요. 희소식이 올지 누가 알아요?

달룽아재   (더 깊은 한숨을 내쉬고) 작가선생이 퇴원한 지가 벌써 보름
             이 지났다 아이가. 종이비행기가 딴 데로 날라간 기 분명
             하다. 그기 아이믄 여적 소식이 없을 리가 읇제.

꽁지머리   그래도 밥은 마저 다 드세요. 내일이라도 당장 좋은 소식
             올지 누가 알아요. 어쨌든 건강은 챙겨야죠.

달룡아재 (다시 숟가락 들고 밥 한 술 뜨며 기운 없이) 니 말이 맞다. 뭐
　　　　　니 뭐니 해도 사람은 건강하고 볼 일이제.

식당으로 들어와 두리번거리며 사람을 찾는 주 간호사, 달룡아재
를 발견하고 그가 앉은 식탁으로 간다.

주간호사 김달룡 씨, 식사 마치면 간호사실로 오세요. 오후에 원장
　　　　　님과 면담이 있어요.
달룡아재 무슨 면담인교? 내가 뭐 또 잘못한 기 있습니꺼?
주간호사 일단 오시기나 하세요.

주 간호사는 볼일을 마쳤다는 듯 휑하니 돌아서 식당을 나간다.
달룡아재는 서둘러 나가는 주 간호사의 뒷모습을 보며 혀를 찬다.

달룡아재 사람이 좀 나긋나긋한 구석이 있어야제, 저리 뻣뻣해가
　　　　　꼬 우짜노.
쓰레빠 그래도 얼음장 같은 김 간호사보다는 백 배 낫죠.
꽁지머리 저기요, 갑자기 면담을 하자는 거 보면, 혹시 아재도 퇴
　　　　　원하는 거 아닐까요?

달룡아재는 눈이 동그래져서 들고 있던 숟가락을 떨어뜨린다.

S# 72 — 진료실 (오후)

테이블을 사이에 두고 마주 앉은 나용대 원장과 달롱아재.
몽블랑 볼펜을 진료기록부에 톡톡 두드리는 나 원장.

달롱아재 그러니까 내일 퇴원할 수 있다는 겁니꺼?

나원장 (능글맞게) 원하신다면요.

달롱아재 그기 무슨 말인교. 원하지 않으믄 여 더 있어도 된다는
겁니꺼?

나원장 김달롱 씨 보호자인 부인께서 말씀하시더군요. 김달롱
씨가 원하는 대로 해드리라고.

달롱아재 입원하고 퇴원하는 절차가 참 희한하네요.

나원장 원하시면 내일 바로 퇴원 수속을 해드릴 수 있고, 원하지
않으면 있고 싶은 만큼 계셔도 좋습니다. 김달롱 씨.

달롱아재 (단호하게) 더 있고 싶은 마음은 눈꼽만큼도 없심더.

나원장 그럼 내일로 수속을 맞춰드리죠.

달롱아재 (잠시 생각하다가) 모레 나갈랍니더.

나원장 (의아해하며) 왜 하필 모레죠, 김달롱 씨?

달롱아재 한솥밥 먹은 사람들하고 차근히 인사는 해야 안 되겠습니
꺼. (실실 웃으며) 그라고 보이 내일이 회식하는 날이구마.

S# 73 ─ 봄 방 (오후)

열린 사물함에서 개인 소지품을 꺼내 종이 쇼핑백에 주섬주섬 챙겨 넣는 달룡아재.
달룡아재 옆에는 충림과 성우 그리고 쓰레빠와 기타쟁이, 꽁지머리가 맥없이 퍼질러 앉아 있다.
쇼핑백을 뒤집어 내용물을 모두 바닥에 쏟아내는 달룡아재.

달룡아재 다 낡아 빠진 걸 내가 뭐 할라꼬 챙기는지 모르겠네. 버려도 아깝지 않은 것들 밖에 없구마는.

충림 (양말 한 짝을 들어 보이며) 이걸 왜 가져가시려나 했어요.

달룡아재는 충림의 손에 들린 양말을 뺏어 그 속에 손을 넣어본다. 뒤꿈치와 엄지발가락 쪽이 많이 헤어져 구멍 날 것 같은 양말.

기타쟁이 그냥 다 버리고 가세요. 새것으로 장만해서 새 출발하셔야지 무슨 군내 나는 걸 가져가려고 하세요.

달룡아재 (바닥에 깔린 개인 용품들을 한쪽으로 치우며) 니 말이 맞다. 미련 없이 다 버리뻘란다. (새 양말 세 켤레 들고) 그래도 이거는 가져가야제. 최 주임이 환갑이라고 준 긴데.

쓰레빠 아재가 없다고 생각하니 사는 맛이 뚝 떨어지네요.

성우 진짜.

쓰레빠 (곁에 앉은 성우를 쳐다보며) 너도 그렇지?

성우   (고개 끄떡이고) 내일 엄마가 면회 오는데 나도 여기서 나
         가게 해달라고 할 거예요. 차라리 큰 병원으로 옮겨 달라
         고 할까 봐요.

달룽아재 고마 잘 생각했다. 그래야 니가 낫는기라. 여는 글렀다.

충림   다 나가면 우리는 어쩌라고 그래?

꽁지머리 어쩌긴 뭘 어째? 우리도 나가야지.

달룽아재 그래 다들 나가삐라. 여서 고칠 병이믄 나가서도 을매든
         지 고칠 수 있다. 알콜 중독은 병도 아이다. 너그들 술 안
         마시고도 잘 지내고 안 있나. 그라이까네 앞으로도 마음
         단디 묵고 조심하믄 되는 기라.

기타쟁이 지금 같아서는 발렌타인 삼십을 갖다 줘도 마시고 싶지
         않네요.

달룽아재 바로 그런 정신이면 되는 기라.

쓰레빠   자 자, 아재의 퇴원 기념으로 마지막 고스톱, 어때요?

달룽아재 (눈을 반짝이며) 그라까?

S# 74 — 식당 (저녁)

식탁 몇 개를 붙여 큰 테이블을 만든 위에 중화요리를 비롯하여
피자 여러 판과 큰 페트병 사이다 몇 개, 종이접시와 종이컵들이
놓여 있다.
최 주임을 비롯하여 달룽아재와 그 무리들, 첫사랑과 유정 그리고

현자와 수정이 테이블 둘레에 자리 잡고 앉아 있다.

최 주임이 자리에서 일어나 모인 사람들을 둘러보며 목을 가다듬는다.

최주임   음, 우리 병원 터줏대감인 김달룡 씨가 내일 퇴원합니다. 그래서 이렇게 조촐하게 자리를 만들었으니 다 함께 축하해 줍시다. (달룡아재에게 손을 내밀며) 자 김달룡 씨, 한 마디 하셔야죠.

달룡아재 (자리에서 일어서고) 에, 그러니까…… 와 이리 말이 안 나오노.

최주임   달변가께서 왜 이러시나?

달룡아재 에…… 그러니까, 그 뭐시냐, (목소리 가다듬고) 음, 그동안 정도 마이 들었고 한 식구나 다름없이 지내다가 이렇게 갑자기 여러분 곁을 떠나게 된 점, (다시 목 가다듬고) 참으로 유감스럽습니더. 우짜든동 여러분도 빨리 나아서 퇴원하셔야지예. 좋은 시절 여서 보내지 말고, 너른 세상에서 마음껏 즐기며 사시길 바랍니더.

말을 마치고 자리에 앉는 달룡아재.

그곳에 모인 사람들 모두 숙연한 모습으로 자신들 앞에 있는 테이블만 쳐다본다.

최주임   (두 손을 가슴에 모으고) 자, 우리 박수 한 번 칩시다.

달롱아재 박수는 무신…… 피자 사 갖고 온다 캐서 저녁도 쬐매 먹
        었디만 배고파 죽겠네. (피자를 가리키며) 고마 이거나 썰
        어 묵읍시더. 내 때문에 최주임이 돈 마이 썼네예.

씩 웃고는 먼저 두 손을 높이 들어 박수를 치는 최 주임.
모인 사람들 일제히 박수를 치며 저마다 환호를 보낸다.
달롱아재의 눈시울이 붉어진다.

18

은설

꼬인 매듭을 풀려고 했다가 더 엉켜버릴 때가 있는가 하면, 매듭 하나만 제대로 풀면 그 뒤는 술술 풀어지는 때가 있다. 마치 우연처럼 보이지만, 우연들이 겹치거나 합치는 건 우연이 아니다. 그것은 장난질을 즐기는 운명이다.

은설은 스크린에서 벌어지는 병원 신이 생소했다. 그녀가 퇴원한 뒤로 그곳에서 어떤 일들이 있었는지 연지에게 들은 바가 없었다. 다만 박인선과 김달룡 씨 그리고 마당쇠 정원석의 뒤를 이어 기타쟁이로 불렸던 전주환과 수정이 퇴원했다면, 그 내막은 누구보다 은설이 잘 알고 있었다.

그녀는 앞으로 어떤 이야기가 영화 속에 펼쳐질지 자못 궁금했다. 진실과 허구 사이에 걸쳐진 줄 위를 아슬아슬하게 가로지르는 느낌이었다. 흥분과 긴장이 줄다리기하고 있었다.

***

작은오빠가 은설을 데리러 왔다. 그는 은설의 오피스텔에서 여동생이 입을 옷을 챙겨 왔다. 집에서 입던 트레이닝복 차림으로 사설 구급차에 실려와 그길로 병원에 입원했기 때문이다. 자상함이라고는 눈을 씻고 봐도 없는 작은오빠의 행동이 낯설었다. 바쁘다는 핑계로 하나뿐인 여동생을 두 달이나 방치했다는 일말의 미안함 또는 늦게 깨달은 보호자 자격 때문이었을까. 어쨌든 중요한 건 그녀가 퇴원했다는 사실이었다.

"오빠, 차 바꿨네?"

"응, 한 달 됐어. 너도 운전면허 따. 그러면 내가 작은 걸로 뽑아줄 수 있어."

"싫어. 난 운전하는 거 무서워. 대중교통이 편해."

"그럼 퇴원 선물로 뭘 해줄까?"

"괜찮아. 지금은 오피스텔 가서 잠만 자고 싶어. 필요한 거 있으면 그때 말할게."

"그래. 그리고 말이야…… 미안해. 내가 출장이다 뭐다 하면서 정신없이 바빴던 것도 있었고, 또 연말이잖냐. 병원에 몇 번 전화했더니 네가 아직 우울증이 호전되지 않았기 때문에 입원치료를 더 해야 한다더라고."

"그거 다 거짓말이야."

"나야 몰랐지. 의사가 그렇게 말하니까 그런 줄 알았지. 어떻게 그런 걸로 보호자를 기만하냐? 돌팔이 아냐? 아니면 돈에 환장한 사기꾼이거나."

"그쪽 세계에서는 흔히 있는 일인가 봐."

"그것들 고소해 버릴까?"

"소용없을 거야. 빠져나갈 구멍은 다 만들어놓고 영업하지 않겠어?"

"참 더럽게 장사들 하네."

"돈이 최고라고 생각하는 사람이라면 뭔들 못하겠어."

"너 병원에 오래 둔다고 엄마한테 엄청 혼났어. 집에 가면 바로 전화해 드려."

"응, 알았어."

"그나저나 큰 병원부터 가봐야 하는 거 아냐?"

"심각한 건 아냐. 내가 꾀병도 좀 부렸고, 내과 의사가 날 도와주느라 부풀리기도 했어."

"그래도 혹시 모르니까 병원은 꼭 가봐."

차에 시동을 걸고 예열되기를 기다리는 동안 남매는 오랜만에 긴 대화를 나눴다.

은설은 작은오빠에게 그러겠다는 약속을 한 뒤, 속히 병원 건물을 빠져나가자고 주문했다. 지하주차장에서 지상으로 올라온 은설은 차를 세우게 했다.

그녀는 차에서 내려 무지개 정신병원 건물과 이웃 건물 사이로 들어갔다. 큰길과 달리 며칠 전 내린 눈이 여기저기 꽁꽁 언 좁은 골목 안은 은설이 날린 종이비행기들로 형형색색 꽃밭이 되어 있었다. 그녀는 시든 꽃들을 하나 남김없이 거두어 일시 정차한 차로 돌아갔다.

오빠를 보내고 홀로 오피스텔에 남은 은설은 하루를 온전히 잠으로 보내고 싶었다. 병원에 있는 동안 더 깊어진 불면증은 간호사에게 타낸 수면제 한 알로는 부족했었다. 그곳에서는 남아도는 것이 시간이었으나 깊고 달콤한 잠에 들 시간은 언제나 모자랐다. 잠을 원 없이 자겠다고 마음먹었건만 막상 둥지로 돌아오니 시간이 아까웠다.

은설은 쇼핑백에 담아온 종이비행기 전부를 식탁 위에 꺼내놓았다. 구겨진 것과 젖은 것과 젖었다가 마른 것 그리고 뭉개진 것과 찢어진 것이 대부분이었다. 본모습을 잃어버리고 볼품없이 짜부라진 종이비행기였지만 은설은 하나하나 정성스럽게 펼쳤다. 그러고는 이내 실망했다.

그녀가 수성사인펜으로 대필했던 희망들이 뭉개져 있었다. 젖었다가 마른 것은 알아보기 어렵게 희미했고, 젖어 있는 건 얼룩이 번져 읽어내기 어려울 뿐만 아니라 쉽게 찢어졌다. 비록 정확하게 보이진 않아도 은설은 바람이 빼곡히 적힌 종이비행기의 주인공이 누구인지 알았다. 김달룡 씨의 호소는 주로 파란색 종이비행기에 실렸고, 인선의 종이비행기는 주황색과 노란색 계열이었다. 그리고 수정의 것은 분홍색과 연두색이 특히 많았다.

모두의 사연이 은설의 기억 속에 고스란히 남아 있었다. 다만 안타까운 것은, 그들이 알려준 전화번호가 기억 속에 남아 있지 않았다.

눈이 온 뒤에 날렸던 김달룡 씨의 종이비행기에는 몇 글자만 뭉개졌고 전화번호는 또렷하게 남아 있었다. 상한 구속 없이 모양까지 온전한 종이비행기는 박인선의 것이었다. 빌딩 벽 모서리에 착륙한 덕분이었다. 마당쇠 정원석의 종이비행기는 글이 전부 다 퍼져 있었지만 전화번호를 알아내는 건 어렵지 않았다.

그 외 나머지는 은설이 몇 번이나 눈을 비비고 봐도 모양을 갖춘 글이나 숫자를 찾기가 여간 어려운 게 아니었다. 어떤 것들은 종이비행기가 아니라 휴지 조각에 불과했다.

은설은 책상 서랍에서 메모지를 찾아 그녀가 알아볼 수 있는 것부터 이름과 전화번호를 옮겨 적었다. 이제나저제나 목이 빠져라 병원에서 퇴원 소식을 기다리고 있을 사람들 생각에 잠은 멀찌감치 달아났다.

은설은 강혜자라는 이름 옆에 적은 휴대폰 번호를 뚫어져라 쳐다봤다. 강혜자는 인선의 어머니였고 딸을 병원에 입원시킨 장본인이었다. 은설이 병원에 있는 동안 전해 들은 인선의 사생활이 떠올랐다. 사람이 얼마나 분하면 자기 몸에 기름을 끼얹어 분신하려 했을까. 그녀를 신뢰하지 않는 가족에게 가졌을 배신감은 얼마나 깊은 상처였을까. 술에 취해 있었다 해도 말이다.

부모 입장에서는 인선의 행동이 분명 크나큰 충격이었을 것이다. 아무리 그렇기로서니 배 아파 낳은 자식을 이해하고 용서할 수 없었을까. 자식을 일 년이 넘도록 정신병원에 입원시킬 만큼 분노할 일이었을까.

은설은 힘이 빠졌다. 또한 두렵기도 했다. 전화를 받아주지 않을 것 같았고, 받아도 일언지하에 거절당할 것만 같았다. 반대로 강혜자가 전화를 받는다면, 그래서 만나게 된다면, 과연 그녀는 인선의 어머니를 설득할 수 있을까.

은설은 아들에게 잃어버린 일 년을 어떻게라도 보상하고 싶어 하던 인선을 생각했다. 친정 엄마가 어린 손자를 인선의 전 남편에게 보내려 한다는 소식을 전할 때, 인선의 바짝 마른 입술은 떨렸고 눈은 붉었다. 그 얼굴이 떠오른 순간 은설의 팔뚝에 소름이 자르르 돋았다. 그녀는 한차례 몸을 부르르 떨고 심호흡을 한 뒤 전화번호를 눌렀다.

발신음만 반복해서 귓바퀴를 맴돌 뿐, 수신자는 낯선 전화를 받을 생각이 없는 것일까. 은설이 전화를 막 끊으려던 순간, 회선 너머에서 여인의 목소리가 들려왔다.

"여보세요, 강혜자 님 전화가 맞습니까?"
'맞는디, 누구세유?'

낮고 깐깐한 그러면서 경계하는 목소리가 건너오자 은설은 찌릿한 긴장감이 등줄기를 타고 올라오는 걸 느꼈다.

"저…… 저는 고은설이라고 합니다. 따님인 박인선 씨 부탁으로 전화를 하게 되었습니다."

'누구? 인선이가 부탁을 하다니…… 갸는 지금 먼 데 가 있는디유?'

"저는 무지개 정신건강의학과에서 인선 씨와 함께 지냈던 사람입니다. 전화상으로 말씀드리기 곤란한데요, 어머님을 만나서 꼭 드릴 얘기가 있어요. 부탁드립니다."

전화기 너머로 긴 정적이 흘렀다. 대답을 기다리던 은설의 머릿속에 이런저런 생각이 지그재그를 그리며 마구 굴러다녔다. 타인의 사생활에 쓸데없는 참견이 아닌지, 자신의 오지랖으로 더 나쁜 결과를 초래하는 건 아닌지, 후회까지 덮쳐왔다. 혹시 인선의 어머니가 전화를 끊어버린 건 아닐까 걱정이 일어나려는 찰나, 그녀의 목소리가 들려왔다.

이틀 뒤, 은설은 강혜자를 만나러 영등포로 갔다.

지하철을 갈아타가며 만나기로 한 장소에 도착하기까지 은설은 어수선한 마음에서 놓여날 수 없었다. 병원 5층에서 날렸던 종이비행기들이 몽땅 다 얼고 녹기를 반복하다가 글자들이 전부 다 번지고 지워졌더라면 어땠을까. 그랬다면 전화할 이유도 만날 이유도 없었겠지. 애석하지만 마음을 접었을 텐데, 왜 사서 마음고생을 하나 싶기도 했다. 그러다가 병원에서 소식을 기다리고 있을 사람들 얼굴이 또 떠오르니 이런 고생쯤은 아무것도 아니라는 생각이 들었다. 어차피 시작한 일이라면 어떤 식으로든 끝도 있어야 하는 법이다. 설령 씁쓸한 결과가 나온다 할지라도.

강혜자는 30분가량 기다린 은설에게 미안하다는 말도 늦은 이유도 생략하고 앉자마자 눈물바람부터 하기 시작했다. 은설은 카페에 손님이 없어서 천만다행이라 생각했다.

"내가 오죽했으면 그년을 병원에 처넣었겠수. 그년이 어떤 땐 성질머리가 더러워도 본바탕은 착해서 내 말이라면 고분고분했다우."

"제가 본 인선 씨가 그랬어요. 의리 있고 성격도 밝고…… 마음도 여리다는 걸 알 수 있었어요."

"아 근디 이년이 눈 딱 감고 지 서방한테 머리 숙이고 살았으면 좀 좋아. 남자가 바람 좀 피웠기로서니 그걸 못 참아 이혼하겠다고 집으로 들어와서는 청승을 떨고 있는디, 어느 부모가 잘했다고 혀? 애도 생각을 혀야지 안 그려?"

은설은 입을 꼭 다물고 고개만 끄덕였다. 남자가 바람피운 걸 잘못이라 생각하지 않는 부모이니 인선의 속이 얼마나 답답했을까, 그 생각부터 들었다.

강혜자는 모서리가 닳은 손가방에서 손수건을 꺼내 코를 풀고는 자신의 넋두리를 한바탕 더 쏟아냈다. 자기가 어떻게 이룬 재산인데, 그게 집이고 자식들 먹여 살린 일터인데 어떻게 감히 불지를 생각을 했는지, 그게 다 잿더미가 되었더라면 어쩔 뻔했는지, 지금도 심장이 떨린다고 했다.

은설은 집을 태우려고 그랬던 게 아니라 저 혼자 죽으려 몸에 기름을 끼얹은 거라고 인선의 사정을 정정해 줬지만, 강혜자는 그게 그거라며 딸년 정신이 회까닥 돌은 게 분명하다고 우겼다. 그러고는 은설이 미혼인지 기혼인지를 물었고, 은설은 아직 결혼하지 않았다고 답했다.

"그 짝이 딸 같아서 하는 말인디, 시집가면 이혼은 꿈도 꾸지 마."

은설은 또다시 고개를 끄덕이고 억지 미소까지 지었다. 그런 다음, 의자를 앞당겨 앉고 손깍지를 낀 채 간곡히 부탁했다. 인선을 믿어달라고, 그래서 한번만 더 기회를 주라고. 강혜자는 새초롬한 표정으로 손가방에서 뚜껑에 금이 간 파운데이션을 꺼내 얼룩진 얼굴을 정리한 뒤 바쁘다며 자리에서 일어났다. 그녀는 며칠 깊이 생각해 보겠다는 말을 남기고 떠났다.

은설은 결과가 어떻든 그녀가 할 수 있는 일이 거의 없다는 걸 알았다. 단 하나, 강혜자가 마음을 돌려 인선을 퇴원시키도록 기도하는 것뿐이었다.

낯선 사람을 만나고, 제 일이 아닌 타인의 일로 누군가를 설득한다는 것, 꽤 피곤한 일이었다. 그렇다고 멈출 수는 없었다. 은설이 자처한 일이었다. 긴장을 해서일까, 아니면 퇴원 이후에도 얕은 수면으로 뒤척인 시간이 많아서일까. 은설은 마치 물먹은 스펀지처럼 몸이 무거워 자리를 뜰 수 없었다.

강혜자가 서둘러 나간 뒤 은설은 빼앗긴 기운을 되찾으려고 카페에 남아 커피 한 잔을 더 주문했다. 그러고는 다음 순서로 정한 김달룡 씨 부인에게 전화해서 뭐라고 말문을 터야 할지를 고민했다.

은설은 그녀가 병원에 입원해 있던 약 두 달 사이에 드라마 대필 작가의 자리를 잃었다. 새로운 일자리를 찾아야 할 처지였다. 저축한 돈만 믿고 있다가는 언젠가 낭패 볼 일이 생길 거라 짐작은 하면서도 서두르고 싶지 않았다. 당분간 아무 생각 없이 시간에 몸을 맡기고 싶었다.

카페 문이 열리고 남자 셋이 들어왔다.

남자들은 은설을 지나 한 테이블 건너 자리를 잡고 앉았다. 수첩을 보고 있는 은설 외에는 손님이 없어서인지 그들은 제법 큰 목소리로 이야기했고 소리 내어 웃었다. 그들 중 유독 톤이 높은 남자의 소리가 거슬릴 즈음, 은설은 돌아가야겠다고 결심했다. 핸드백을 챙겨 막 일어서려는 순간, 세 남자 중 하나가 은설 앞으로 왔다.

"고은설?"

은설은 자기 이름을 알고 있는 남자를 올려다봤다. 어디에선가 본 듯한 느낌이 들었지만, 기억나지 않았다. 대답 대신 은설은 고개를 오른쪽으로 기울이고 남자를 계속 올려다보며 기억 속을 뒤적거렸다.

"고은설 맞구나. 나 김상욱이야, 김상욱."
"아…… 김 상 욱? 아, 그래 생각나, 김상욱."

얼마만인가. 상욱은 은설이 다녔던 교회 청소년부 동갑내기 친구였다. 당시 은설의 가족은 서울 강남에 있는 단독주택에 살았다. 은설이 고등학교 2학년이 막 되었을 때, 같은 동네로 이사 온 상욱의 식구들은 같은 교회 신도가 되었다.

고등학교를 졸업할 때까지 상욱은 은설 주위를 맴돌았다. 그는 은설과 교회 친구가 아닌 특별한 친구가 되고 싶었다. 하지만 은설은 상욱이 짝사랑하던 여학생이었고, 상욱은 은설에게 단순한 교회 친구에 불과했다. 은설이 대학에 들어간 그해 부모는 집을 정리하여 호주로 이민 갔고, 은설과 군 복무 중이었던 그녀의 둘째 오빠는 부모가 장만해 준 다른 동네 아파트로 옮겨갔다.

은설은 부모가 떠난 뒤로 서서히 교회에 발길을 끊었다. 이사 간 동네에서 다니던 교회까지 가려면 지하철을 두 번 갈아타야 했다. 그런 번거로움이 싫기도 했지만, 그것보다 은설의 신심이 약했던 이유가 더 컸다. 그렇다고 새 동네에 몇 개 있는 교회 중 하나를 골라서 가고 싶은 마음도 없었다. 이런저런 이유로 언제부턴가 은설은 교회에 가지 않았다. 상욱과 은설, 두 사람 사이에 전화로 나눌 공통점이 사라지자 대화도 차차 줄어들었다. 언제 만나서 밥 같이 먹자는 말만 몇 번 되풀이했다. 그러다 보니 어떻게 연락이 두절되었는지 두 사람 다 몰랐다.

상욱은 같이 온 두 남자에게 양해를 얻고 은설의 맞은편으로 무거워 보이는 노트북 가방과 오리털 점퍼를 옮겼다.

오랜만에 만난 사람들이 그러하듯 은설과 상욱은 그동안 어떻게 지냈는지, 최근에는 어떻게 지내고 있는지, 그때 함께 알던 친

구들과는 연락이 닿는지, 무슨 일을 하는지, 결혼은 했는지 등등
으로 이야기를 이어가며 서먹함을 걷어내려고 애썼다.

일행이던 두 남자가 상욱에게 인사를 하고 자리를 뜰 무렵, 카
페 밖은 제법 어둠이 깔려 있었다. 뒤이어 은설과 상욱도 자리에
서 일어나 밖으로 나갔다.

나란히 걷는 두 사람 주위는 온통 크리스마스 분위기로 반짝거
렸고, 어디선가 들려오는 음악은 귀가 닳도록 들었던 캐럴송이었
다. 광화문으로 이동한 두 사람은 이탈리안 레스토랑에서 파스타
를 먹고 근처 호프집에서 생맥주를 주문했다.

"그러니까 드라마 새끼 작가를 하다가 때려치웠다는 거 아냐."

"때려치운 게 아니라 잘렸다니까."

"그게 그거지 뭐. 그럼 앞으로 뭐 할 건데?"

"모르겠어. 당분간 아무 생각 안 하고 쉴 거야."

"은설아, 너 시나리오 써."

"시나리오?"

"드라마나 영화나 대본 쓰는 건 똑같아. 길이만 다를 뿐이지. 내
가 감독 데뷔작으로 생각하고 있는 게 있어. 그거 같이 쓰자."

상욱은 난데없이 은설에게 시나리오를 쓰라고 했다. 써보면 어
떻겠느냐는 제안이 아니라 아예 쓰라고 명령했다. 상욱은 영화판
에서 경력을 쌓아가는 조감독이었고, 머잖아 감독으로 데뷔할 계
획을 세우고 있었다.

은설은 곰곰이 생각했다. 상욱이 말한 대로 드라마와 영화는 시간의 차이는 있으나 극본 형식은 별 차이가 없었다. 간단하게 말하면, 16부작이나 일일드라마처럼 아주 긴 이야기를 두 시간짜리로 바꾸는 일이었다. 될지 안 될지도 모르는 소설을 쓰느니 그동안 해왔던 일과 다를 바 없는 시나리오가 그녀를 유혹했다.

은설은 안주로 나온 오징어 다리를 잘강잘강 씹으며 우연과 인연과 운명의 삼각관계를 잠시 생각했다. 은설이 강혜자를 뒤따라 바로 카페를 나갔다면 김상욱을 만나지 못했을 것이다. 그랬다면 시나리오는 꿈도 꾸지 않았을 것이고, 오피스텔로 돌아가 머리를 싸맨 채 발등에 떨어진 불을 고민했겠지.

은설은 이날 그 시간에 상욱을 만난 것이 우연인지 인연인지 헷갈렸다. 하물며 운명으로 바뀌게 될 것은 더더욱 알 턱이 없었다. 오늘 일어날 일도 모르는 인간이 운명을 논한다는 건 가당찮은 비약이었다.

시나리오에 구미가 당긴 은설은 500cc 생맥주잔에 절반 남아 있던 술을 단숨에 비웠다.

며칠 동안 은설은 정신없이 바빴다. 그녀가 짊어진 짐을 빨리 내려놓고 싶었기 때문이었다. 그녀는 수첩에 올려둔 사람들에게 전화를 걸었고, 만났고, 남편과 아들과 딸과 형제의 호소가 적힌 지저분해진 종이비행기들을 보여주었다. 그들의 표정에 생긴 변화를 은설은 놓치지 않았다. 그녀가 첨가한 간절한 부탁은 양념이었을 뿐, 은설은 그들에게 건네준 종이비행기가 힘을 발휘했다고 믿었다.

박인선을 시작으로 김달룡 씨와 마당쇠 정원석, 기타쟁이로 불렸던 기타리스트 전주환 그리고 같은 방을 썼던 수정의 종이비행기를 그들의 가족에게 전달하는 것으로 짐을 내려놓았다.

종이비행기에 적었던 글들이 훼손되어 도무지 알아볼 수 없는 몇몇에게 미안한 마음이 들었지만, 그 책임은 은설의 것이 아니었으므로 눈 딱 감고 떨쳐냈다.

은설은 무지개 정신건강의학과를 찾아가서 외래 업무를 보는 직원에게 물건을 맡겼다. 연지 앞으로 기초화장품과 속옷, 양말 그리고 생리대를 넣었고, 그녀가 좋아하는 초코파이, 귤 등 먹거리를 전했다. 그러고는 선걸음에 파주로 갔다. 거기에 연지가 살았던 보육원이 있었다.

은설이 박인선의 어머니를 만나기에 앞서 제일 먼저 전화한 곳은 보육원이었다. 보육원 원장은 들을 것도 없다는 식으로 은설의 전화를 매정하게 끊었었다. 은설은 두려웠다. 연장 하나 없이 맨주먹으로 바위를 부숴야 할지도 모른다는 막막함이었다.

보육원을 찾은 은설은 선뜻 안으로 들어가지 못하고 망설였다. 무거운 돌덩어리 하나가 가슴에 얹혀 꿈쩍하지 않았다. 그 돌덩어리를 혼자 힘으로 부숴야만 했다. 그러니 부딪히고 볼 일이었다. 은설은 크게 심호흡을 하고 원장실 문을 열었다.

19

꽁이비행기

S# 75 — 하늘 방 (오후)

군고구마를 꺼내놓고 막 껍질을 벗기기 시작한 첫사랑과 유정.
벽에 기대어 책을 읽고 있는 연우.

유정   (연우를 향해) 연우 언니, 언니도 여기 와서 같이 먹어.
연우   (잠시 머뭇거리다가) 많지도 않은데……
첫사랑 괜찮아, 충분해. 넌 먹는 양이 적잖아.

연우는 책을 내려놓고 사물함에서 귤과 초코파이를 꺼내 두 사람
에게 다가가 앉는다.
군고구마를 연우에게 건네는 첫사랑.

연우   (고구마 받으며) 고마워. 잘 먹을게. (귤과 초코파이를 안쪽으
        로 밀어 넣고) 이거 먹어. 설하 언니가 넣어준 거야.

첫사랑 작가선생이 꼭 너 친언니 같아.

연우 (고구마 껍질을 까면서) 나가면 빚 갚을 거야.

유정 (한숨 쉬고 손가락을 꼽으며) 작가선생님 나가고 인선 이모 나가고 마당쇠 아저씨, 달룡아재, 기타쟁이 아저씨, 내일 수정 언니까지 나가면 모두 여섯 명이잖아. 웬일이래? 이러다 다 나가는 거 아냐?

첫사랑 (귤을 집어 들며 한숨 쉬는) 그러게…… 꼭 절간 같아. 너무 재미없어.

연우 (유정을 쳐다보며) 내가 너 공부 봐줄까?

유정 (얼굴이 환해져서) 진짜?

연우 응, 진짜. 나 학교 다닐 때 성적은 별로 나쁘지 않았어.

신간호사(E) 이연우 환자, 전화 대기예요.

하늘 방 입구에 서 있는 신 간호사.

고구마를 막 베어 물던 연우는 놀란 눈으로 신 간호사를 쳐다본다.

첫사랑 오래 살고 볼 일이네, 연우한테도 전화가 다 오고. (연우의 허벅지를 툭 치며) 야, 얼른 나가봐.

유정 그러게. 빨리 가서 전화받아봐. (연우를 떠밀며) 갔다 와서 애기해 줘.

고구마를 내려놓고 엉거주춤 일어나는 연우.

S# 76 ― 통제구역 안 복도 (오후)

벽에 붙은 전화기가 보이고, 수화기를 귀에 댄 연우는 고개를 숙인 채 수화기 너머의 말을 듣고 있다.

잠시 후, 몸을 돌려 벽에 기대선 연우, 천장으로 향한 그녀의 눈에서 눈물이 흘러내린다.

S# 77 ― 식당 (저녁)

식사 중인 환자들 사이로 왠지 침울한 분위기가 흐른다.

유독 현자와 나란히 앉아 밥을 먹는 수정만 표정이 밝다.

수정의 옆 식탁에는 연우와 첫사랑 그리고 유정이 앉았고, 입맛이 없는지 유정은 젓가락으로 밥을 깨작깨작 먹는다.

유정　(젓가락을 탁 소리 나게 내려놓으며) 아이 씨, 다 나가네.

첫사랑　보기보다 작가선생이 힘이 셌나 봐. 얌전해서 약하게 봤는데.

현자　(첫사랑에게 고개 돌리고) 작가선생이 무슨 힘으로 환자들을 퇴원시키겠어? 다 나갈 때가 됐으니 그런 거야. (수정을 쳐다보고) 그나저나 수정이까지 나가면 나는 완전 독방 차지네.

첫사랑　그래도 작가선생이 나간 뒤로 줄줄이 퇴원하잖아요. 종이비행기 날려준 사람들은 거의 다 나가는 것 같은데요?

수정 그럴 수도 있고 아닐 수도 있어. 설하 언니가 연우랑 제일 친했는데 (연우를 힐긋 보며 고소하다는 듯) 아직 여기 있잖아.

유정 아냐, 연우 언닌 종이비행기 안 날랬대. 그리고 연우 언니도 다음 주쯤 나간다고 했어. 언니를 여기 넣은 사람이 아까 전화로 그렇게 말했대.

목소리가 큰 유정의 말에 밥 먹던 환자들은 일제히 놀란 눈으로 연우를 본다.

연우는 식판을 들고일어나 철제 테이블 위에 두고 식당을 유유히 빠져나간다.

환자들은 밥 먹는 것도 잊은 채 연우의 움직임을 따라 시선을 돌리다가 연우가 사라지자 더욱 침울한 표정들이 되고, 여기저기서 수저를 내려놓는다.

S# 78 — 화장실 (아침)

창가에 붙어 담배 피우고 있는 첫사랑.

연우와 유정은 세면대 앞에서 양치질하고 있다.

화장실로 들어온 민제씨, 담배 피우는 첫사랑을 향해 인상을 팍쓴 뒤 안쪽 칸으로 들어가 문을 세게 쾅 닫는다.

첫사랑   (피식 웃고) 담배를 끊어야 할지 말지 고민이네.

유정   (거품 뱉고) 난 담배 끊을 거야. 인선 이모랑 약속했거든. 이제부터 빡세게 공부할 거야.

연우   (물로 입을 헹군 뒤) 잘 생각했어. 근데 내가 너 공부 봐주기로 했는데…… 미안해.

유정   (입 헹구고) 괜찮아. 나 혼자 해도 돼.

첫사랑   (담배꽁초를 깡통에 버리며) 모르는 거 있으면 나한테 물어봐. 이래도 내가 대학을 일 년 반은 다녔거든.

연우는 가볍게 미소 짓고 화장실을 나가려는데 마침 수정이 들어온다.

첫사랑   수정이는 좋겠다. 좀 있으면 퇴원하겠네.

수정   응, 짐 다 쌌어. 저기…… 연우야, 너 설하 언니 전화번호 알지?

연우   (나가다 말고 돌아서는) 왜?

수정   가르쳐 줄래? 나가면 고맙다고 인사라도 하게.

연우   몰라 전화번호.

수정   진짜 몰라? 알면서 안 가르쳐 주는 거 아냐?

연우   진짜 몰라. (몸을 되돌리며) 알아도 가르쳐 주기 싫어.

수정   너 진짜 웃긴다. 하긴 뭐 알 수 있는 방법도 있지. 설하 언니가 울 엄마한테 전화했다면 번호를 저장해 뒀을지도 모르니까.

연우   (다시 돌아서서) 그런 방법이 있는데 왜 나한테 물었어? 너
             도 진짜 웃긴다.

연우는 자기를 노려보는 수정에게 가소롭다는 듯 조소를 내보이
고는 돌아서 간다.

S # 79 ― 원장실 (밤)

바로크풍의 화려한 원탁 테이블에 고급 위스키와 위스키가 담긴
영롱한 크리스털 잔이 놓여 있다.
심각한 얼굴로 크리스털 잔을 노려보는 나 원장.
(E)문을 노크하는 소리가 들린다.

나원장   (짜증 섞인 소리로) 들어오세요.

김간호사   (살며시 문을 열고 들어오며) 퇴근 안 하실 거예요?

나원장   (버럭 성질내는) 지금 퇴근이 중요한 게 아니잖아요.

김간호사   (고개를 숙이고) 면목이 없습니다.

나원장   그 누구냐, 윤설하라는 작가, 그 여자 짓이 분명해. 그때
             종이비행긴지 뭔지 창밖으로 날릴 때, 제대로 확인 안 한
             게 큰 실수였어요.

김간호사   제 불찰입니다. 답답하니까 그런 줄 알았지 거기에 환자
             들이 탈출하게 해 달라는 글을 썼을 거라곤 전혀 생각 못

했습니다.

나원장 탈출? (혀를 차고) 김 간호사는 그게 문제예요. 이곳은 병원이에요, 병원. 여기를 감옥이라고 생각하니까 환자들이 그 모양이죠.

김간호사 (고개를 더 숙이며) 죄송합니다. 고치겠습니다.

나원장 그리고 이연우가 다음 주에 나간다는 게 이해가 됩니까?

김간호사 그것도 전혀 예상 못한 일이라 드릴 말씀이……

나원장 (잔에 든 위스키를 단숨에 마시고) 앞으로 특활 프로그램에 종이접기는 빼세요. 공책이나 필기구도 일절 금집니다. 도대체 한 달도 못돼 빠져나간 환자가 몇입니까? 들어오는 건 없고 죄다 나가고 있잖아요. (잔을 소리 나도록 세게 내려놓고) 이런 식이면 앞으로 병원을 어떻게 운영하겠어요?

김 간호사는 아무런 대꾸도 못한 채 입술을 깨물며 고개를 푹 떨군다.

나 원장은 빈 잔에 위스키를 따른 뒤 잔을 입으로 가져간다.

나원장 오늘은 여기 있을 겁니다. (위스키를 단숨에 마시고) 나가보세요.

허리 숙여 인사하고 조용히 나가는 김 간호사.

S# 80 — 광장 (오전)

신 간호사는 통제구역 앞에 팔짱을 낀 채 서 있고, 배웅하러 나온
환자가 여럿 있다.
간호사실 창구에 팔을 걸치고 여유롭게 구경하는 최 주임.
광장 중앙에 훌쩍거리며 연우를 껴안고 퍼즐이 보인다.
짐이랄 것도 없는 연우 옆 바닥에는 쇼핑백 하나가 달랑 놓여 있다.

첫사랑   (연우에게 다가가서) 잘 살아야 돼.

연우   그럴게. 고마워 언니.

쓰레빠   이제 진짜 가는구나. 나가서 멋지게 살아.

연우   고마워. 오빠도 그렇게 살아야지.

쓰레빠   그래야지. 나도 곧 나갈 생각이야.

연우   (퍼즐을 떼어내며) 주영아, 내 사물함에 있는 거 나눠 달라
고 해서 먹어, 알았지?

유정   (발로 바닥에 낙서를 하며) 내가 퍼즐 꺼 챙겨줄 테니까 연우
언닌 그런 걱정 말고 나가서 행복하게 살아.

연우   그래 고마워. 근데 유정아, 주영이한테도 언니라고 해줘.

유정   (씩 웃으며) 알았어. 노력해 볼게.

십억소녀   내가 나중에 십억 생기면 언니도 줄게. 나 찾아와, 알았
지?

연우   고마워 지현아.

퍼즐   (눈물 쓱 닦고) 밖에 추울 거야. 언니 머리 시려서 어떻게

해?

연우 괜찮아. 설하 언니가 따뜻한 옷을 넣어줬대. 모자 달린 옷.

첫사랑 참 착해. 작가선생은 복 받을 거야.

최주임 이연우, 나가서 잘 살아야 된다. 알았지?

연우 (최 주임에게 미소를 보내며) 네. 고마워요.

최주임 내가 전에 사납게 군 건 다 잊어버려. 알았지?

연우 벌써 잊었어요.

서연 (양쪽 두 검지를 서로 부딪치며) 연우야 사랑해. 이 말이 꼭
하고 싶었어. 진짜 사랑해.

서연을 쳐다보고 미소 짓는 연우, 서연은 수줍어하며 돌아서 제
방으로 간다.

현자 연우야. 꼭 행복해라. 그리고 나가서 작가선생 만나게 되
면 내가 보고 싶어 한다는 말도 전해줘.

연우 네, 꼭 전할게요. (고개 살짝 숙이고) 그동안 고마웠어요.

연우가 쇼핑백을 막 들려고 하는데 통제구역 문이 열리며 사복 차
림의 김 간호사가 못마땅한 얼굴로 나온다.
순간 얼굴이 굳어지는 연우.
최 주임은 연우에게 다가가 쇼핑백을 대신 들고는 나가자는 신호
로 등을 톡톡 친다.

최주임   (김 간호사를 보며) 오늘은 담당이 아닌데 왜 나왔어?

김간호사   이연우가 퇴원한다는데 인사는 해야죠. (천천히 연우에게 다가가며) 우리 그동안 각별했잖아, 안 그래? 그러고 보니 여섯 달 좀 넘었지?

연우   (잠시 발끝을 내려다보다가 고개 들고) 각별한 건 간호사님 혼 자였죠. 날 못 잡아먹어 안달했으니까.

김간호사   (피식 웃으며) 나한테 맺힌 게 많구나. 그런 거야?

연우   (같이 피식 웃고) 그걸 왜 나한테 물어요? 본인이 더 잘 알 텐데.

환자들 표정에 긴장감이 돌고, 퍼즐과 십억소녀는 바짝 붙어 선다.

최주임   이연우, 이제 그만 가야지. 김 간호사도 그만해.

김간호사   (불만스러운 얼굴로) 최 주임님은 제가 뭘 어쨌다고 그러세 요? 쟤는 여기서도 그랬지만 밖에 나가서도 정신 못 차 릴 거예요. 아주 위험한 애라고요.

연우   (김 간호사에게 바짝 다가가서) 당신처럼만 안 살면 잘 사 는 거니까 내 걱정은 하지 말고, 당신 걱정이나 하시죠. 난 당신이 너무 불쌍해.

얼굴이 벌게진 김 간호사는 순간 손을 들어 연우를 때리려 하다가 최 주임이 큰 소리로 헛기침을 하자 마지못해 스르르 팔을 내린다.

연우	이제 난 환자가 아냐. 그 손 함부로 놀렸다간 폭행죄로 고소당합니다.
김간호사	윤설하, 그 앙큼한 것이 큰 실수를 한 거야.
연우	설하 언니 이름, 함부로 입에 올리지 마세요. 당신과 차원이 다르니까.

연우는 가소롭다는 듯 웃으며 고개를 바짝 치켜들고 통제구역 문쪽으로 간다.

쇼핑백을 든 최 주임이 연우 뒤를 따라간다.

현자와 첫사랑은 김 간호사를 흘깃흘깃 쳐다보며 손으로 입을 가린 채 소리 죽여 키득키득 웃는다.

신 간호사가 열쇠로 통제구역 문을 열자 그 안으로 들어가는 연우와 최 주임.

환자들은 각자의 자리를 찾아 흩어지고, 십억소녀와 딱 붙어 선 퍼즐은 통제구역 안으로 사라지는 연우를 향해 손을 흔든 뒤, 방으로 돌아간다.

광장에 홀로 남은 김 간호사는 이를 악물고 손을 부들부들 떨더니 통제구역 문을 향해 가지고 있던 열쇠 꾸러미를 집어던진다.

S# 81 — 거리 (초저녁)

자주색 오리털 후드점퍼에 검은색 백팩을 메고 한 손에는 쇼핑백을 든 채 걸어가는 연우의 뒷모습이 보인다.

연우는 천천히 발길 닿는 대로 무작정 걷고 또 걷는다.

날이 어두워지자 가게에서 나오는 불빛은 더욱 또렷해지고, 바람이 거세진다.

옷깃을 여미고 총총걸음으로 연우 곁을 스쳐가는 사람들, 서로에게 딱 달라붙어서 깔깔거리며 가는 젊은 연인들, 동료들끼리 음식점으로 들어가는 모습들이 오버랩된다.

편의점 앞에서 걸음을 멈추는 연우.

  연우(N) 갈 곳이 없다는 거…… 더럽게 슬프다.

S# 82 ― 오피스텔 (밤)

화장실에서 물 내리는 소리가 들리고, 잠시 후 문이 열리더니 연우가 나온다.

주방 인덕션 위에는 라면이 끓고, 냉장고 문이 열리며 그 속에서 반찬통을 꺼내는 손이 보인다.

  연우   언니, 귀찮게 해서 미안해.

  설하   (반찬통을 식탁에 놓고) 전혀, 미안할 거 없어. 나도 출출해서 뭘 먹을까 고민하던 참이었어.

  연우   (실내를 둘러보는) 여기 참 좋다. 이런 걸 투룸이라고 하는

251

거지?

설하   (라면을 면기에 담으며) 응, 투룸이야. 병원 나왔으면 나한
테 바로 연락하고 올 것이지 왜 밖에서 떨었어?

연우   나 안 떨었어. 언니가 넣어준 파커, 엄청 따뜻했어.

설하   (면기 두 개를 식탁에 올리고) 연우야, 이리 와서 라면 먹자.

연우는 식탁 의자에 앉아 눈을 감은 채 라면 냄새를 맡으며 흐뭇
해한다.
설하는 그런 연우를 보며 미소 짓는다.

S # 83 ― 오피스텔 방 (아침)

블라인드 사이로 빛이 스며드는 방 안.
침대 위에 설하와 연우가 서로 등을 맞대고 곤히 잠들어 있다.
설하가 누운 쪽 협탁 위에 있는 휴대폰이 부르르 몸을 떤다.
설하는 손을 뻗어 휴대폰 액정을 확인하고는 일어나 앉으며 통화
버튼을 누른다.
연우는 몸을 뒤척이다 돌아누운 뒤 눈을 반쯤 뜨고 설하를 본다.

설하   여보세요? (잠시 후) 응, 지금 일어났어. (잠시 후) 아는 동
생이랑 같이 있어. (잠시 후) 맞아, 걔야. (잠시 후) 알았어.
그 시간에 거기로 나갈게. 참, 동생이랑 같이 가도 되겠

지? (잠시 후) 응, 이따 봐.

설하는 휴대폰을 켠 채 기지개를 쫙 켠다.
일어나 앉는 연우, 설하처럼 기지개를 켠다.
서로 쳐다보며 웃는 두 사람.

연우　　(팔 내리고) 지금 몇 시야?

설하　　(휴대폰으로 확인하고) 어머, 벌써 열 시가 다 됐네.

연우　　벌써? (하품하고) 오랜만에 잠 같은 잠을 잤네.

설하　　연우야, 오늘 할 일 있어?

연우　　나한테 그런 게 어딨겠어.

설하　　그럼 나중에 나랑 나갈래?

연우　　근데 좀 전에 누구 전화야?

설하　　영화감독인 친구. 저녁에 만나기로 했는데 너도 같이 가자.

연우　　영화감독? 멋지다. 근데 내가 가도 돼?

설하　　당연하지. 아직은 조감독이지만 머잖아 감독으로 데뷔할 거래.

연우　　(떠보듯 조심스럽게) 혹시…… 그 감독님한테 내 얘기 했어?

설하　　나중에 말하려고 했는데 진욱이, 아, 감독 이름이 진욱이야 강진욱. 그 친구가 도와준 덕분에 널 퇴원시킬 수 있었어.

연우　　(고개 끄덕이며) 음, 그랬구나.

설하　　(연우의 손등 위에 손을 얹고) 보육원 원장 만나러 세 번 찾아갔더니 나중엔 마음을 조금 돌리더라고. 근데 그 시의원은 내 힘으론 어림도 없었어. 바늘도 안 들어가는 사람이었어. 찾아갔다가 문전박대 당하기만 했거든.

연우 그 인간 악질이야. 알고 보면 원장님은 힘이 없어. 그 악질이 시키는 대로 할 수밖에 없었을 거야. 돈이 필요하니까.

설하 (침대 밖으로 나가며) 우리 아침 먹자. 내가 샌드위치 만들어 줄게.

연우 나도 도울게. 내가 보육원에서 주방 일 많이 해봐서 요리는 좀 해.

방문 열고 나가는 설하.
뒤따라 일어나서 창문 블라인드를 여는 연우, 눈부신 빛이 한가득 들어온다.

S# 84 — 고깃집 (저녁)

둥근 테이블 중간에 놓인 불판 위에서 지글지글 익고 있는 삼겹살.
집게로 삼겹살을 뒤집은 뒤 가위로 먹기 좋게 자르는 진욱, 그 너머로 손님이 두세 테이블을 차지한 식당 내부가 보인다.
종업원이 맥주와 소주를 테이블에 놓고 간다.
진욱은 설하 앞에 놓인 잔에 맥주를 따라준다.

연우는 진욱을 건성으로 보는 척하며 눈치껏 행동 하나하나를 유심히 관찰한다.

진욱   (연우 앞에 놓인 맥주잔과 소주잔을 보며) 술은 해요?

연우   (고개를 살짝 끄덕이며) 네, 조금.

진욱   어떤 걸로 할래요?

연우   (잠시 망설이다 소주잔을 들고) 소주 마실게요.

진욱   (연우의 잔에 술 따르며) 내 주변에 글 쓴다는 사람치고 소주 못 마시는 사람은 설하 네가 처음이다.

설하   마실 수는 있어. 술에 이기질 못하니까 안 마시는 것뿐이야. 질 걸 각오하면 뭔들 못 마실까.

진욱   (자기 잔에 소주 따르고) 그게 현명한 거야. 암, 질 것 같으면 안 마셔야지. 그나저나 내가 얘기했던 거, 쓸 거지?

설하   글쎄, 당분간은 좀 쉬고 싶은데……

진욱   당장 쓰라는 거 아냐. 한 달 정도 틈이 있어.

연우   (호기심 가득한 눈으로) 언니, 뭘 쓰는 건데?

설하   (속삭이듯) 영화 시나리오.

연우   와, 멋지다.

진욱   (소주잔을 들며) 자, 건배하자. 시나리오 작가 윤설하를 위하여.

설하와 연우도 각자의 잔을 들고, 세 사람은 쨍 소리 나도록 잔을 부딪친다.

S # 85 — 오피스텔 (밤)

조명이 꺼진 실내, 2인용 소파에 앉아 콘칩을 먹으며 TV로 영화
보는 설하.
연우는 카펫에 앉아 소파에 등을 기댄 채 영화에 빠져 있다.
잠시 뒤, 영화가 끝나고 엔딩 크레디트가 올라가자 설하는 리모컨
으로 화면을 끈다.
일어나서 기지개를 켠 뒤 전등 스위치를 누르는 연우.

연우   (설하 옆에 앉고) 제목이 뻐꾸기 둥지 위로 날아간 새였지?

설하   응. 아주 오래전에 봤는데, 다시 봐도 역시 명작이란 생
         각이 들어.

연우   저 영화에 나오는 래치드라는 간호사, 보는 내내 김선영
         그 악녀가 생각났어.

설하   (콘칩 봉지를 연우에게 건네며) 어디에도 저런 사람들이 있지.

연우   (콘칩 하나를 꺼내 입에 넣고) 주인공이 너무 불쌍해.

설하   인디언이 맥머피를 죽일 수밖에 없었을 거야. 그들의 영
         웅이었으니까.

두 사람은 영화의 여운이 가시지 않아 잠시 각자의 생각에 잠긴다.

연우   언니, 전에 했던 얘기 기억나? 산토리니에 가고 싶다고
         했던 거.

설하	응, 생각나. 언젠가는 갈 수 있겠지?
연우	꼭 갈 거야. 그래서 나 돈 벌 거야.
설하	학교는?
연우	먼저 일자리부터 찾아서 돈 좀 모을 거야. 그런 다음에 학교 복학할 거고, 방학이 되면 산토리니 가야지.
설하	사회복지사가 되겠다는 건 변함없는 거지?

연우는 대답 대신 고개를 크게 끄덕인다.
텔레비전 위 벽에 걸린 시계를 쳐다보는 설하, 자정이 지났다.

설하	(소파에서 일어나며) 시간이 벌써 이렇게 됐네. 안 졸려?
연우	난 안 졸려. 산토리니 갈 생각을 하니 너무 좋아.
설하	(웃으며) 아직 한참 멀었거든. 이 닦고 잠이나 잡시다.

S# 86 ― 오피스텔 방 (밤)

어둑한 방 안, 침대 옆 협탁 위에 놓인 스탠드가 노르스름한 빛을 뿜고 있다.
베개를 등받이 삼아 침대에 기대앉은 채 각자 휴대폰을 보는 설하와 연우.

연우	(눈은 휴대폰에 고정한 채) 언니, 뭐 물어봐도 돼?

설하   (설핏 연우를 보고는 다시 휴대폰으로 시선을 옮기며) 뭔데?

연우   저기…… 그 영화감독님 있잖아, 언니랑 친구 사이야?

설하   (휴대폰을 내리고 연우를 보는) 글쎄, 친구이긴 한데…… 같이 일을 하게 됐으니 동료라고 해야 하나?

연우   (설하를 쳐다보고) 그런 뜻으로 물은 게 아니라, 단순히 친구인지 아님 남자 친구인지 물은 거야.

설하   글쎄, 옛날에 진욱이 날 짝사랑했대. 지금은 모르겠지만.

연우   그럼 언니는?

설하   나? 글쎄……

연우   글쎄 타령은 그만하고, 언니는 영화감독님을 어떻게 생각해?

설하   (잠시 뜸 들이는) 딱히 생각해 본 적은 없어. 음…… 친구이자 동료, 그 정도? 근데, 그게 왜 궁금해?

연우   (얼굴에 화색이 돌고) 글쎄, 그냥 궁금해서.

설하   (소리 내어 웃으며) 글쎄가 그새 너한테 옮았구나.

깔깔거리며 웃다가 베개를 내리고 자리에 눕는 연우.

설하도 자리에 누우며 스탠드 불을 끈다.

20
은설

은설이 퇴원한 뒤 병원에서 있었던 일은 연지만 알고 있을 터, 그러니 영화는 연지의 이야기를 듣고 그렸거나 아니면 상욱이 상상해서 만들었거나 둘 중 하나일 것이다. 은설은 전자라고 생각했다.

그렇다면 연지는 왜 은설에게 하지 않았던 이야기를 상욱에게는 낱낱이 했을까. 그 둘 사이에 은설이 모르는 무언가가 있다면, 그게 뭘까. 그렇지 않고서야 어떻게 영화가 묻어두기로 했던 두 여자의 약속까지 고스란히 드러내고 있는 걸까. 상욱이 파헤친 걸까, 아니면 연지 스스로 파버린 것일까. 두 사람 사이에 이토록 많은 이야기가 오고 갈만한 시간이 분명 있긴 했다. 하지만 상욱은 연지를 늘 탐탁지 않게 생각했고 하루라도 빨리 그녀가 떠나 주길 바랐으며, 연지에게 있어 상욱은 항상 눈치를 봐야 하는 어려운 존재였다. 은설은 그렇게 알고 있었다. 그랬던 두 사람 사이에 어떤 일이 있었기에 영화까지 만들게 되었을까.

은설은 발가벗겨진 기분이 들었다. 영화관 어디에선가 그녀를 훔쳐보며 비웃는 눈이 있을 것만 같았다. 슬픔이 온몸으로 번져나 갔다.

*　*　*

사람의 삶에서 우연을 빼면 뭐가 남을까. 삶이 지속되기나 할까.

운명은 우연의 모습으로 온다. 그렇다고 우연이 다 운명으로 이 어지는 건 아니다. 우연과 운명 사이에 놓인 것이 있다. 바로 인연 이다. 정작 인간의 삶을 지속시키는 것은 바로 이 인연이다. 대상 과 폭과 길이와 깊이만 다를 뿐이다. 한여름 내리는 여우비처럼 아주 짧고 얕게 스치거나, 신작로 옆을 흘러가는 냇물처럼 길고 얕게 이어가거나, 좁고 깊은 우물 같거나, 넓고 깊은 호수이기도 한, 그런 차이뿐이다.

대상과 폭과 길이와 깊이는 사람이 정하는 것처럼 보여도 그렇 지 않다. 우연과 운명이 작당하여 미리 짜놓은 각본이 있고, 우리 들은 그 각본대로 살아간다. 그것이 인연이고 삶이다. 그러므로 운명을 거창한 무언가로 생각할 필요가 없다.

더러는 운명처럼 왔다가 우연처럼 깜쪽같이 사라지기도 한다. 그 사이에도 인연이 있다. 사람들이 흔히 말하는 필연이다. 그러 나 그 어디에도 필연은 없다. 그랬으면 하는 바람과 느낌만 있을 뿐, 말하자면 말장난이다.

연지가 버려졌고 길러졌고 그러다 다시 버림받은 보육원 입구 에서 은설은 망설였다. 아무런 연장도 없이 단단한 호두를 깨는 심정이었다.

은설이 상상했던 모습과 달리 보육원 원장의 첫인상은 후덕해 보였다. 그러나 첫인상이 빗나가는 경우는 얼마든지 있었다. 은근한 미소로 은설에게 앉을 자리를 권했던 원장은 그녀가 자기소개를 하자 이내 호두 껍질보다 단단하게 굳어졌다.

"그런 일이라면 더 이상 할 말이 없으니 돌아가세요."

"연지를 잘 아시잖아요. 이십 년을 곁에서 부모 대신 돌봐주셨잖아요."

"더 할 말 없다니까요. 이십 년이든 삼십 년이든 열 길 물속은 알아도 한 길 사람 속 모르는 겁니다. 자 그만 가세요. 저도 중요한 일이 있어 나가야 합니다."

"알겠습니다. 그렇다면 한 가지만 물을게요. 연지가 거짓말할 애가 아니라는 건 아시죠?"

원장은 은설의 물음에 대답을 피했다. 그는 단호했다. 씨알도 안 먹히는 사람 같았다. 은설은 맥이 빠져나가려는 걸 겨우 붙잡아 그곳을 나왔다. 그럼에도 그녀가 또다시 찾아간 이유는 대화 중에 원장이 은설과 눈 맞추는 걸 극구 피했기 때문이다. 그것은 양심을 송두리째 다 버리지 못한 사람들이 보이는 행동이다. 거기에서 은설은 희망을 보았다. 열 번이고 스무 번이고 두드리리라 마음먹었다.

두 번째 방문도 푸대접을 받았다. 그래도 다시 갈 용기를 낸 것은 보육원 원장의 입에서 나온 깊은 한숨 때문이었다. 은설은 문전박대를 각오하고 세 번째로 보육원 원장실을 노크했다. 원장은 말없이 문을 열어 주었고 자리를 권했으며, 티백 녹차 잔을 내려놓았다. 왜 또 왔냐는 질문도 없었다.

그의 목소리에 잔뜩 묻어 있던 깐깐함이 빠졌다는 걸 은설은 느꼈다. 세 번에 무너질 수 있는 사람이라면 원래부터 악한 사람이 아니라고 생각했다. 이럴 때 호소력 짙게 바짝 밀어붙여야 했다. 그런데 의외로 원장이 먼저 자기 처지를 호소해 왔다.

"나라고 연지를 그곳에 두고 싶었겠어요? 다 그럴 사정이 있어서 그랬지요."

"혹시 그 사정이라는 게, 시의원이라는 분 때문인가요?"

"그게 말이죠, 그렇게 간단한 문제가 아니에요."

"시의원에게 말씀은 전하신 것 같네요. 그렇죠?"

"그분이 아직 화가 많이 나 있어요."

"말씀하지 않으셔도 무슨 뜻인지 알겠습니다."

"연지 일은 정말 가슴이 아프지만, 시간이 조금 더 지나야 해결될 것 같아요. 그러니 선생께선 너무 깊게 관여하지 않았으면 좋겠군요."

"원장님께서 이연지의 보호자 자격으로 병원에 입원시켰지만 실제는 그 시의원이 한 일이라고 이해하면 되겠군요."

"뭐, 더 답할 말이 없을 것 같네요. 유감입니다."

"알겠습니다. 이제 제가 여기에 올 일은 없을 것 같습니다."

"시간에 맡겨두세요. 선생은 연지와 혈육도 아니잖아요."

"저는 그렇게 못합니다. 연지를 믿거든요. 그리고 원장님도 따지고 보면 혈육이 아니잖아요. 연지는 자신을 스스로 책임질 수 있는 성인이고요."

은설은 버스 정류장까지 걸어가는 동안 연지가 아니라 그녀 자신을 생각했다. 지금까지 살아오면서 인연 없던 사람과 이렇게 많은 말을 했던 적이 있던가, 이렇게 딱 부러지게 자신의 생각을 피력했던 적이 있었던가, 이렇게 누군가를 위해 나섰던 적이 있었던가. 그녀의 기억에는 없었다.

보육원 원장이 말했던 시간이란 얼마를 두고 한 말이었을까. 연지를 구렁텅이로 밀어버린 시의원이라는 자가 국회의원에 당선될 때까지라는 말일까. 그렇다면 총선까지 일 년 하고도 몇 달이 더 남았구나. 설마 그 정도로 잔인하게 굴지는 않겠지. 그건 인간이 할 짓이 아니지. 그리고 그가 국회의원으로 당선된다는 보장도 없건만.

은설은 시의원을 어떻게 만나야 할지 궁리하기 시작했다. 아무래도 혼자 힘으로는 감당하기 어려운 호두 껍질임이 분명했다.

"좀 도와줄 수 있어?"

은설은 상욱에게 도움을 요청했다. 그녀는 만일의 경우를 대비하여 보육원 원장과 나눈 대화를 휴대폰으로 녹음했었다. 은설은 연지의 딱한 처지를 대충 설명한 뒤, 녹음 기록을 찾아 상욱에게 들려줬다.

"그러니까 정리를 하면, 원장이라는 자가 보호자 명분으로 연지라는 애를 정신병원에 입원시켰는데, 실제는 시의원이 그 짓을 하게 했다는 거군. 원장은 후원금이 끊어질까 봐 두려워서 시의원 편을 들었다, 그거지?"

"응, 그래서 원장이 맘대로 못하는 거야."

"나쁜 새끼들이네. 알았어, 내가 안 이상 가만히 두고 볼 수 없지. 이것들 혼 좀 나야 될 인간들이네."

"그러니까 좀 도와줘."

"걱정 마, 내가 도와줄게. 근데 넌 그 연지라는 애와 어떤 사이야?"

"음…… 잘 아는 동생이야. 이야기하자면 좀 길어."

은설은 자기가 겪었던 일을 누구에게도 얘기하고 싶지 않았다. 간단하게 설명할 수 있는 이야기가 아니었고, 말을 시작하면 쓸데없이 길어질 게 뻔했다. 잊고 싶은 과거는 들쑤시지 말고 가만히 내버려둬야 했다. 병원, 그것도 정신병원에 입원했었다는 사실은 약점이 될 수 있어도 절대 득이 될 일이 없다는 엄마의 신신당부 때문만은 아니었다.

친구의 과잉 염려와 친절과 실수가 일으킨 해프닝이라고 하기엔 손해가 너무 컸다. 어쨌든 정신병원에서 두 달가량을 보냈다는 건 절대 떠벌릴 일이 아니었다. 드러내지 않을 뿐 사람들은 저마다의 색안경을 숨기고 있으니까. 언제라도 약점이 될 수 있는 일이라면 최대한 숨기며 살아야 하는 세상이니까. 그러다 세월이 흘러 마치 이런 일도 있었다며 웃을 수 있을 정도가 될 때, 슬쩍 흘리듯 꺼낼 수는 있겠지.

그렇지만 상욱에게 도움을 받으려면 자초지종 중 일부만이라도 그가 알아야 했기에 은설은 최대한 간략하게 설명했다. 친구와의 전화 통화가 화근이 되어 병원에 실려 갔고, 그곳에서 연지를 만났고, 그녀가 들려준 이야기들에 무척 화났으며 마음이 아팠고, 그래서 도와주겠다는 약속을 했고, 약속은 무슨 일이 있어도 꼭 지켜야 한다는 것까지 이야기했다. 끝으로 은설은 더 자세한 건 묻지 말라는 부탁을 했다.

이틀 뒤, 두 사람은 시의원 사무실로 찾아갔다.

영화감독이 찾아왔다는 비서의 전달에 시의원은 환한 얼굴로 두 방문객을 반갑게 맞이했다. 그러다가 상욱의 입에서 이연지라는 이름이 나오는 순간부터 시의원은 호두 껍질처럼 단단하고 쭈글쭈글한 주름을 이마와 미간에 새겼다. 친절하고 점잖던 그의 목소리는 단박에 짜증과 불쾌감이 덕지덕지 붙어 두 사람을 불청객 취급했다.

"그런 일로 왔다면 할 말이 없군요. 바쁘니까 돌아들 가시오."

"아무리 바빠도 중요한 이 일부터 해결하셔야 할 텐데요. 이것보다 다급한 일이 있을까요? 이건 의원님의 장래와 직결되는 문제이잖습니까."

시의원의 반응을 예상이라도 한 듯 상욱은 세게 나갔다.

시의원은 상욱이 던진 말에 담긴 의도를 파악하려고 눈을 가늘게 뜬 채 노려보았다.

"날 협박하는 거요?"

"뭐 그렇게 들렸다면 그런 거고, 아니면 아닌 거겠죠."

"젊은 사람이 참 맹랑하구먼."

"의원님, 들리는 말에 의하면 다음 총선에 출마하실 거라는데, 맞습니까? 그렇다면 구설에 휘말려선 안 되죠. 특히 성희롱이나 성추행이 엄청 큰 치명타가 된다는 거, 잘 아시잖습니까. 하물며 성폭행이라고 하면 어떨 것 같습니까? 그것도 자신이 후원하던 보육원 원생에게 그랬다면, 이건 뭐 기자들이 최고로 좋아하는 먹잇감이거든요. 진실 여부를 떠나 그런 문제가 수면에 떠오르면 여론은 불 보듯 뻔하지요."

은설은 자기 앞에 앉아 있는 시의원을 쳐다보기가 민망했다. 그의 얼굴은 익다만 사과처럼 울긋불긋했고 목소리는 가뭄 든 마른 땅처럼 갈라졌다. 반면 상욱은 승자만이 가질 수 있는 여유로운 미소를 짓고 시의원을 뚫어져라 쳐다봤다. 은설은 느꼈다. 저런 미소를 가진 자가 결국 이긴다는 것을.

"그 앙큼한 계집이 거짓말을 하는 거요. 나를 협박해서 돈을 뜯으려다가 자기가 친 덫에 자기가 걸린 거란 말이오."

"그래요? 그렇다면 경찰에 고소를 해야지 왜 정신병원에 넣었죠?"

"그거야…… 그러니까 그 계집애가 이성을 잃고 난리를 치니까 그랬던 거요. 보육원 원장이 한 일이고 난 상관없소."

발뺌하는 시의원을 보고 있자니 은설은 피가 거꾸로 솟는 것 같았다. 그녀는 상욱에게 다 맡기고 가만히 있으려 했으나 연지가 초코파이를 먹으며 야금야금 들려줬던 도저히 용납할 수 없는 파렴치한 이야기가 떠올랐다. 참을 수 없었다. 결국 은설은 두 사람의 말을 가로채어 시의원에게 직구를 던졌다.

"연지에게 강제로 성폭행을 했고, 그걸 무마시키려고 오피스텔을 얻어준다고 했지요? 또 그걸 핑계 삼아 여러 차례 연지에게 같은 짓을 했고, 얼마 되지도 않는 용돈으로 입막음하지 않았나요? 나중에 연지가 약속을 지키라고 하니까 아주 귀찮은 존재로 여겨졌겠죠? 아니면 처음부터 마음에도 없는 약속을 하고 연지를 노리갯감으로 삼은 거겠지요. 아닙니까? 연지가 사람들한테 그 일을 발설할까 봐 두려웠겠지요. 그래서 사촌 여동생 김선영 간호사가 근무하는 정신병원에 처넣은 거, 아닙니까?"

"아니 어디서 이상한 소리를 듣고 와서 나를 모함하는 게요? 당신들 지금 그 계집애랑 작당해서 날 협박하겠다는 거요? 여기서 당장 나가시오. 안 그러면 경찰에 신고할 거니까."

은설은 적반하장으로 침을 튀기며 노발대발하는 시의원을 노려
봤다. 시의원은 은설의 눈을 피했다. 그러고는 손을 부들부들 떨
며 옆 탁자에 놓인 무선전화기를 들었고, 상욱은 한 치의 망설임
없이 받아쳤다.

"직접 신고해 주시면 저야 좋지요. 그런데 말입니다, 제게 보육
원 원장의 육성이 녹음된 파일이 있습니다. 그 파일에 의원님 눈
치 보느라 원장이 이연지를 퇴원시키지 못한다는 내용이 있어요.
그렇다면 누가 이연지를 정신병원에 입원시켰는지, 무슨 일로 그
랬는지, 정신 감정도 받아보지 못한 사람을 그렇게 오래 병원에
감금시킬 수 있는지, 하나하나 정확하게 따져봐야겠습니다. 당신
들은 성인인 이연지의 법정대리인 자격이 없잖습니까. 그럼에도
멀쩡한 사람을 정신병원에 입원시켰어요. 자, 얼마든지 경찰에 전
화하십시오. 제가 바라는 바입니다. 경찰이 병원에 있는 이연지
양에게도 확인을 하겠지만요. 어쨌든 이 일이 세상에 알려지는 건
시간문제겠네요. 진실여부를 떠나 총선 출마를 목표로 한 의원님
에게 절대 유리하진 않을 것 같습니다."

은설은 보육원 원장보다 시의원을 설득하는 일이 훨씬 어렵고
오래 걸릴 거라 생각했었다. 진을 좀 빼긴 했지만 예상은 보기 좋
게 빗나갔다. 그녀의 밤잠을 방해하며 어깨를 묵직하게 짓누르던

숙제를 상욱이 해결해 주었다. 그가 말할 수 없이 고마웠다. 그리고 상욱이 달리 보였다. 그가 친구이자 동료가 아니라 한순간 남자로 보였던 것이다.

마침내 시의원은 손을 들었다.

상욱과 은설은 어디까지나 제삼자이기 때문에 더 이상 관여하지 않겠다는 각서에 사인을 했다. 아울러 연지에게 자립 명목으로 국가에서 지급한 자활보조금을 보육원 원장이 되돌려 준다는 각서를 받아냈다. 시의원과 이연지 사이에 풀어야 할 문제가 있다면 그건 당사자들이 해결하라고 못 박은 뒤 두 사람은 시의원 사무실을 나왔다.

보육원에서 성장한 아이들은 고등학교를 졸업하면 보육원을 나가야 했다. 자립의 준비도 안 된 아이들이 19세가 되었다는 이유로 강제 퇴출당한 셈이었다. 부모에게서 버림받은 아이들이 다시 또 버림받는 것과 마찬가지였다. 보육원에서 나온 아이들에게 정부는 자립지원금이라는 명목으로 약 5백만 원을 지급했다. 지역마다 차이가 있어 적게는 3백만 원인 곳도 있었다. 참으로 어처구니없는 액수였다.

그 돈으로 자립은 고사하고 당장 월세 단칸방 얻어나갈 보증금으로도 모자랐다. 제대로 된 일자리도 없는 갓 성인이 된 아이들을 길거리로 내모는 꼴이었다. 정에 굶주린 아이들이 달콤한 동정심과 꿀을 발라 내민 검은손을 잡는 건 불 보듯 뻔한 일이었다.

취업이 되었다 해도 일반 가정에서 자란 사람들보다 임금이 턱없이 낮았고, 실업률은 훨씬 높았다. 고아여서 서러웠던 아이들은 보육원을 벗어나는 순간부터 고아원 출신 신분증을 품고 차별을 받았다. 아비 어미 없는 자식은 어느 시대고 편견에서 자유롭지 못했다. 보육원 울타리를 벗어나 사회라는 망망대해로 떠밀린 아이들은 사계절 내내 추위에 떨어야 했다. 그 아이들에게 관심과 따뜻한 자리를 선뜻 내어줄 사람은 찾아보기 어려웠다. 세상은 참으로 매정했다.

반면에 정부는 탈북자 1인 세대의 경우 기본금 약 8백만 원, 직업훈련 등 장려금 최대 2천5백만 원, 임대 아파트 알선 및 주거지원금 1천만 원 이상, 모두 합쳐 약 5천만 원을 지원했다.

버림받은 사람과 버리고 온 사람의 차이가 무엇이기에 이렇게 격차가 큰 것일까.

휴대폰이 울렸고, 은설은 망설였다. 발신인 표시가 없는 낯선 번호였다. 그러다 혹시 기다리는 전화일지도 모른다는 생각에 통화 버튼을 눌렀다. 연지였다.

오갈 데 없는 연지는 병원을 나와 열 시간 가까이 길에 있었다. 그날따라 날씨는 친절하지 않았다. 기온은 떨어졌고 바람까지 센 2월 중순이었다. 은설이 사는 오피스텔로 찾아왔을 때 연지는 평소에도 파리했던 얼굴이 더 핼쑥했다. 게다가 곱은 손가락은 잘 펴지지 않았다. 은설은 연지가 퇴원할 때 입으라고 도톰한 옷과 운동화를 사서 병원에 넣어줄 때 미처 장갑을 생각하지 못했다.

연지의 몸에서 싸늘한 냉기를 걷어내는 데 시간이 제법 걸렸다. 그녀의 마음에 쌓인 냉기까지 녹이려면 더 많은 시간이 필요할 것 같았다. 은설은 연지에게 따뜻한 눈빛과 포근한 잠자리를 제공하는 것 외에 특별히 해줄 수 있는 일이 없었다.

두고 온 옷가지며 책과 쓰던 물건들을 챙기러 연지는 보육원으로 갔다. 은설은 연지를 혼자 보낼 수 없어 동행했다. 부모님 만나러 호주에 오갈 때 사용하던 큰 트렁크를 끌고 갔다. 그랬다가 둘은 거의 빈손으로 돌아오고 말았다.

그곳에 고스란히 보관되어 있어야 했던 연지의 물건들 대부분이 없어졌다. 연지가 6개월 넘도록 병원 신세를 지는 동안 그녀의 옷은 주인 허락도 없이 보육원 아이들 몫이 되어 있었다. 연지는 동생들에게 나눠줬다 하니 두말 않고 고개를 끄덕였다. 방송통신대학 교제들은 온데간데없이 사라졌고, 창고에 처박아둔 낡은 옷들만 주인을 기다리고 있었다.

연지는 원장에게 두 번 다시 찾아오는 일 없을 거라며 이별을 고했고, 그에게 맡겨뒀던 그녀 명의의 통장을 건네받았다. 통장에는 여러 달 전에 돈을 인출했다가 며칠 전에 그 액수를 입금한 내역이 인쇄되어 있었다. 정부로부터 받은 자립지원금이었다.

아마도 연지의 전화를 받은 뒤에 원장은 서둘러 돈을 채워 넣었으리라. 연지는 보육원 원장을 아버지라 생각하며 살아왔던 오랜 세월이 달랑 육 개월 만에 부서졌다는 걸 깨달았다. 그곳에는 연지의 흔적이 지워지고 없었다. 그녀는 이십일 년이라는 긴 시간에 미련 없이 종지부를 찍고 발길을 돌렸다.

"고은설, 얘기 좀 해주라 응?"

"할 얘기 없다니까. 그냥 시간 때우다 나왔어."

　상욱은 집요했다. 그는 영화 '뻐꾸기 둥지 위로 날아간 새'처럼 정신병원을 무대로 한 영화를 만들고 싶어 했다. 그는 은설이 병원에서 얼마 동안 지냈는지, 어떻게 지냈는지, 보고 들은 이야기와 병원 분위기 등이 궁금했다.

　은설이 보고 듣고 겪은 걸 어떻게 말로 다 할 수 있을까. 그토록 지루하고 암울했던 시간을. 하루란 측정할 수 없이 긴 시간이었고, 불면증 때문에 하루라는 시간은 더 길게 늘어났던 것을. 은설은 생각했다. 시간은 해석하는 것이 아니라 해독하는 것이라고. 그리고 시간의 암호를 해독하는 건 불가능하다고.

　은설은 보육원 원장과의 줄다리기에 지쳐 있었고, 혼자 힘으로 연지를 퇴원시키는 게 벅차다는 걸 느꼈다. 그래서 상욱에게 도움을 요청했었다. 흔쾌히 돕겠다는 그가 고마웠고, 그러려면 그녀와 연지의 관계를 비롯하여 연지의 억울한 사정을 설명해야 했다. 어쩔 수 없이 그녀가 입원하게 된 동기와 그곳에서 연지를 만나 딱한 사정을 들었다는 걸 털어놓았었다. 딱 거기까지였다. 그러고 나서 은설은 과거가 열어놓은 문을 걸어 잠갔다.

"드라마 새끼작가로 칠 년 일했어. 스트레스 많이 받았고, 그리고 지쳤어. 그만두려던 차에 그런 일이 생겼던 거고. 난 이렇게 생각해, 지친 나에게 주어진 휴식의 시간이라고. 그리고 거기서 있었던 일, 난 아무것도 기억하고 싶지 않아."

"그래, 그렇다면 더 이상 안 물을게. 네가 원하지 않는 거, 나 안 해."

"고마워. 지금 네가 기획하는 거, 비전이 있어 보여."

"알았어, 그거나 잘 준비해야겠다. 다음 달부터 시나리오 작업 하려는데, 괜찮지?"

"응, 난 준비됐어."

"근데 있지, 그 연지라는 애, 언제까지 네 오피스텔에 있을 거래?"

"왜?"

"보육원에서 완전히 독립했으니 스스로 살아가도록 해야지, 안 그래? 일자리도 찾고 말야. 너한테 너무 의지하는 거, 별로라고 생 각해. 그러다 눌러앉으면 어쩌려고."

"지금 알바 자리 찾는 중이야. 국가보조금이 있으니까 월세방도 알아보는 중이고. 어제 같이 가서 반지하 원룸이랑 옥탑방 하나 보고 왔어."

"그렇다면 다행이네. 난 걔 분위기가 어두워서 마음에 걸려. 우 울증이든 우울감이든 그런 거, 전염성이 좀 강하잖아. 난 은설이 네가 밝게 지냈으면 좋겠어."

상욱은 세상이 절대 호락호락하지 않을 뿐만 아니라 얼마나 험 난한지 연지가 몸소 경험을 해봐서 알 거라고 했다. 그러니 혼자 내버려둬도 독하게 살아갈 사람이니 은설이 연지의 인생에 가까 이 다가가지 않았으면 좋겠다는 말도 했다. 살아온 삶과 살아갈 삶이 닮지 않은 사람끼리는 오래가지 못한다는 말과 함께.

상욱이 무엇을 걱정하는지 모르는 바가 아니었으나, 은설은 연지에게 얼른 독립하라고 등을 떠밀 수 없었다. 겨우 두 달이었지만 연지를 봐온 은설이었다. 같이 웃고 같이 즐거워했던 사람보다 같이 아파했고 같이 분노했던 사람 사이에는 더 진하게 존재하는 것이 있다. 그것이 유대감이든 동질감이든 그런 건 중요하지 않았다. 말을 하지 않아도 이해하는 것, 그것이 중요했다. 그걸 어떻게 말로 설명한단 말인가. 은설은 말없이 상욱에게 미소만 보냈다.

21

꽁이비행기

S # 87 — 오피스텔 (저녁)

반찬이 골고루 차려진 식탁에 마주 앉아 밥 먹는 설하와 연우.

설하	일은 할 만해?
연우	(국 떠먹고) 응, 괜찮아. 카페는 그냥 서빙만 하면 되고, 편의점은 더 일이 없어.
설하	그래도 알바 두 개 하는 거, 무리 아닐까?
연우	세 개 하는 애도 있어.
설하	걔들은 몸이 건강하겠지. 근데 넌 약하잖아.
연우	나 안 약해. 내가 말라서 그렇지 깡다구는 세.
설하	깡다구는 유효기간이 짧아. 체력이 받쳐줘야 오래가는 거야.
연우	걱정 마, 이제 잘 먹고 잘 자고 그럴 거야. (식탁 중간에 놓인 접시에서 불고기 한 점을 집어먹으며) 봐 이렇게 잘 먹잖아.

설하	당연히 그래야지. (불고기 접시를 연우 앞으로 밀며) 많이 먹어.
연우	언니, 나 빨리 방 얻어서 나가도록 할게. 그래야 언니가 내 걱정 안 하고 시나리오 잘 쓸 수 있을 거야.
설하	연우야, 서두를 필요 없어. 방 잘못 얻으면 고생이야. 꼼꼼하게 알아보도록 하자. 그리고 여기 오래 있어도 돼. 난 괜찮으니까.

울컥 목이 메어 대답을 못하는 연우의 눈에 이슬이 맺힌다.

S# 88 — 진욱의 사무실 (낮)

사무실 중간에 놓인 테이블에는 세 사람분의 제법 도톰한 인쇄물과 생수 그리고 종이컵이 놓여 있다.

진욱과 설하가 마주 앉았고, 설하 옆에는 제법 긴 머리에 보통 체격과 곱상하고 깔끔한 인상을 주는 다소 여성적인 분위기의 성진(28세)이 앉아 있다.

설하는 틈틈이 노트에 필기를 해가며 진욱의 말에 귀를 기울인다.

진욱	두 사람 다 원작을 읽었으니 알 거야. 우리가 만들려는 영화는 원작이 있지만 거기에 너무 연연할 필요가 없어. (앞에 놓인 인쇄물을 들고) 내가 작성한 이 트리트먼트를 바탕으로 하면 돼. 그러니까 우리 셋이 각자의 시나리오를

쓰자고. 등장인물들, 특히 주인공의 캐릭터가 중요하니까 그것만 놓치지 않으면 돼. 그런 뒤 시나리오가 완성되면 우리 셋이 쓴 걸 비교하는 거야. 그 뒤에 일은 그때 다시 조정하는 걸로 하고, 다음 주부터 시나리오 작업 들어갈 수 있도록. (설하와 성진을 번갈아 보며) 오케이?

성진   (생수병째 물을 들이켜고) 좋아요. 저는 내일 당장 작업 들어갈 수 있어요.

진욱   알바는?

성진   며칠 전에 때려치웠어요. 지배인 새끼랑 한 판 붙었거든요.

설하   (의외라는 표정으로 성진을 보며) 싸웠어요?

성진   뭐…… (머리 긁적이며) 싸웠다기보다는 그냥 쥐 패고 나와 버렸죠. 전치 삼 주는 나왔을 걸요.

진욱   (큰 소리로 웃고) 성진이 쟤, 곱상하게 생겼어도 보기랑 완전히 딴판이야. 꼭지 돌면 아무도 못 말려. 시나리오 쓰는 동안은 조용히 지내자.

성진   꼭지는 잘 잠가뒀으니까 걱정 마시고요. 그보다 피디한테 말해서 돈 좀 잘 쳐줘요. 시나리오 없으면 영화도 없는 거잖아요. 건물 지을 때 설계도 없이 지어요? 시나리오는 설계도이자 기초공사라고요. 그러니까 우리도 인센티브 계약으로 해 달라 이 말입니다.

진욱   성공하기만 하면 보너스 넉넉하게 줄 테니까 시나리오나 잘 써 인마.

설하   난 다음 주부터 준비하는 걸로 할게.

진욱	연우 개는 어쩌고 있어? 아무래도 작업에 방해되지 않을까?
설하	이번 일요일에 이사 가, 방 얻었거든.
진욱	(반색하며) 그래? 거 참 잘 됐네. 짐 많으면 내 차로 옮겨줘?
설하	짐이랄 게 거의 없어서 둘이서도 충분해.
진욱	어쨌든 개 나가면 혼자 조용히 작업할 수 있겠구나. 걱정했는데 다행이야.
성진	누군데요?
진욱	넌 몰라도 돼.

S# 89 — 옥상 (오후)

서울 변두리 다세대와 일반 주택들이 밀집한 동네가 보인다.
그중 한 다세대 3층 옥상에 위치한 옥탑방 하나.
옥상 시멘트 바닥 여기저기 방수 칠을 한 자국들이 있고, 커다란
고무 물통 두 개가 나란히 엎어져 있다.
잠시 뒤, 옥탑방 문이 열리고 설하가 카디건을 걸치며 나와 주변
을 둘러본다.
뒤따라 나온 연우, 설하 곁에 서서 역시 주위를 휘둘러본다.

설하	탁 트여서 좋다.

연우   언니 오피스텔에 비할 순 없지만…… 그리 나쁘진 않네.

설하   난 여기가 더 좋은데?

연우   그럼 우리 바꿀까?

설하   (웃으며) 그럴까?

연우   (같이 웃으며) 여기 사는 동안 다리는 튼튼해지겠다.

설하   무조건 잘 먹고 잘 자고 건강해야 돼 알았지?

연우   (엎어진 고무 물통 위에 앉고) 어떤 때 보면 언니가 꼭 엄마
       같아. 한 달 동안 언니랑 같이 지내면서 생각했어. 우린
       전생에 엄마랑 딸이었을지도 모른다고. 그땐 내가 엄마
       였을 거야.

설하   (엎어놓은 다른 물통에 걸터앉으며) 그럼 내가 딸이었겠네.
       불효녀였을까?

연우   아니, 효녀였을 거야. 그래서 내가 앞으로 언니한테 다
       갚아야 해.

설하   연우야, (연우의 두 손을 잡는) 이제부터 우리 둘 다 새롭게
       시작하는 거야. 지난 일, 다 잊어버리고……

연우의 왼쪽 손을 돌리자 손목 안에 난 흉터가 보이고, 그 흉터를
어루만지는 설하.

설하   특히 병원에서 있었던 일, 기억에서 지우고 살자.

연우   응, 다 잊을 거야. 너무 긴 악몽이었으니까. (새끼손가락을
       내밀며) 약속할게.

설하 (연우와 새끼손가락을 걸고) 약속. 그리고, 힘들면 언제라도 말해. 알았지?

연우 응, 그럴게. (손 내리고) 난 진짜 멋지게 살 거야. 돈도 많이 벌고, 그래서 공부도 다시 하고, 나중 나중에 언니랑 산토리니에 꼭 갈 거거든.

설하 그러자, 그런 날 올 거야. (카디건을 여미며) 삼월 중순이래도 아직 쌀쌀하네, 우리 들어가자.

설하와 연우는 일어나 옥탑방으로 들어간다.

S# 90 ― 오피스텔 (오후)

책상 컴퓨터 앞에 앉아 열심히 키보드 두드리며 작업하는 설하.
휴대폰이 울리자 설하는 액정을 확인하고 전화를 받는다.

설하 응, 나야.

진욱(E) 작업은 잘되고 있어?

설하 뭐, 그럭저럭.

진욱(E) 있다가 나올 수 있어? 저녁 같이 먹게.

설하 글쎄, 오늘 쓰기로 한 분량이 조금 더 남았는데……

진욱(E) 시간 넉넉하니까 그건 내일 해도 되잖아. 내가 맛있는 거 사줄게. 그리고 너한테 꼭 할 말도 있고. 나올 수 있지?

설하　　무슨 할 말?

진욱(E)　전화로는 곤란하니까 일단 만나자. 나올 거지?

설하　　알았어, 나갈게. 몇 시에 어디서 봐?

설하는 메모지에 펜으로 시간과 장소를 쓰고, 회전의자를 반 바퀴 돌려 벽에 걸린 시계를 쳐다본다.

시곗바늘은 다섯 시를 향해 가고 있다.

S# 91 — 레스토랑 (저녁)

인테리어가 돋보이는 고급스러운 분위기의 이탈리안 레스토랑 내부, 식사하는 고객이 그리 많지 않다.

테이블 위에 와인과 파스타에 피자, 샐러드 등 잔뜩 차려져 있다.

설하 앞에 놓인 잔에 와인을 따라주는 진욱, 그런 뒤 자기 잔에도 따른다.

설하　　무슨 얘길 하려고 이런 곳으로 데려왔어?

진욱　　(빙그레 미소 짓고 와인 잔 들며) 자, 우리 건배부터 하고 일단 먹자. 이야기는 좀 있다 할게.

설하　　(잔 들어 진욱과 건배하는) 잘 먹을게. 나 무지 배고팠거든.

진욱　　(와인 몇 모금 마시고) 일하느라 점심도 걸렀지?

설하   (와인 한 모금 마시고) 요즘 아점으로 한 끼 때우고 대신 저
      녁은 제대로 먹는 편이야.

진욱   (잔 내려놓고 피자 한쪽을 설하의 접시에 옮기는) 그래봤자 인
      스턴트 아니면 배달 음식이겠지. 안 그래?

설하   (칼과 포크를 들어 피자를 썰며) 그렇지 뭐. 연우가 있을 땐
      둘이서 요리도 했었는데, 혼자니까 자꾸 간편식을 찾게
      되네.

진욱   (자기 접시에 파스타를 덜어서 담으며) 그러면 안 돼. 글 쓰는
      거 에너지가 얼마나 소모되는지 잘 알면서. 그랬다가 나
      중에 몸 상하면 어쩌려고 그래.

설하   알았어, 잘 챙겨 먹도록 할게.

진욱   (와인 마시고) 참, 그 연우라는 애, 통화는 가끔 해?

설하   오피스텔 나갔을 무렵에는 자주 통화했었는데, 지금은
      서로 바쁘다 보니 좀 뜸하네. 연우가 알바를 세 개나 하
      거든.

진욱   요즘 취업 대신 그렇게 하는 애들 많아.

설하는 대답 대신 고개만 끄덕거리고 피자를 맛있게 먹는다.
흐뭇한 미소를 띠고 설하를 바라보는 진욱, 자신의 잔에 와인을
채운다.

S# 92 ─ 편의점 (저녁)

손님 없는 편의점 안, 진열대를 정리하고 있는 연우.

문 열리는 종소리가 들리고, 야구 모자를 깊이 눌러쓴 정식(26세)

이 들어온다.

연우는 카운터 안쪽으로 들어간다.

음료수 냉장고에서 생수 한 병을 꺼내 카운터로 오는 정식.

연우는 정식에게서 생수를 받아 바코드를 찍는다.

연우　　천백 원입니다.

정식은 바지 주머니를 뒤적이며 접힌 오천 원 지폐를 꺼내 연우에

게 건넨다.

지폐를 받아 계산을 하고 잔돈을 거슬러주는 연우.

정식은 거스름돈을 받으며 흘깃 연우의 얼굴을 보고 나간다.

연우는 아까 정리하던 일을 마저 하려고 카운터를 빠져나와 진열

대로 간다.

문을 열고 나가려던 정식, 되돌아와서 연우의 등을 툭 친다.

깜짝 놀라 뒤돌아보는 연우.

정식　　너, 이연우 맞지?

눈을 동그랗게 뜨고 정식을 바라보는 연우, 모자에 가려진 얼굴을

자세히 보려고 고개를 옆으로 기울인다.

정식은 모자를 벗고 환하게 웃는다.

연우   (더 놀라며) 정식 오빠?

정식   그래 나 정식이야 최정식. 너 진짜 연우 맞구나. 머리가 짧아서 못 알아볼 뻔했네.

연우   (머리를 만지며 머쓱하게 웃고) 빨리 안 자라네. 근데 오빠가 여긴 웬일이야? 이 근처 살아?

정식   아니, 화곡동에 있어. 여긴 심부름 때문에 나온 거고. 목이 말라 물 사러 왔다가 널 만나다니, 세상 참 좁다야.

연우   내가 중 삼 올라갈 때 오빠가 나갔으니까…… 육 년만이네, 그치?

정식   와, 벌써 그렇게 됐구나. 그동안 뭐 하며 살았어? 여긴 알바야?

연우   응, 알바 아니면 일할 데가 없잖아.

정식   몇 시에 끝나니?

남녀 커플이 편의점 안으로 들어오자 연우는 다시 카운터 안으로 들어간다.

정식은 도로 야구 모자를 눌러쓰고 연우에게 자기 휴대폰을 내민다.

정식   번호 찍어줘. 난 다시 카센터 들어가 봐야 하니까 나중에 전화할게.

연우   (정식의 휴대폰에 자기 번호 찍어서 건네며) 나 오늘은 열 시에 끝나.

정식   (휴대폰 확인하고) 알았어. 그때 전화할게.

연우   그래 오빠, 나중에 봐.

정식은 편의점을 나가며 연우가 찍어준 휴대폰 번호에 발신 버튼을 누른다.

휴대폰이 진동하자 확인하는 연우, 편의점을 나간 정식을 눈으로 뒤쫓는다.

정식은 편의점 유리문 밖에서 씩 웃으며 엄지손가락을 치켜세운다.

S# 93 — 레스토랑 (저녁)

말끔히 치워진 식탁에 커피 한 잔과 레몬이 띄워진 홍차가 놓여 있다.

진욱   설하야, 우리 이제 서른넷이다.

설하   (진욱을 멀뚱히 쳐다보며) 그게 어때서?

진욱   너, 독신주의자니?

설하   (잠시 생각하다가) 그건 아닌 것 같아. (홍차를 홀짝거리며) 근데 왜?

진욱	그럼 우리 연애하자.
설하	(한 모금 마신 홍차를 뿜고) 뭐야? (잔 내려놓고 입 닦으며) 왜 그래?
진욱	연애하자고. 너 애인 없잖아.
설하	(쿡쿡 웃으며) 지금 장난치는 거지?
진욱	나 지금 엄청 진지하거든.

설하는 웃음을 거두고 진욱의 얼굴을 한참 동안 물끄러미 쳐다보다가 고개를 끄덕거린다.
진욱의 얼굴에 환한 미소가 번진다.

S# 94 — 호프집 (밤)

빈자리가 듬성듬성한 호프집 창가에 연우와 정식이 마주 보고 앉아 있다.
종업원이 생맥주 두 잔을 들고 그들 곁으로 다가간다.

정식	(잔뜩 찌푸린 얼굴로) 진짜 그 새끼들 다 죽여 버리고 싶다.
연우	지난 일이야. 이제 잊을 거야.
정식	(분개하며) 어떻게 그런……

정식은 뭐라고 말하려다 종업원이 다가오자 멈춘다.

종업원은 맥주 두 잔을 테이블에 놓고 빈 잔 두 개를 들고 간다.

정식   어떻게 그런 일을 당하고 참을 수 있어?

연우   힘이 없잖아. 그냥 잊는 게 나아. 괜히 따졌다가 또 어떤
       일을 당할지 모르잖아. 그냥 열심히 일해서 돈 벌 거야.
       그런 뒤 공부도 다시 할 거고.

정식   원장은 우리들 아버지였어. 그런 새끼를 고소했어야지.
       그런데 어떻게 돈 때문에 그런 더러운 새끼를 감싸고 널
       정신병원에 처넣을 수 있냔 말야.

연우   보육원 운영하려면 어쩔 수 없잖아. 너무너무 화나고 슬
       프지만, 조금은 이해할 수 있을 것 같아. 하지만 거기까
       지야. 다시는 만날 일 없으니까.

정식   이해? 난 도무지 이해가 안 된다. 내 이것들을 그냥

연우   (정식의 말을 끊고) 오빠, 화내봤자 우리만 손해야. 부딪히
       면 우리만 다쳐. 세상은 우리보다 힘 있는 사람 편이야.
       그게 진실이 아니란 걸 알아도 그래. 그런 거, 오빠도 잘
       알잖아.

정식   내가 복수해 줄까?

연우   그런 생각 절대 하지 마. 다 지난 일이야.

정식은 화가 나서 타는 속을 생맥주로 달래려는 듯 벌컥벌컥 들이
켠다.
연우는 어두운 창밖으로 고개를 돌린다.

창에 비친 정식의 모습을 바라보는 연우.

정식도 잔을 내려놓고 연우처럼 창밖으로 고개를 돌린다.

어두운 창에 비친 서로의 얼굴을 바라보는 연우와 정식.

22

은설

어느새 은설은 영화에 흠뻑 빠져들었다. 영화는 늪처럼 은설을 사부작사부작 빨아들였고, 허구와 현실을 뒤섞어버렸다. 그것은 혼돈이었다. 무엇이 사실이고 뭐가 진실인지, 어떤 것이 허구이고 어느 것이 실화인지 혼란스러웠다.

연지와 최정식이라는 청년이 실제 저런 대화를 했을까? 이 역시 연지 입에서 나온 이야기일까, 아니면 상욱이 지어낸 이야기일까?

은설은 정식에 대해 아는 바가 없었다. 그는 나중에 연지가 들려준 이야기 속에나 잠깐 존재하는 남자였다. 보육원에서 같이 자랐고, 그들은 우연히 만났고, 외로운 사람들끼리 등을 맞대고 몇 년 함께 살았다는 이야기였다. 예전에는 초코파이를 먹으며 토막 난 단편처럼 과거를 이야기했다면, 뒤에는 슈크림을 먹으며 이야기를 들려줬다.

영화가 개봉되기 전 상욱은 은설에게 말했었다. 영화는 소설과 똑같은 허구라고. 종이로 된 소설책을 필름으로 바꿨을 뿐이라고.

상당한 부분이 현실에서 있었던 일이었음에도 말이다.

***

삼월 중순, 아침저녁으로 굴곡이 심한 날씨였다.

연지가 오피스텔에서 나가는 날도 꽃을 시샘하는 바람이 불었고, 새벽에는 겨우 영하를 면한 차가운 날씨였다.

짐이랄 것이 없는 연지는 은설의 도움을 받아 조그마한 옥탑방으로 옮겨갔다. 보육원 원장에게서 돌려받은 돈으로 보증금을 치르고, 파트타임으로 일하며 모은 얼마 되지 않는 돈으로 혼자 생활하는 데 필요한 최소한의 물건들을 들였다. 은설은 연지에게 이부자리를 선물했고, 잘 사용하지 않던 주방용품들을 나눠줬다. 그럭저럭 구색을 맞추자 드디어 연지의 독립이 시작되었다.

연지의 삶에는 가족만 빠진 것이 아니었다. 눈을 씻고 봐도 기댈 언덕 하나 없었으며 맨몸 하나 믿고 살기에는 가시밭길 세상이었다. 목표가 없으면 좌절할 이유도 없었고, 희망을 배우지 못했으면 절망을 학습할 필요가 없었다. 연지는 꿈이라는 단어조차 사치라고 생각했다. 오랫동안 그늘에 익숙해진 사람에게 목표란 딜레마에 불과했다.

그랬던 연지가 나이 스물둘에 꿈을 가지기로 했다. 돈 벌어 멈췄던 공부를 새로 시작하고 사회복지사가 되는 것, 깨끗하고 넓은 오피스텔로 잠자리를 옮겨가기, 그리고 산토리니 여행을 순서대로 꿈속에 넣었다. 이루지 못할 이유가 없었다. 언제나 막차를 타는 기분으로 살아왔다는 그녀가 이제는 첫차를 기다리는 느낌이라고 말했을 때, 은설은 연지를 가만히 안아줬다.

은설은 연지를 대할 때마다 왠지 마음 한구석이 서늘했다. 병원에서 봐온 연지의 폐쇄적이고 불안정한 심리가 혹시라도 사회에 적응하지 못해 뾰족하게 도드라지는 일이 생길까 봐 불안했다. 연지에게는 모서리가 많았다. 살아가면서 닳고 닳아 둥그스름해지겠지만, 영영 닳지 않는 모서리도 있게 마련이다. 그 모서리 때문에 스스로 상처 입지 않기를 바랐다.

은설은 연지에게 해줄 수 있는 일이 거의 없었다. 연지가 도와달라고 손을 내민다면, 그 손을 잡아주는 것 외에는. 그녀가 바뀐 환경에서 자신이 선택한 삶 속으로 잘 스며들기 바라는 마음만 보태줄 수 있었다.

따지고 보면 은설은 남 걱정보다 자신을 더 걱정해야 할 처지였다. 그녀는 두 달가량의 병원 생활로 실업자가 되었다. 당장 벌이가 없으니 저축한 돈은 아무리 아껴 쓴다고 해도 구멍 난 호주머니에 든 별사탕처럼 슬금슬금 흘러나갔다. 세월아 네월아 마냥 축내고 있을 시간이 없었다. 어설픈 홀로서기로 버텨왔던 지난 십년 세월에 궤도 수정을 해야 한다는 걸 깨달았다.

부모와 오빠들은 은설이 도움을 요청하면 두말 않고 지갑을 열어줄 사람들이었다. 그럼에도 그녀는 손 내밀 마음이 추호도 없었다. 은설은 서둘러 안정적인 일자리를 찾아야 했고, 파트타임 자리라도 알아볼까 고민하던 차에 상욱을 만났다. 그리하여 그가 이끄는 대로 시나리오 작가의 길로 들어섰다.

은설은 드라마가 장편소설이나 대하소설에 해당한다면, 시나리오는 단편소설쯤이라고 생각했다. 하지만 착각이었다. 드라마보다 시나리오 쓰기가 훨씬 까다로웠다. 영화는 비록 두 시간 상영일지라도 내용은 장편소설이나 대하소설을 그려 넣어야 했다.

은설은 상욱을 중심으로 일찌감치 시나리오 작가가 된 성진과 호흡을 맞춰가며 각본을 썼다. 시시콜콜 길게 늘어지는 드라마의 습성을 버리지 못해 첫 시나리오 도전은 여러 번 시행착오를 겪었다. 고치고 버리고 다시 쓰는 과정에서 차츰 시나리오의 특성을 몸에 익혀나갔다. 그 과정에서 상욱은 수시로 방향을 잡아줬고 영화판의 생리를 상세하게 알려주었다.

"우리, 연애하자."

상욱이 불쑥 꺼낸 말에 은설은 적이 당황했다. 연지의 일로 도움을 줬던 상욱이 남자로 보였던 건 사실이지만, 은설에게는 함께 작업하는 동료의 부피가 더 컸다.

저돌적인 상욱의 스타일이 낯설긴 해도 은설은 싫지 않았다. 아니다, 가슴이 설렜다고 해야 옳다. 오히려 반갑고 고맙기까지 했다. 남녀가 가까워지기 위해 필요한 시간과 절차를 가뿐히 건너뛰게 되었으니 말이다. 밀고 당기는 연애를 제대로 해본 적 없는 은설은 오래 뜸 들일 것도 없이 바로 승낙했고, 그 시간부터 둘은 연인이 되었다.

함께 시나리오 작업하는 성진과 영화 스태프들의 눈을 피해 연애를 했지만, 딱히 피할 것도 없는 게, 둘의 애정이 그다지 티가 나지 않았다. 일에 열성적이고 스태프들에게 두루두루 자상한 상욱이었고, 감정과 표현력이 절제된 은설이었으니 그 누구도 의심하지 않았다. 까닭에 상욱이 연애하자고 말한 그날로부터 약 이년 뒤, 두 사람이 결혼 발표를 했을 때 주변 사람들은 하나같이 놀라며 의외라고 입을 모았다.

마침내 세 사람이 쓴 시나리오를 비교하며 취하고 제하고 살을 붙이기를 거듭한 결과 각색을 끝냈다. 이후 제작 단계로 들어간 상욱은 프로듀서와 합심하여 예산을 확보하고 제작진과 배우를 섭외했다. 그러고는 콘티를 짠다, 신 구분표를 작성한다, 스토리보드를 만든다 하는 일체의 작업에 은설을 참가시켰다. 그는 영화의 첫 단추인 시나리오부터 시작하여 배급 전까지의 전 과정을 그녀가 몸에 익히길 원했다.

드디어 메가폰을 잡은 상욱은 각색한 시나리오를 바탕으로 두 시간 분량의 영화를 탄생시켰다. 은설은 자기가 참여한 시나리오가 영화로 만들어져 영화관에 걸리던 첫날의 뿌듯함을 오래도록 기억했다.

과정이 인연의 연속이라면, 결과는 운명이다. 은설은 더할 나위 없는 과정이었어도 결과가 참담할 수 있다는 걸 경험했다. 일이든 사람과의 관계든 마찬가지였다. 영화가 평론가들 사이에서 좋은 평점을 받았다 하여 흥행과 평행선을 달리라는 법은 없으니까.

흥행은 물 건너갔어도 평론가와 언론이 매겨준 후한 점수 덕분에 상욱은 기세등등하게 차기작을 준비했다. 은설도 차츰 바빠지기 시작했다. 그녀의 짧고 간결한 직접 화법에 매력을 느낀 몇몇 감독이 시나리오 공동작업 제의를 해왔다. 그것은 상욱이 드라마 새끼작가였던 은설의 경력을 과장하여 홍보한 덕분이었다.

"우리, 결혼하자."

두 번째로 쏜 상욱의 직격탄에 은설은 그에게서 연애하자는 소리를 들었을 때보다 덜 당황했다. 은설은 그의 프러포즈에 말없이 웃다가 승낙했다.

은설과 상욱은 양가 가족과 친인척 그리고 친구들과 동료들의 축하 속에서 제법 풍성한 결혼식을 치렀다.

"언니, 이게 얼마만이야, 너무 반가워. 잘 지내고 있지?"

"난 잘 지내고 있어. 넌 어떻게 지내니?"

"그냥 그렇지 뭐. 사는 게 생각대로 되진 않지만, 그렇다고 나쁜 것도 아냐."

"그렇구나. 저기 연지야, 나…… 결혼해."

"뭐? 결혼? 언니가? 언제? 누구랑? 혹시 그 영화감독님?"

한 번에 질문을 왕창 쏟아내는 연지에게 은설은 몽땅 합쳐서 '응'이라고 대답했다. 속사포처럼 질문을 퍼붓던 연지는 잠시 말이 없었다. 그러고는 아주 반가운 목소리로 축하를 했고 그날 꼭 참석하겠다는 약속을 했다. 은설은 얼핏 연지의 목소리에서 과장된 느낌을 받았다.

결혼식 날, 은설은 하객들 사이에서 연지를 찾을 수 없었다. 그녀는 청첩장을 보내는 대신 전화로 꼭 오라며 신신당부를 했었고, 연지는 무슨 일이 있어도 축하하러 가겠다고 다짐했었다. 그것이 아마 넉 달 만에 연결된 통화였을 것이다.

연지가 독립했을 무렵에는 거의 매일 전화 통화를 했었고 잠깐의 시간이나마 한 달에 한 번꼴로 만났다. 그러다가 각자의 생활에 익숙해져 갈수록 은설과 연지의 왕래가 둔해졌다. 나중에는 한 달, 두 달을 건너뛰어 전화를 걸었고 만남은 거의 뜸해져 버렸다. 그런 식으로 둘 사이는 공통점이 없는 사람들의 삶을 닮아갔다.

은설은 결혼식에 참석하지 않은 연지에게 피치 못할 사정이 생겼고, 그 사정이 왠지 나쁜 일일 것 같아 걱정되었다. 연지의 휴대폰 전원이 여러 날 꺼져 있었기에 걱정은 한없이 부풀었다. 결국 연지가 사는 옥탑방을 찾아간 은설은 세입자가 바뀌었다는 사실만 확인하고 돌아왔다. 조금 더 연지에게 신경을 써주지 못한 자신을 원망하면서.

상욱이 새 영화를 한창 준비하던 때라 두 사람은 신혼여행을 연기했다. 은설은 거기에 불만이 없었다. 영화촬영이 끝나는 대로 산토리니에 갈 계획을 세웠기 때문이었다. 신혼 여행지를 산토리니로 정한 사람은 상욱이었다.

은설은 다시 연지를 떠올렸다. 함께 가자고 했던 산토리니에 연지 대신 남편이 된 상욱과 가게 될 줄은 몰랐다. 우연이란 이런 식으로 겹치거나 어긋나기도 했다.

두 번째 만든 상욱의 영화는 첫 영화보다 관객 수가 월등히 늘어난 반면, 평론가와 언론의 점수는 절반으로 깎였다. 시나리오를 제대로 살리지 못한 영화라고 혹평한 전문가도 있었다. 은설의 주가는 올라간 반면 상욱의 실력은 평가 절하되었다.

상욱은 비난 섞인 비평에도 크게 흔들리지 않았다. 낙천적이고 낙관적이기까지 한 성격 덕분에 자신감을 빨리 회복한 상욱에게는 언제나 다음이라는 도전이 있었다. 그 점이 그의 큰 장점이었다.

둘은 만난 지 이 년 만에 결혼했고, 다시 이 년을 보낸 뒤 때늦은 신혼여행을 떠났다. 산토리니는 더없이 아름다웠고, 둘은 행복했다.

4년의 시간이 그렇게 흘렀다. 은설과 연지는 서로의 소식을 잃어버린 채 각자의 삶에 깊숙이 젖어들었고, 서로의 영역에서 멀어졌다.

23

꽁이비행기

S# 95 — 아파트 안방 (아침)

커튼이 활짝 열리며 환한 빛이 쏟아져 들어온다.

화면에 '4년 후'라는 글씨가 굵게 찍힌다.

설하는 침대로 다가가서 이불을 머리끝까지 잡아당겨 뒤집어쓰는

진욱을 흔들어 깨운다.

설하	일어나, 여덟 시야. (진욱이 뒤집어쓴 이불을 확 걷고) 오늘 미팅 있다고 했잖아. 내가 샌드위치 만들어 놓을 테니까 얼른 씻고 나갈 준비해야지.
진욱	(설하를 와락 끌어당겨 안으며) 아, 조금만 더 자고 싶다.
설하	(진욱에게서 빠져나오며) 전에도 지각해서 눈총 받았잖아. 얼른 일어나세요, 강진욱 감독님.
진욱	새벽 네 시에 잤단 말야. 자기야, 나 딱 삼십 분만 더 자면 안 될까?

설하　　안 돼. (흘겨보는) 산토리니 다녀온 뒤로 게으름쟁이가 되

　　　　　었어.

진욱　　(부스스 일어나 앉고) 자긴 무서운 마누라가 된 거 알아?

설하　　(노인 목소리 흉내 내며) 우리 진욱이는 아침잠이 워낙 많아

　　　　　서 깨워주지 않으면 맨날 지각해. (진욱의 팔을 잡아당기면

　　　　　서) 어머니가 그러셨다고. 그래서 무슨 일이 있어도 꼭 깨

　　　　　워야 한댔어.

진욱　　(마지못해 일어서고) 이제 내가 결혼했다는 게 실감 나네.

　　　　　엄마 잔소리가 설하에게 옮겨갈 줄은 몰랐어.

설하　　(웃으며) 그러니까 빨랑 씻고 나갈 준비하자, 알았지?

진욱　　(설하를 안고 이마에 입 맞추는) 네 알겠습니다, 마님.

S# 96 ― 노래방 복도 (밤)

여기저기에서 요란한 음악소리와 노랫소리가 들려오는 좁은 복도.
복도 중간쯤, 술에 취한 남자 1(50대 중반)이 연우를 치근덕거리며
안으려 한다.
연우는 남자 1을 이리저리 피하며 몹시 귀찮아한다.

연우　　(남자 1을 밀치며) 제발 이러지 마시라니까요.

남자1　얼마면 돼? 달라는 대로 다 줄 테니까 한 번 하자 응?

연우가 남자 1을 더 세게 밀치는 순간, 화장실을 다녀오던 진욱이 이 광경을 목격하고 멈칫한다.

남자 1은 진욱을 보더니 엉거주춤 뒤로 물러나고, 연우도 한쪽 벽으로 붙어 선다.

진욱은 서먹하게 남자 1과 연우 사이를 지나간다.

연우는 얼른 몸을 돌려 가까운 룸 문고리를 잡다가 고개를 돌려 진욱을 본다.

진욱도 동료들이 있는 룸 문을 열려다 말고 돌아본다.

연우는 얼른 문을 열고 안으로 들어간다.

S# 97 ― 노래방 룸 (밤)

성진은 최신곡을 열창 중이다.

젊은 여자 스태프와 남자 스태프는 두툼한 노래 목록 책을 뒤적이고, 설하는 멀뚱히 스크린을 응시하고 있다.

문을 열고 들어온 진욱은 자리에 앉아 생각에 잠기는가 싶더니 설하에게 바짝 다가가 귓속말을 한다.

놀란 눈으로 진욱을 쳐다보다가 자리에서 일어나는 설하.

얼른 설하의 팔을 잡는 진욱은 나가지 말라는 신호로 고개를 흔든다.

설하는 그럴 수 없다는 뜻으로 고개를 흔들며 진욱의 손에서 팔을 빼고는 문을 열고 나간다.

S# 98 ― 노래방 복도 (밤)

동료들이 있는 룸에서 두 칸 건너의 룸 문을 절반쯤 열고 안을 들여다보는 설하.

열린 문틈으로 가수 김건모의 '잘못된 만남'을 고래고래 소리 지르며 노래 부르는 남자 2(50대 중반)가 보인다.

노래 부르는 남자 2 옆에서 엉성하게 춤추는 남자 1과 탬버린을 흔드는 연우가 보이고, 그 뒤에 남자 3(50대 중반)과 또 다른 여성(30대 후반)도 탬버린으로 장단을 맞추며 신나게 춤춘다.

연우는 몸을 돌리다 열린 문 입구에 서 있는 설하를 발견하고는 그대로 얼어버린다.

남자 1이 연우를 껴안으려 하자 연우는 잽싸게 그를 피해 설하에게 다가온다.

설하는 연우가 나오도록 몸을 뒤로 빼고, 연우는 밖으로 나와 문을 닫은 후 설하 앞에 서더니 고개를 떨군다.

연우의 한 손에 들린 탬버린을 내려다보다가 다른 손을 잡는 설하.

연우	(설하가 잡은 손을 보며) 아까 감독님 봤어. 그래서 어쩌면…… 언니가 날 찾아올지 모른다고 생각했어.
설하	연우야, 날 봐. 그동안 왜 연락을 안 했어? 전화번호도 바뀌고, 걱정 많이 했었어.
연우	(잠시 고민하다 고개를 들지만 설하의 눈을 피하고) 나 이런 일 해.
설하	이런 일?

| 연우 | 노래방 도우미. |

| 설하 | 도대체 그동안 무슨 일이 있었던 거니? |

룸의 문이 벌컥 열리고 남자 1이 나와 연우의 어깨에 손을 얹는다.

| 남자1 | 야, 밖에서 뭐해? 너 자꾸 이러면 돈 못 줘. |

| 연우 | (탬버린을 집어던지고 돌아서며 버럭 소리 지르는) 안 줘도 돼. |

| 남자1 | (연우의 따귀를 때리며) 뭐 이런 년이 다 있어? |

| 연우 | (남자 1을 힘껏 떼미는) 야, 네가 뭔데 날 때려? |

연우의 힘에 남자1은 룸 안으로 나자빠진다.

| 설하 | (연우를 잡아당기며) 연우야, 그만해. 가자, 나랑 같이 가자 응? |

| 연우 | 언니, 미안해 이런 꼴 보여서. |

| 남자1 | (벌떡 일어나 연우의 머리채를 잡고) 야 이년아, 돈 벌러 왔으면 돈만큼 일을 해야 할 거 아냐? |

| 설하 | (연우의 머리채를 잡은 남자의 팔을 잡고 다급하게) 왜 이러세요, 이거 놓고 말하세요. |

뒤이어 연우가 고래고래 악을 쓰고, 갑자기 벌어진 소동에 남자 2와 남자 3, 그리고 탬버린 든 여자가 놀란 입을 다물지 못한 채 룸 입구에 서 있다.

진욱과 성진도 룸에서 나와 남자 1에게 달려들어 연우의 머리채를 잡은 손을 떼어 내고 벽으로 몰아세운다.

복도 끝에서 씩씩거리며 다가오는 노래방 여주인(60대 초반).

남자 1은 분을 못 참아서 연우를 잡으려고 팔짓을 하지만, 진욱과 성진에게 저지당해서 옴짝달싹 못한다.

> **진욱**　　이러면 안 되죠. 술이 좀 과하셨나 보네요. 그래도 점잖으신 분이 참으셔야죠.
>
> **남자1**　　아 저년이 글쎄, 아 씨바 내가 진짜 재수 없을라니……
>
> **여주인**　　(남자 1에게 굽실거리며) 아이고 손님, 죄송합니다. (연우를 째려보며) 넌 이제 우리 가게 다신 오지 마. 소란 피운 게 도대체 몇 번째냐고.

설하는 얼른 연우의 손을 잡고 서둘러 복도 끝을 돌아 밖으로 나간다.

S# 99 — 거리 (밤)

보도블록 경계석에 말없이 쪼그려 앉아 있는 설하와 연우.

잠시 뒤 노래방에서 나오는 성진과 설하의 가방을 어깨에 멘 진욱, 그 뒤를 따라 두 젊은 남녀 스태프도 나온다.

진욱	이제 집에 가야지.
설하	(진욱을 올려다보고) 난 잠깐 있다가 갈게. 먼저들 가.
연우	(일어나 엉덩이를 털며) 언니도 가. 난 괜찮아.
설하	(일어나고) 아냐, 우리 조금 더 이야기하자. (진욱을 보며) 자기 먼저 들어가. 나 연우랑 얘기 더 하고 택시 타고 갈게.

진욱은 선뜻 대답을 못한 채 어정쩡하게 서 있고, 성진은 연우를 유심히 뜯어보고 있다.

성진	(좋은 생각이 떠올랐다는 듯) 아, 이러면 되겠네요. 저 아래쪽에 카페가 있으니까 거기 가서 차 한잔해요. 윤 작가님도 (연우를 가리키며) 이 분과 거기서 얘기하시죠. 좀 있으면 그 술 취한 아재들이 나올지도 모르거든요.
진욱	(반갑게) 오 그래, 그게 좋겠다.
설하	(연우의 손을 꽉 잡고) 연우야, 그렇게 해.

대답 대신 연우가 고개를 끄덕이자 성진이 앞장서고, 나머지 사람들 모두 카페를 향해 걷기 시작한다.

S# 100 — 아파트 주방 (낮)

식탁 위 접시에 주먹 반만 한 크기의 슈크림 여러 개가 담겨 있다.

원두커피를 내린 설하는 잔 두 개에 따른 뒤 식탁으로 가져와서 무덤덤하게 앉아 있는 연우 앞에 한 잔을 내려놓고 맞은편 자리에 앉는다.

설하 그럼 그 정식 오빠라는 사람은 지금 교도소에 있어?

연우 (커피잔을 양손으로 감싸는) 응, 어쨌든 사람이 죽었으니까. 재수 없는 사람은 뒤로 넘어져도 코가 깨지잖아. 불행 끝에 행복이 올 줄 알았는데, 아니었어. 불행은 끊임없이 또 다른 불행을 부를 뿐이야. 우리 같은 사람에게는.

설하 (깊은 한숨을 내쉬고) 너무 힘들었겠다. 왜 진작에 연락을 안 했니? 내가 언제라도 전화하라고 했잖아.

연우 (슈크림 하나 집고) 나, 언니 결혼식에 갔었어.

설하 (깜짝 놀라는) 정말? 내가 널 얼마나 찾았는데…… 아무리 둘러봐도 널 찾을 수 없었어. 도대체 어디 있었던 거야?

연우 (슈크림 한 입 베어 먹고) 안에 안 들어갔어. 문밖에서 몰래 봤어. 언니 참 예쁘더라. 천사 같아서 가까이 갈 수 없었어. 나 같은 인간 때문에 언니 빛이 줄어들까 봐.

설하 (나무라듯) 세상에, 그런 말도 안 되는 소리, 다신 하지 마. 네가 내 곁에 있었으면 긴장도 덜하고 마음이 편했을 텐데…… 다시는 사라지는 거, 그런 거 하지 마.

연우 (슈크림을 마저 먹은 뒤) 언니가 잘 살길 바랐어. 내가 언니 주변에 있으면 분명히 걸림돌이 될 것 같았거든. 정식 오빠 만나고 일 년쯤 뒤, 오빠가 일하는 카센터 근처 다세

대주택에 방 얻어서 같이 살았어. 그런 거. 언니가 아는
게 싫었어. 부끄러웠고. 그래서 방 옮긴 것도 전화번호
바꾼 것도 안 알렸던 거야.

설하   (커피 마시고) 이젠 그러지 마, 연우야. 나한테 의지해도 돼.

연우   그러면 내가 너무 미안하잖아.

설하   강 감독도 그러라 했으니까 당분간 여기서 지내도록 해.

연우   (슈크림 하나 더 집고) 나, 이 슈크림 너무 좋아해. 옛날에는
초코파이였는데 이젠 슈크림이야.

설하   좀 있다 고시원에 같이 가서 거기 있는 네 짐 다 가지고
오자, 알았지?

S# 101 — 식당 (저녁)

넓은 테이블 둘레로 진욱을 포함하여 예닐곱 명이 둘러앉아 고기
를 굽고 술을 마시며 화기애애하게 대화 중이다.
식당 문이 열리고 설하와 연우가 들어온다.
진욱이 두 여자를 발견하고 손을 흔들자 그쪽으로 가는 설하와
연우.
설하는 진욱 옆 빈자리에 앉고, 맞은편에 있던 성진은 뒤에 있는
테이블에서 의자 하나를 가져와 연우에게 앉으라고 권한다.
잠시 머뭇거리다가 성진에게 살짝 고개를 숙여 인사하고 자리에
앉는 연우.

진욱은 설하 앞에 놓인 잔에 맥주를 따른다.

설하　(좌중을 둘러보며) 그동안 모두 수고하셨어요. 반응이 좋아
　　　서 정말 기뻐요.

성진　윤 작가님과 제가 시나리오를 잘 써서 그런 겁니다.

진욱　(빈 잔을 내밀며) 하여간에 저 녀석은 꼭 공치사를 한다니까.

성진　(소주병 들고) 이건 옆에 앉은 숙녀에게 먼저. (연우를 쳐다
　　　보고) 소주 하시죠?

연우　(잔 들고) 아, 네 고맙습니다.

설하　(근처에 있는 소주병 들어 진욱의 잔에 따라주며) 축하해, 자기
　　　가 수고 제일 많이 했잖아.

진욱　역시 날 알아주고 챙겨주는 사람은 와이프밖에 없다.

성진　(연우 잔을 채운 뒤 소주병을 연우에게 건네며) 자, 저도 한잔
　　　주세요.

연우는 성진에게서 소주병을 받아 그의 잔에 따른다.

진욱　(자리에서 일어나고) 자 자, 다들 내 말 들어봐. 첫 번째 영
　　　화는 평이 좋았어도 관객 모으는 데는 실패했어. 두 번째
　　　는 반대로 평은 별로였지만 관객은 그럭저럭 채웠기 때
　　　문에 실패라고 할 수는 없었지. 이번 영화는 평도 나쁘지
　　　않았고 관객들 반응도 괜찮은 편이야. 그렇다고 절대 만
　　　족한다는 소린 아냐. 우리 모두 합심해서 평점 만점 나오

는 영화를 만든다는 각오로 합시다. 우리 스태프들 이대
로 쭉 가자고. 잘들 알았지요?

전원 입을 모아 '네'라고 대답하고, 진욱이 잔을 들어 우렁차게
'자, 파이팅'라고 말하자 다들 잔을 높이 들어 '파이팅'을 외친 뒤
술을 마신다.
연우는 잔 너머로 진욱을 지그시 올려다본다.
진욱은 연우와 눈이 마주치자 거북한 듯 얼른 시선을 안쪽에 앉은
스태프들에게 옮기고 잔에 담긴 소주를 단숨에 마신다.

S# 102 — 아파트 (저녁)

푸짐하게 차려진 식탁에 둘러앉아 식사 중인 진욱, 설하, 연우 그
리고 성진.
성진은 맞은편에 앉은 연우를 관찰하듯 흘깃거리며 쳐다보다가
연우와 눈이 마주치자 환한 미소를 보낸다.
반면 연우는 성진 옆에 앉은 진욱을 슬쩍슬쩍 훔쳐본다.

설하	성진 씨, 밥 더 줄까?
성진	네, 조금만 더 주세요. 다섯 숟가락 정도.
진욱	야, 네가 떠먹어. 다섯 숟가락이 어느 정돈데? 네 입이랑 내 와이프 입 사이즈가 같냐?

성진   (헤헤헤 웃으며 밥공기를 내밀고) 윤 작가님 입 사이즈로 일
곱 숟가락이면 됩니다요. 오랜만에 집밥 먹으니까 진짜
좋다.

설하   (성진의 밥공기를 받아 일어나며) 많이 먹고 가. 인스턴트 줄
이고 밥을 해 먹도록 해. 요즘 밀키트 음식이 잘 나오잖
아.

성진   시도는 해봤는데 아무래도 혼자라 잘 안 해 먹게 되더라
고요. (연우를 향해) 참, 연우 씨는 요즘 뭐 해요? 알바 필
요하면 제가 소개할 데가 있는데……

연우   (시큰둥하게) 요양보호사 자격증 준비하고 있어요.

성진   아, 자격증 좋지요. 뭐든 많이 따놓으면 언젠간 쓸모가
있을 겁니다. 그래도 알바가 필요하면 언제든지 말하세
요. 그쪽으로는 제가 꽉 잡고 있으니까.

연우   (고개 끄덕이고) 네, 그럴게요.

진욱   (조금 남은 밥을 국에 말며) 사람이 밖으로 나다니면서 일을
해야 육체도 정신도 건강해지는 법이야. 젊은 사람이 집
에만 있으면 더 의기소침해져서 안 되지. 자꾸 남한테 의
지하다 보면 그것도 버릇이 되는 거라고.

밥을 떠서 식탁으로 오는 설하는 연우의 눈치를 살피며 밥공기를
성진에게 건넨다.

성진은 그릇을 받아 맛있게 먹기 시작하고, 연우는 고개를 숙인
채 국만 몇 숟가락 떠먹는다.

설하는 의자에 앉자마자 연우와 성진이 눈치채지 못하게 앞에 앉은 진욱의 정강이를 발로 툭 찬다.

진욱은 설하를 쳐다보고, 설하는 아무 일 없다는 듯 미소를 짓는다.

S# 103 — 아파트 거실 (밤)

불 꺼진 어두운 거실은 베란다 커튼 사이로 희미하게 비쳐 들어오는 빛 때문에 사물을 분간할 수 있을 정도다.

현관 근처 작은방에서 나와 화장실로 가는 연우.

잠시 후 화장실에서 나온 연우는 자기 방으로 들어가려다 말고 살며시 베란다 쪽으로 가 커튼을 살짝 걷어 밖을 내다본다.

그때 안방에서 낮은 신음 소리가 들린다.

안방 문 앞으로 가서 귀를 기울이는 연우, 잠시 후 천천히 조심스럽게 손잡이를 돌려 문을 아주 조금 열고 그 틈으로 방 안을 들여다본다.

좁은 틈 사이로 노르스름한 빛을 내는 스탠드가 보이고 그 곁 침대에서 이불을 제친 채 벗은 몸을 섞고 있는 두 사람이 보인다.

신음 소리를 절제하려는 설하의 몸 위로 진욱의 탄탄한 등과 엉덩이 근육이 규칙적으로 꿈틀거린다.

설하가 뱉어내는 나지막한 교성이 점점 가빠지자 진욱의 움직임은 더욱 빨라진다.

연우는 문을 조용히 닫고 벽에 비스듬히 기댄 채 눈을 감고는 스르르 한 손을 올려 잠옷 위로 봉긋 솟은 가슴을 움켜쥐다가 다른 한 손으로 자신의 음부를 힘주어 누르며 고개를 뒤로 젖힌다.

S# 104 — 이자카야 (밤)

실내 맨 안쪽, 테이블을 사이에 두고 마주 앉아 대합탕과 안주 두어 개 놓고 사케를 마시는 연우와 성진.

성진	(자기 잔에 술을 따르며) 그래서 요양보호사 시험공부는 잘되고 있어요? 어렵진 않나요?
연우	(대합탕 국물을 한 숟가락 떠먹고) 안 어려워요. 하려고 들면 누구라도 다 쉽게 딸 수 있어요.
성진	하긴, 그거 많이들 따더라고요. 뭐 언젠가는 써먹을 수 있을 거라면서 우리 고모도 나이가 육십이 다 됐는데 그거 땄다고 하더라고요. 나중에 할머니 건강이 나빠지면 가족요양할 거라면서. (술 마시고) 어쨌든 가족이 가족을 수발해도 국가에서 돈을 주니까. 그러고 보면 이것도 문제가 좀 많네. 너무 쉽게 자격증을 막 주는 거 아닌가 몰라. 어찌 보면 복지 예산도 다 빚인데. 아, 미안해요. 말을 놓아버렸네.
연우	(남은 술을 홀짝 마신 뒤 자기 잔에 술 따르며) 말 놓아도 돼요. 저보다 여섯 살 많잖아요.

성진	하긴 뭐, 초면도 아니고 벌써 몇 번 만난 사이잖아. (연우
	가 내려놓은 사케 병을 들어 자기 잔에 따르고) 있잖아, 감독님
	한테 조금 들은 얘기가 있는데, 병원에 오래 있었다며?
	그때 얘기…… 해줄 수 있어?
연우	왜요?
성진	음…… 그냥 좀 궁금해. 그 세계가 어떤지. 영화에서 본
	것과 비슷한지 아니면 전혀 딴 판인지 경험하지 않으면
	모르는 거잖아.

연우는 대답 없이 사케를 홀짝홀짝 마신다.

괜히 멋쩍어진 성진은 사케를 원샷하고 안주를 집어먹는다.

연우	(잔을 내려놓고) 저기요, 오늘 밤 저랑 같이 있을래요?
성진	(사레들어 캑캑거리는) 그게 그러니까…… 감독님 집에 안
	들어가고…… (기침하고) 그러니까 뭐냐, 외박하겠다는 소
	리?
연우	(성진을 빤히 쳐다보며) 네.
성진	(연우를 한참 물끄러미 바라보다가) 근데 있잖아, 무슨 일이
	생겨도 나 너 책임 못 진다.
연우	그런 일은 없을 거예요.

S# 105 — 모텔 앞 (밤)

가로등 아래에서 휴대폰으로 통화하고 있는 연우.

연우와 조금 떨어진 곳에서 성진은 담배를 피운다.

통화를 끝낸 연우는 성진에게 다가가고, 성진은 담배를 발로 비며 끈다.

잠시 서성거리며 어색해하는 두 사람, 성진이 먼저 모텔 안으로 들어가자 그 뒤를 따라 들어가는 연우.

24
은설

혼돈이라는 늪 속에 빠져 겨우 머리만 내밀고 있는 기분이 이럴까. 은설은 정글을 헤매다 늪에 빠진 영화 속 주인공을 보며 그 느낌이 어떨지 상상했던 적이 있었다. 서서히 몸을 죄어오는 공포는 너무도 막연하여 은설의 것이 될 수 없었다. 상상과 실제의 차이는 말로 설명되는 것이 아니었다.

불편함이 호기심으로, 호기심은 흥분으로 옮겨가다가 다시 근원을 알 수 없는 두려움이 고개를 비틀어 은설의 목덜미를 깨물었다. 영화가 끝을 향해갈수록 그녀를 옴짝달싹 못하게 만들 반전이 기다리고 있을 것 같은 두려움이었다. 그것은 공포에 가까웠다. 은설만 모르는 뭔가가 분명 있었다. 만약 그녀만 모르는 뭔가가 실제로 있었던 일이라면, 은설은 어떻게 받아들여야 할까.

***

잊지는 않았어도 기억되지 못하는 관계가 있다. 기억하되 추억으로 전환되지 못하는 관계도 있다. 삶의 방식이 다른 사람들 사이의 특징인지도 모른다. 사람들이 그것을 느낄 때는 서로 증오하거나 하나가 떠난 뒤일 확률이 높다. 은설과 연지가 그랬다.

은설의 기억에서 곤히 잠들어 있던 연지가 깨어난 곳은 노래방이었다.

은설이 결혼하던 날, 연지는 은설의 삶에 흔적을 남기지 않고 사라졌다. 그랬던 그녀가 노래방 도우미가 되어 나타났다. 4년의 시간은 홍수 뒤에 불어난 계곡물처럼 탁하고 급류가 심하여 연지를 이리저리 내동댕이쳤다.

"정식 오빠를 만나고 일 년쯤 지나 우린 같이 살기 시작했어. 그리고 우린 늘 가난했고. 둘 다 연고도 없지, 반듯한 일자리 찾는 건 거의 불가능했으니까."

"카센터 일을 했다면서……"

"응. 오빠는 착한 사람이었지만, 주벽이 심했어. 가끔 사람들과 싸워서 경찰서 들락거리는 통에 치료비와 합의금 물어주느라 버는 족족 다 날아가는 거야. 카센터에서도 쫓겨나고. 그래도 그쪽으로는 실력이 좋았던지 카센터 일자리는 어렵지 않게 찾을 수 있었는데, 그러면 뭘 해. 또 술 마시고 사고 치는데. 내가 알바해도 자꾸 빚만 늘었어."

"그동안 마음고생 많았구나."

"애가 생기면 술을 끊을 거라 생각했어. 남들처럼 가족이 생기면 책임감 때문에라도 악착같이 살지 모른다 생각했었어. 그래서 애를 가졌던 거야."

"아이가 있어?"

"임신 사 개월 되었을 때, 잃었어."

은설의 깊은 탄식이 무색하게 연지는 언제나 그렇듯 마치 남의 일처럼 무덤덤하게 이야기했다.

"지금 최정식 씨는 어디 있니?"

"교도소 갔어. 나 때문에."

연지 때문에 최정식이 교도소에 갔다는 소리를 듣는 순간 은설은 말을 잃었다. 그녀의 머리에서 시작하여 순식간에 발끝까지 내달린 기운이 서늘했다. 갑자기 발이 시렸다.

"다신 술 안 마신다 결심하고 또 지나면 성질 못 참아서 술 마시고…… 갈수록 빚은 눈덩이처럼 불어나는 거야. 그래서 내가 노래방 도우미를 했어. 오빠 몰래. 그랬는데 어떻게 알아버린 거야. 식당에서 일한다고 거짓말했었거든."

연지와 정식은 빚에 쪼들려가는 가난한 삶에 무기력했다. 그러다 보니 다툼이 잦아졌고, 지쳐버린 연지는 정식에게서 떠나고 싶었다. 마지막 기회라 생각하고 태어날 아이에게 희망을 걸었다. 정식은 연지의 마음을 눈치챘다. 그는 어떤 일이 있어도 연지를 잃고 싶지 않았기에 금주를 다짐했다. 그러나 카센터 사장의 부당한 트집에 욱하는 성질을 참지 못한 정식은 또 술을 입에 대고 말았다.

하필 그날, 정식은 남자 고객과 노래방 앞에서 실랑이를 하던 연지를 발견했다. 남자가 연지를 억지로 껴안으려는 걸 본 순간 정식의 눈이 뒤집혔다. 노래방 옆 식당 밖에 내놓은 빈 맥주병 박스에서 꺼낸 병 두 개를 양손에 쥐고 남자를 있는 힘껏 내리쳤다. 깨진 병으로 또 내리쳤다. 연지의 힘으로 정식을 말릴 수 없었다. 몇 번의 난폭한 행동 끝에 남자는 피범벅이 되어 쓰러졌다. 쓰러진 남자의 피에 연지의 하혈이 뒤섞였고, 그녀의 뱃속 생명이 사라져버렸다.

누군가의 신고로 경찰이 왔고, 연지와 상해를 입은 남자는 병원으로 실려갔다. 현장에서 수갑을 차고 연행되어 간 정식은 구치소에서 여러 날을 보냈다. 재판 날짜를 기다리던 중 응급실로 갔다가 중환자실로 옮겨진 남자가 죽어버렸다. 정식은 재판에 넘겨진 뒤 15년 형을 선고받고 교도소로 이송되었다.

연지는 그들이 살았던 반지하 두 칸짜리 전세방에서 고시원으로 몸을 옮겼다. 그녀는 딱 한 번 교도소로 면회를 갔다. 그러고는 정식에게 말했다. 전세방을 빼서 빚은 갚았고, 다음에 형을 살고 나오면 자기를 찾지 말라고, 각자의 인생을 살자고, 우연히 다시 만나 맺었던 인연이 다했으니 둘 사이의 운명은 끝났다고. 정식은 대답 없이 가만히 듣다가 고개를 떨어뜨리고 눈물을 흘렸다.

그러다 두 달쯤 시간이 흘러 노래방 복도에서 상욱과 마주치는 바람에 끊어진 줄 알았던 은설과의 인연이 도로 붙었던 것이다.

상욱은 은설의 인생에 연지가 끼어드는 것이 못마땅했다. 그는 연지에게서 불행의 냄새를 맡았다. 그녀가 가까이 있는 한 언젠가 그 불행이 그들 부부에게 튈지도 모른다는 불길한 느낌이 들었다.

연지의 시선은 늘 상욱의 얼굴 정면을 비켜 그의 귀에 머물거나 아래위로 움직이는 아담의 사과에 고정되었다. 그가 다른 것에 집중할 때는 그녀가 자신을 슬쩍슬쩍 훔쳐보는 걸 알았다. 그런 것까지 그를 불편하게 만들었다. 그는 연지의 시선 뒤에 가려진 갈증과 결핍을 느꼈다. 되도록 멀리하고 싶은 사람이었다. 그런 사람과 한 집에 있다는 것이 여간 껄끄러운 게 아니었다.

은설은 상욱을 설득시켜야만 했다. 부모에게 버림받고, 키워준 보육원 원장에게도 버림받고, 후원자였던 남자에게 성폭행 당하고, 정신병원에서 잃어버린 보상 받을 수 없는 시간들이 얼마나 처절한지 설명해야 했다. 최정식이라는 남자와 가족을 이루고 살아보겠다던 희망도 사라졌고, 세상의 냉대 속에서 어떻게든 버티려고 발버둥 치는 연지를 나 몰라라 할 수 없었다. 집도 절도 없는 연지를 개미굴 같은 고시원으로 되돌려 보내고 싶지 않았다. 그녀가 다시 자립할 수 있을 때까지 언덕이 되어주고 싶었다.

은설은 연지가 요양보호사 자격증을 따서 안정된 일자리를 찾아 독립할 때까지 동거를 허락해 달라며 상욱에게 부탁했다. 그는 허락하면서 조건을 달았다. 밥값을 해야 한다며 가사는 전적으로 연지에게 맡기게 했다.

연지는 수강료 국비지원을 받아 하루 여덟 시간씩 이론과 실기로 이어지는 교육을 받으러 요양보호사 교육원을 다녔다. 집에 와서는 저녁을 준비하거나 청소를 하거나 세탁기를 돌렸다. 일련의 가사를 은설과 함께 했지만, 그녀가 다른 감독과 팀이 되어 시나리오를 쓰느라 바쁠 때, 또는 회의가 있어 외출할 때는 연지 혼자서 해냈다.

"성진이가 재한테 관심이 있나 봐."

하루는 늦게 돌아온 상욱이 씻고 방으로 들어오면서 뜬금없는 소리부터 했다. 그는 여간해서 연지의 이름을 부르지 않았다. 연지는 상욱에게 '재'나 '개'로 통했다. 은설은 상욱이 연지를 재나 개라고 일컬을 때마다 듣기 싫었지만 그것까지 간섭할 수는 없었다. 어쨌든 그도 마뜩잖은 일을 참아내고 있었으니까.

상욱은 연지에 대해서 꼬치꼬치 묻는 성진이 귀찮았다. 그래서 그는 연지에 대해 아는 것이 별로 없으니 고은설에게 물어보든지 이연지에게 직접 물어보라고 말해줬다. 그러고는 주말에 성진을 집으로 초대했다.

은설은 여태껏 성진에게서 어떤 기미도 느끼지 못했다. 그녀는 성진이 저녁을 먹으러 왔을 때에도 그에게서 별다른 낌새를 맡지 못했다. 관심이라기보다 함께 자리한 사람들 사이에 오가는 단순한 친절 정도로 보였다. 오히려 연지가 상욱을 의식하는 시선은 여러 번 알아챘다. 연지는 상욱을 어렵게 여겼고 늘 눈치를 봤다.

아마도 상욱이 그녀를 탐탁지 않게 생각하는 걸 알았을 것이다.

은설은 성진이 다녀간 뒤에 자신이 느낀 걸 상욱에게 말했다가 애꿎은 소리만 들었다.

"고은설답다. 자긴 남녀 사이에 흐르는 미세한 전류를 감지하지 못하더라. 내가 자기한테 그렇게 신호를 보내도 모르더라고. 하도 답답해서 내가 단도직입적으로 연애하자고 했던 거야. 연애할 때도 그랬어. 가만두면 연애하다가 끝날 것 같아서 결혼하자고 했던 거고. 하여간에 둔하다니까. 그런데 참 신기한 건 말야, 그렇게 둔한 사람이 연애 대사는 어쩜 그렇게 잘 쓰냐?"

그것만이 아니었다. 은설은 눈치코치 없다는 핀잔을 상욱에게 또 듣는 일이 생겼다.

성진이 저녁을 먹고 간 며칠 뒤였다. 은설이 서재로 사용하는 방에서 시나리오를 쓰고 있을 때 연지가 살그머니 들어와 저녁 외출을 허락해 달라고 했다. 은설은 연지의 말에 마음이 불편했다. 연지가 어디를 가든 그건 그녀의 선택이고 자유였으므로 누구에게 허락받을 일은 아니었다. 행선지만 간단하게 말해주고 훌쩍 나간다고 해서 그녀를 강제할 권리가 은설에겐 없었다. 다만 걱정하는 일만 없기를 바랄 뿐이었다. 함께 생활하는 동안 알게 모르게 연지가 구속감을 느꼈다면 그건 은설 자신에게도 책임이 있었을 거라 생각하니 슬프고 미안했다.

연지는 성진을 만나서 한잔하기로 했다는 말을 남기고 나갔다.

은설은 상욱이 했던 말이 기억났고 자신이 정말 둔하다는 걸 깨달았다.

그날 연지는 성진을 만나 술을 마시고 헤어진 뒤라며 은설에게 전화로 알려왔다. 그러고는 보육원에서 자매처럼 지냈던 언니와 연락이 닿아 그녀 집에서 하루 자고 갈 테니 기다리지 말라 했다. 걱정을 내려놓은 은설은 오히려 기뻤다.

연지가 사회에서도 외톨이인가 싶었는데 하나씩 끈을 찾아내는 것 같아 안심이 되었고, 무엇보다 성진과 데이트를 했다는 것이 마음 놓였다. 은설이 아는 성진은 장래가 촉망되는 시나리오 작가였으며, 여자관계로 골치 앓는 걸 보지 못했고, 지방에 사는 그의 가족은 고만고만하게 살아가는 평범한 사람들이었다.

그런 일이 세 번 반복되었다. 은설은 추호도 의심하지 않았다. 그랬는데 상욱은 또 한 번 생각지도 못한 소리로 은설을 놀라게 했다.

늦은 밤, 연지가 잠들었을 시간에 부부는 몸을 섞었다. 은설은 혹시라도 교성이 문밖으로 새어 나갈까 봐 숨을 참았고, 참을 수 없을 것 같을 때는 상욱을 끌어당겨 그의 어깨며 목덜미에 얼굴을 묻었다.

나란히 누워 격정을 식히며 숨 고르기를 하던 중에 상욱이 말했다.

"둘이 잤다더라."
"무슨 소리야? 둘이 누구랑 누군데?"

"성진이랑 재랑."

"…… 성진이가 그래?"

"응, 지금까지 세 번. 술 마시고 모텔에 갔대."

"아는 언니 집에서 자고 온댔는데……"

"이렇게 눈치코치가 없다니까. 한 번도 아니고 세 번씩이나 남자 만나러 갔다가 자고 온다면 뻔한 거 아냐?"

시나리오 수정 작업까지 끝낸 은설은 오랜만에 한가한 시간을 얻었다. 반면 상욱은 제작사 PD와 새 영화 기획서를 만드느라 여유를 잃었다. 그리고 은설과 연지가 함께 지내는 시간도 점점 줄어들었다. 연지가 요양보호사 교육원에서 받던 이론과 실기 과정을 끝내고 실습 교육을 받고 있었기 때문이었다.

요양원 실습이 힘들었는지 집으로 돌아오면 연지는 맥을 놓기 일쑤였다. 은설은 저녁 준비를 하려고 앞치마를 걸치는 연지를 매번 작은방으로 돌려보냈다. 한가해진 은설은 저 혼자 세탁기를 돌리고 청소를 마친 뒤 장을 보고 식사 준비를 했다.

한 번은 예고도 없이 일찍 집으로 돌아온 상욱이 그 상황을 목격하고는 몹시 언짢아하며 기어이 연지에게 싫은 소리를 하고 말았다. 무슨 대단한 일을 한다고 상전 노릇이냐는 말을 퍼부었던 것이다. 은설은 자기 때문에 연지가 연신 죄송하다며 고개를 조아리는 걸 보고 있을 수가 없었다.

그 일로 은설과 상욱은 부부 싸움을 했다. 처음 있는 일이었다. 그렇다고 남들처럼 소리 내어 싸운 건 아니었다. 둘은 아파트 단지에 있는 어린이 놀이터로 나가서 혹시라도 이웃에게 들킬까 봐 소리 죽여 싸웠다. 은설은 자신이 자처한 집안일이었고, 녹초가 되어 돌아온 연지를 쉬라고 방으로 떠민 건 자신이었다. 그걸 오해한 상욱이 연지에게 심한 소리를 했으니 그가 사과해야 마땅하다고 고집부렸다. 상욱은 스물일곱 젊은 사람이 남들 다 하는 그깟 일에 힘들다고 엄살이냐며 오히려 연지가 약은 여자라고 못마땅한 마음을 더 드러냈다. 그는 은설이 연지를 자꾸 감싸주기 때문에 그녀가 그걸 이용한다는 억울한 소리까지 해댔다.

한 치의 양보도 없이 한 시간가량 줄다리기하다가 결국 부부 싸움은 타협으로 일단락되었다. 상욱은 더 이상 연지에게 싫은 소리를 하지 않겠다는 약속을 했다. 대신 연지가 한 달여 뒤에 있는 자격증 시험에 합격하여 요양보호사 일을 시작하면 바로 독립시켜 내보낸다는 조건이었다.

연지가 80시간 실습을 다 마치고 시험 날짜를 기다리던 때였다. 봄이 성큼 다가온 볕 좋은 날이었다. 꽃샘바람이 트렌치코트 자락을 들썩거렸으나 은설과 연지는 아랑곳없었다. 그늘에서 나와 볕 속에 서 있으면 오히려 바람은 쌉싸름하고 달콤했다. 두 여자는 무슨 말 끝에 바다를 보러 가기로 의기투합했다. 그러고는 고속버스터미널에서 보령행을 끊었다. 평일이라 고속버스는 두 여자가 전세를 낸 듯 한산했다.

은설은 운전할 줄 몰랐다. 상욱은 여러 번 운전면허증을 따라고 잔소리를 해댔지만 그녀는 왠지 마음이 내키지 않았다. 대중교통

이용이 훨씬 편했고 이동 시간에 이런저런 생각을 할 수 있어 좋았다.

은설과 연지가 보령을 택한 첫째 이유는 둘 다 바다가 보고 싶었기 때문이었다. 둘째는 당일치기로 다녀오기에 무리가 없다는 거였고, 셋째 이유는 돌도 지나지 않은 연지를 파주에 있는 보육원까지 안고 왔던 젊은 여자가 보령 사람이었다. 연지는 중학생이 되었을 때 처음으로 그 이야기를 들었다. 그녀에게 유독 정을 많이 줬던, 큰이모라 부르던 주방 아주머니가 전해준 말이었다. 그러나 그것 외에는 들은 것도 아는 것도 없었다.

은설과 연지는 대천 해수욕장의 너른 바다를 만나 마냥 즐거웠다. 빛을 반사하느라 반짝대는 모래사장에 네 줄로 긴 발자국을 찍어가며 걷고 또 걸었다. 쌉싸름하고 달콤했던 바람은 바다를 만나더니 짭조름하고 칼칼하게 변했다. 두 사람은 눈이 따끔거릴 정도로 봄볕과 모래와 바다를 한껏 즐겼다. 그런 뒤 근처 조개구이집에서 여러 종류의 조개 속살을 허기진 뱃속에 채워 넣고 카페로 자리를 옮겼다.

"연지야, 너 요즘 성진이 안 만나? 전에는 가끔 만나러 갔었잖아."

"안 만나기로 했어. 서로 취향이 달라서…… 그렇게 됐어."

"그렇구나. 난 둘이 잘되길 바랐는데, 좀 아쉽네."

"언니, 난 다음 세상에 태어나면 언니처럼 되고 싶어. 아니, 아예 고은설로 태어나고 싶어. 그게 가능하다면 말이야. 그러려면 지금 생에서 아주 착하게 살아야겠지?"

"그게 무슨 소리야?"

　잠시 뜸을 들이던 연지가 입을 열었다. 그녀 입에서 마치 혼잣말을 하듯 길고 긴 이야기가 흘러나왔고, 말하는 내내 그녀의 시선은 양손으로 감싼 머그잔에서 떠날 줄 몰랐다.

　"난 세상에서 언니가 제일 부러워. 착하고 예쁘고 사람들한테 사랑 많이 받잖아. 거기에다 돈 걱정 안 해도 되고 좋은 직업도 가졌고. 또 감독님 같은 멋진 남편도 있잖아. 내가 감히 꿈꿀 수 없는 것들을 다 가진 언니가 부러워. 하지만, 내가 탐낼 수도 탐을 내어서도 안 되는 것들이야. 전부 다. 왜냐하면…… 언니 거니까. 난 누구보다 언닐 사랑하니까. 만약 언니가 아니고 다른 사람이었다면…… 뺏고 싶었을 거야."

　"연지야, 네가 그런 생각 안 했으면 좋겠어. 앞으로 행복해질 생각만 하도록 해."

　"나도 그러고 싶어. 근데 있지, 언제부턴가 난 늘 막차를 기다리는 기분이야. 언제 올지도 모르는, 어쩌면 벌써 지나갔는지도 모르는 막차 같은 거. 그래서 불안해. 그리고 무서워. 진짜 막차가 오면 어쩌나 싶어서. 달아날 데도 없는데. 그 기분, 아무도 모를 거야."

　"난 막차가 끝이 아니라고 생각해. 막차가 있어야 첫차도 있는 거잖아. 첫차가 희망이면 막차도 희망인 거야. 왜냐하면 막차는 첫차에게 새로운 출발을 약속해 주니까. 말하자면, 마침표를 찍는 게 아니라 첫차를 위해 쉼표를 찍는 것일 뿐이야."

"쉼표라…… 그렇구나. 그럴지도 모르겠네."

"그러니까 이제부터 연지는 첫차를 타고 새 출발 하면 돼, 알았지?"

한참만에 고개를 든 연지는 꽃샘바람 때문에 덜 데워진 눈으로 은설을 쳐다보았다. 은설은 따듯하게 연지를 응시했다. 그녀가 가진 온도를 나눠주고 싶었다. 그러고 보니 참으로 오랜만에 눈을 마주쳤다는 생각을 했다.

"언니, 나 사랑하지?"

"당연한 걸 왜 물어?"

"고마워."

"우리 기다렸다가 막차 타고 올라가자."

"좋아, 나도 그러고 싶었어. 이담에 자격증 따면 일 열심히 해서 돈 많이 모을 거야. 그래서 산토리니에 언니를 꼭 데려갈 거야."

창이 넓은 바닷가 카페에서였다.

연지의 입술에 미소가 걸렸고, 서서히 해가 기울기 시작했다. 은설은 살포시 연지의 손을 잡았다. 그녀는 신혼여행으로 산토리니에 갔다는 얘기를 차마 할 수 없었다.

창 너머로 펼쳐진 해변에 다정한 연인 한 커플이 서로의 허리와 어깨에 팔을 두르고 천천히 지나갔다. 그리고 젊은 부부로 보이는 남녀가 모형 비행기를 가지고 빙그르르 돌며 뛰어가는 남자아이와 술래잡기를 하고 있었다. 그들의 소리는 들리지 않았지만, 웃음소리가 파도에 실리고 바람에 실려 사방으로 방울소리처럼 퍼져나가는 듯했다.

"저 아이가 가지고 있는 비행기를 보니까, 예전에 언니가 날렸던 종이비행기가 생각나네."

은설은 말없이 모래해변에서 깔깔거리며 뛰어다니는 아이를 쳐다봤다.

두 여자는 밖으로 나가 석양을 지켜봤고, 낮에는 무수히 반짝이던, 그러나 빛을 잃어 어스레한 모래사장을 걸었다. 그럭저럭 아쉽고 짧은 여행이었다. 추위 속에서 옷깃을 단단히 여민 채 달빛을 희롱하며 너울거리는 바다가 지루해질 때쯤, 은설과 연지는 막차를 타고 서울로 돌아왔다.

은설은 보령에 다녀온 사흘 뒤, 호주에서 걸려온 엄마의 전화를 받았다. 그다음 날부터 그녀는 분주해졌다. 비행기 예약을 하고 여행 가방을 꾸렸으며, 시부모 댁을 다녀오고 세탁소에 맡겼던 상욱의 옷들을 찾아왔다. 연지와 함께 슈퍼에서 장 봐온 것들로 냉장고를 꽉꽉 채웠으며 카드 값과 공과금 등을 정리했다.

그녀의 아버지가 암에 걸렸다는 소식을 들은 뒤였다. 상욱이 함께 가겠다고 했지만 은설은 말렸다. 그는 영화 제작사를 차릴 준비로 눈코 뜰 새 없이 바빴기 때문이었다.

25

꽁이비행기

S# 106 — 영화사 사무실 (저녁)

풀지 않은 상자 몇 개가 쌓여 있는 가운데 진욱과 성진 그리고 20대 중반의 여직원 한 명과 남자 스태프 둘(30대 초반)이 넓은 사무실 한쪽에 있는 큰 테이블 둘레에 앉아 회의 중이다.

진욱   이제 사무실도 얼추 자리를 잡았으니까 (주위를 둘러보며) 여기 남은 짐들 정리되는 대로 업무 개시하자고. 와이프가 호주에서 돌아오려면 시일이 좀 걸려서 말인데, 고사는 우리들끼리 지내기로 하자.

성진   돼지머리는 제가 주문해뒀어요.

진욱   잘했어.

성진   오늘 일은 대충 다 끝난 것 같은데, 이제 밥이나 먹죠?

진욱   그래 먹자. 다들 수고했어, 나가서 밥 먹고 술도 한잔하자고.

진욱이 먼저 일어나자 나머지 사람들도 자리에서 일어난다.
진욱은 옷걸이에 걸린 재킷을 걸어 입고, 포켓에서 휴대폰을 꺼낸다.

진욱   전화 한 통 하고 갈 테니까 다들 그 식당에 먼저 가 있어.
주문은 알아서들 하고.
성진   네. (직원들을 향해) 자, 우리 먼저 나갑시다.

직원들 모두 사무실 밖으로 나가고, 진욱은 휴대폰의 통화 버튼을 누른 후 창가로 가서 밖을 내다본다.
창 너머로 어둠이 내리기 시작한 부산한 도로의 풍경이 보인다.

진욱   어 나야, 장인 어르신은 좀 어때? (잠시 후) 다행이네. 요즘 암은 병도 아니라더라. 치료만 잘 받으면 완치율도 높고. (잠시 후) 여기 일은 걱정 마, 잘하고 있으니까. (잠시 후 의외라는 표정으로) 걔가 카톡으로 알려줬어? (잠시 후) 나야 뭐, 모르지. 걔가 합격했다는 소리를 안 했으니까. 어쨌든 시험에 합격했다니 듣던 중 반가운 소리네. (잠시 후) 그래, 아무 걱정하지 말고 부모님 곁에서 딸 노릇 잘하고 돌아와. (잠시 후) 알았어, 나중에 또 통화해. (휴대폰 액정에 입 맞추고) 사랑해 설하야.

S# 107 — 아파트 거실, 베란다 (밤)

열린 베란다 창으로 아래를 내려다보는 연우의 뒷모습.

도로에는 바람에 날린 벚꽃이 눈처럼 깔려서 이리저리 흩날린다.

잠시 뒤, 현관문 비밀코드 누르는 소리가 들리고, 문이 열리자 센스 등이 켜진다.

베란다 창을 닫고 불 꺼진 거실로 들어오는 연우.

진욱은 한 손에 입구가 열린 대봉투를 들고 거실로 들어서며 벽에 붙은 거실 등 스위치를 누른다.

실내가 환해지자 거실 등 아래 연우가 서 있다.

연우를 화난 눈으로 빤히 쳐다보는 진욱.

진욱	(손에 들린 대봉투를 내밀고) 이게 뭐지? 경비실에 맡겨져 있던데. 등기로 온 걸 왜 안 찾아간 거야?
연우	(진욱에게 다가가며) 제 건가요?
진욱	(봉투를 흔들며 화난 목소리로) 이게 어찌 된 건지 설명해 봐. 이름이 왜 이설하야? (봉투 안에 든 종이를 꺼내며) 요양보호사 안내문 같은데 여기도 왜 이름이 이설하냐고. 이설하가 누구야?
연우	(진욱에게 손을 내밀고) 주세요. 제 것 맞아요.
진욱	(기가 차서 헛웃음이 나오는) 허, 네가 이설하라고? 이연지인 줄 알았는데 언제부터 이설하가 되었나?
연우	(고개 푹 숙이고) 두 달 전에…… 개명했어요.

진욱	많고 많은 이름 중에 왜 하필 설하라고 했지? 윤설하가 이 사실을 알고 있어?
연우	아뇨. 언닌 몰라요.
진욱	(봉투와 종이를 동시에 바닥으로 내팽개치며) 야, 진짜 이건 아닌 것 같다. 난 네가 갈수록 무섭다는 생각이 들어.
연우	(고개 바짝 쳐들고) 왜 제가 설하가 되면 안 되는데요? 세상에는 똑같은 이름이 얼마나 많은데요? 그게 무서워요?
진욱	설하가, 아니 윤설하가, 에이 씨 이름 때문에 성질나네. 어쨌든, 내 와이프가 이 사실을 알면 좋다고 할까? 너 잘했다고 할까? 어떻게 생각해?
연우	(봉투와 종이를 줍고) 언니 오면 말할 거예요.
진욱	자격증도 땄으니까 일자리 빨리 찾아 여기서 나갔으면 좋겠어.
연우	그런다고 약속했으니 꼭 지킬게요.

슬픔과 원망이 뒤섞인 눈빛으로 진욱을 쳐다보고는 자기 방으로 가는 연우.
진욱은 깊은 한숨을 내쉰다.

| 진욱 | 야, 술 한잔할래? |

연우는 문손잡이를 돌리다가 멈칫하고, 천천히 뒤돌아 진욱을 본다.

S# 108 — 아파트 주방 (밤)

식탁 위에는 살라미와 견과류가 담긴 접시에 술이 얼마 남지 않은
위스키 병 그리고 얼음 통과 잔 두 개가 놓여 있다.
조금 남은 위스키 잔을 비우는 진욱.
연우는 잔에 든 얼음을 손가락으로 빙글빙글 돌린다.

진욱   설하하고. 아니 와이프하고 통화했어. 너한테 축하해 주
           라고 하더라. 아까 화를 낸 건 미안하다.

연우   괜찮아요. 제가 미리 말하고 허락을 받았어야 했었는지
           도 몰라요.

진욱   (위스키로 잔을 채우고) 세상을 살다 보면 말이야, 사람 일
           은 그냥 이루어지는 게 아니라는 걸 알게 돼. 말하자면
           모든 게 다 때가 있고 순서가 있다는 말이지. 사람들이
           그냥 그냥이라고 말하는 거, 세상에 그냥은 없어. 기승
           전결이 다 있더라 이 말이지. 네가 그냥이라고 했지만,
           그건 둘러대기 쉬워서 하는 소리고, 다 이유가 있었던
           거야.

연우   이름 바꾼 거, 언니가 싫어할 수도 있겠다는 생각이 들어
           요. 언니에겐 언제까지나 연우로 지낼 거예요. 감독님이
           말 안 하시면요.

진욱   (술 한 모금 마시고) 세상엔 그냥만 없는 게 아니라 비밀도
           없다.

연우   (술잔을 단숨에 비우고 한숨을 내쉰 뒤) 그래요, 감독님 말씀처럼 그냥은 아니었어요. (빈 술잔에 시선을 고정하고) 전 설하 언니가 너무 좋아요. 병원에서 처음 봤을 때부터 언닐 좋아했어요. 죽고 싶었을 때마다 언니가 옆에 있어 줬고, 안아줬고, 절 세상으로 나오게 해 줬고, 물론 감독님이 도와주셨다는 거, 알아요. 전 세상에서 언니가 제일 부러웠어요. 제가 아무리 노력해도 가질 수 없는 것들을 가지고 있으니까요. 그렇다고 언닐 질투하거나 욕심낸 건 절대 아니에요. 그러니까 그냥…… 조금이라도 닮고 싶다는 생각만 했을 뿐이에요.

진욱   그래서 이름을 바꾼 거야? 설하가 되어서 기분 좋니?

연우   (고개 들고) 잘 모르겠어요. 누군가가 저를 그 이름으로 부른다면 어떤 기분일지…… (머리를 설레설레 젓고) 모르겠어요.

진욱   (연우를 빤히 쳐다보며) 병원에서 있었던 얘기, 해줄래?

연우   (당황하는) 그건…… 언니랑 약속했기 때문에……

진욱   듣기만 할게. 와이프에겐 비밀로 할 테니까 얘기 좀 해 줘 봐.

연우   아까 세상엔 비밀이 없다고 하셨잖아요.

진욱   (피식 웃으며) 말이 그렇다는 거지. 그 당시 병원에 입원했던 사람들이 있었잖아. 그럼 비밀이 아닌 거지. 다수가 알고 있는 건 절대 비밀이 될 수 없어.

연우   전 비밀은 있다고 생각해요.

진욱	뭐, 드물지만 지켜지는 경우도 있겠지. 둘 중 한 사람이 죽으면 말야. 하긴 그것도 비밀이 될 수 없겠다. 한 사람만 아는 걸 비밀이랄 수 있나? 비밀이 성립되려면 최소 인원이 두 명 아닌가? 그러다 깨지는 거고. (거의 바닥난 술병을 들었다 놓으며) 한 병 더 하자.
연우	술 많이 드셨는데, 괜찮으세요?
진욱	괜찮아, 취한들 뭐라 할 사람도 없고. (일어나며) 술 가져 올게.
연우	그럼 과일 좀 준비할게요.

연우는 자리에서 일어나 냉장고 쪽으로 가려다가 거실로 나가려던 진욱과 부딪치고, 두 사람은 서로를 피해 주려다가 다시 몸이 부딪친다.

두 사람은 그런 자세로 몇 초의 시간을 흘려보낸다.

연우가 고개를 들어 진욱을 쳐다본다.

연우를 내려다보던 진욱, 갑자기 그녀의 머리를 잡아 젖히고 키스를 퍼붓는다.

S# 109 — 아파트 안방 (밤)

어둑한 방, 침대에 누워 고개를 한껏 젖히고 눈을 감은 채 신음을 토해내는 맨몸의 연우.

그녀 위에서 눈을 감고 몸을 아래위로 움직이며 헐떡거리는 진욱 역시 알몸이다.

> **진욱**　(가쁜 숨을 토해내며) 아, 설하야 나 너무 취했나 봐, 머리가 아파.
>
> **연우**　(진욱의 목을 끌어안고) 맞아요, 저 설하예요. 제가 설하예요.
>
> **진욱**　사랑해 설하야.
>
> **연우**　저도 사랑해요, 다 말해줄게요. 당신이 알고 싶은 거, 뭐든지 다……

진욱의 움직임이 더 격해지고, 연우의 교성은 점점 커진다.

S# 110 ― 김 여사 댁 아파트 (낮)

안방 문이 열리고 휠체어를 탄 김 여사(70대 초반)와 뒤에서 휠체어를 밀고 나오는 연우.

> **김여사**　(약간 짜증이 섞인 음성으로) 진욱이 애는 왜 이렇게 안 와?
>
> **연우**　곧 도착할 거예요.

현관문을 열고 헐레벌떡 들어오는 진욱.

진욱 엄마, 저 왔어요. 시간 맞춰 오느라 막 밟았네.

김여사 우리끼리 택시 타고 가면 되는데 기어이 오겠다고 고집 피우더니, 딱지 뗀 건 아냐?

진욱 걱정 마세요, 딱지 안 뗐으니까. 그리고 택시 기사들은 휠체어 손님을 귀찮아해. (연우를 보고) 병원 예약시간은 충분하지?

연우 한 시간 정도 여유 있어요.

진욱 (주방으로 가며) 무릎 수술이 잘됐다고 하니 회복도 빠를 거야. 오늘 병원 가서 방문재활 서비스 신청하고 앞으로 집에서 받도록 하자고요.

김여사 나도 그게 좋아. 왔다 갔다 너무 귀찮아. (고개 돌려 연우를 쳐다보며) 연우가 수발들어주니 안심도 되고.

진욱 (정수기에 컵 받쳐 물 받는) 아버지는 언제 오신대요?

김여사 세 밤 더 자야 오셔.

진욱 (물 마시고) 그 연세에 아직도 골프여행이라니 참 대단하신 양반이야.

연우 저기, (진욱을 쳐다보며) 차가 막힐지도 모르니까 지금 출발하는 게 좋겠어요.

진욱 (컵 내려놓고 주방에서 나오며) 그래 가자.

S# 111 ─ 아파트 거실, 주방 (밤)

큰 수건으로 아랫도리를 두른 채 안방에서 나와 거실을 가로질러
주방 냉장고에서 캔맥주를 꺼내 마시는 진욱.
헐렁한 반소매 티셔츠만 걸치고 안방에서 나오는 연우, 캔맥주 마
시는 진욱을 쳐다보다가 다가가 뒤에서 가만히 안는다.
연우의 팔을 풀고 돌아서는 진욱, 연우는 물끄러미 그를 올려다
본다.

      진욱   (식탁 의자에 앉고) 앉아 봐, 할 얘기가 있어.

      연우   (진욱의 맞은편 의자를 빼서 앉는) 알아요, 무슨 얘기할지. 모
             레 언니가 오잖아요.

      진욱   혹시나 해서 묻는데, 나 때문에 상처받았나?

      연우   (고개 흔들며) 아뇨, 그런 거 없어요.

      진욱   네가 한 약속 믿어도 되지?

      연우   네. 언니가 오면 바로 떠날 거예요. 사모님은 이제 제 도
             움 없이도 조금씩 걸으실 수 있으니까요.

      진욱   문산으로 간다고 했나?

      연우   네. 보육원 주방에서 일했던 큰이모가 혼자 살고 계신데,
             거동이 불편하시대요. 제가 함께 살면서 돌봐주기로 했
             어요. 낮엔 요양원에서도 일할 거고요.

      진욱   사람 일이라는 게…… (피식 웃고) 그래, 알다가도 모르는
             게 사람 일이지. 어쨌든 네가 해준 얘기들은 윤설하에겐

비밀로 할 테니까 너도 꼭 지켜라.

연우 (고개를 끄덕이고) 네. 그럴게요. 저기……

진욱 뭔데? 말해, 괜찮아.

연우 (망설이다가) 내일 밤, 마지막인데…… 여기 다시 와도 되나요?

진욱 (고개를 흔들며 딱 부러지게) 아니, 이젠 그만해야지 안 그래? 그리고 이설하로 개명한 거, 네가 말했던 것처럼 설하가, 아니 내 와이프가 모르는 게 낫겠어. 충격받을지도 몰라. 너도 알다시피 윤설하는 굉장히 순수한 사람이니까.

연우는 진욱을 쓸쓸하게 쳐다본 뒤, 시선을 아래로 내리며 고개를 끄덕이고는 쓸쓸한 미소를 짓는다.

S# 112 ― 공항 (낮)

입국 게이트가 열리자 밖으로 나오는 여행객들.
진욱은 마중 나온 사람들 속에 끼어 게이트를 뚫어져라 보고 있다.
열린 문안으로 짐 실은 카터를 밀고 나오는 설하가 보인다.
설하를 향해 반갑다고 팔을 마구 흔드는 진욱.
진욱을 발견한 설하도 한쪽 팔을 들어 손을 흔든다.

S# 113 ─ 차 안 (낮)

운전하는 진욱과 조수석에 앉은 설하.

진욱　장인어른이 얼른 좋아지셔야 되는데.

설하　(진욱을 쳐다보며) 수술도 잘 됐고, 곧 항암치료 들어가기
　　　로 했어.

진욱　항암치료만 잘 받으시면 금방 완치될 거야.

설하　(고개 바로 하고) 당연히 그래야지. 참, (다시 고개 돌려 진욱
　　　을 보며) 어머니도 많이 좋아지셨다며?

진욱　(설하를 보며) 응, 회복이 빠른 편이야.

설하　운전할 땐 나 보지 말랬잖아.

진욱　(웃으며 앞을 보고) 네 알겠습니다, 마님.

설하　연우가 고생 많았네.

진욱　(태연하게) 고생이랄 것도 없지. 이젠 그게 직업이잖아. 출
　　　퇴근하는 것도 아니고 입주 요양사로 엄마 집에 있으면
　　　서 돈도 받았는데 뭘.

설하　(차창 밖을 보며) 보고 싶다, 연우.

진욱　겨우 두 달 됐어.

설하　벌써 두 달 됐지. (진욱에게로 고개 돌리고) 참, 새 영화 준
　　　비한다며?

진욱　응. 시나리오 작업 들어갔어.

설하　난 빠져?

진욱	이번엔 성진이랑 둘이서 해도 돼. 조만간 장 감독이 자기 한테 연락할 거야. 시나리오 같이 하고 싶어 하더라고.
설하	그래? 그러지 뭐. 근데 지금 준비하는 영화는 어떤 종류 야?
진욱	(설하를 쳐다보며 씩 웃고) 나중에 말해줄게.

달리는 차창 밖으로 오월의 싱그러운 가로수들과 줄지어 늘어선 고운 철쭉꽃 화단들이 휙휙 지나간다.

S# 114 — 아파트 거실 (낮)

소파에 나란히 앉아 있는 설하와 연우.
둘 사이에 제법 긴 침묵이 흐른다.
티 테이블에는 머그잔 두 개와 슈크림이 몇 개 담긴 접시가 놓여 있다.

연우	(잔을 들어 손으로 감싸고) 언니, 궁금한 게 있어.
설하	(연우를 쳐다보며) 궁금한 게 뭘까?
연우	(차를 홀짝 마시고 설하를 보며) 언닌 왜 아일 안 가져?
설하	(생뚱맞은 질문이라는 듯) 그게 궁금해?
연우	전에 언니랑 보령 갔을 때, 해변에서 놀던 젊은 부부와 아이가 갑자기 생각나네. 그 광경이 너무 예뻤어.

설하   (차 한 모금 마시고) 음, 나도 기억나. 그래서 그게 궁금했
        구나.

연우   일부러 안 갖는 거야?

설하   그건 아냐. 그냥 서로 일이 바쁘기도 했고, 또 아직까지
        생기질 않네.

연우   (찻잔을 내려놓고 슈크림 하나를 집으며) 언니한테 아이가 있
        으면 참 예쁠 거야.

설하   나이가 많아서 힘들지도 몰라.

연우   (슈크림 반을 베어 먹고) 아직 삼십 대 후반인데 뭐 어때? 더
        늦게 갖는 사람도 많던데.

설하   (웃으며) 곧 마흔이거든. (웃음을 거두고 서운한 표정으로) 그
        나저나 네가 대구로 간다니까 마음이 좀 그러네. 꽤 멀
        잖아.

연우   (반쪽 남은 슈크림을 마저 먹고) 멀어봤자 대한민국 안이야.

설하   (연우의 손을 잡고) 앞으로 좋은 것만 생각해. 넌 진짜 잘
        살아야 되는 거 알지? 혹시라도 무슨 일 있으면 꼭 연락
        해야 돼. 알았지?

연우   (눈시울이 젖는) 언니…… 정말 미안해.

설하   뭐가 미안해? 좀 더 잘해주지 못해서 내가 더 미안해. 호
        주에서 오자마자 네가 이렇게 내려간다고 하니 너무 섭
        섭해.

연우   (설하를 와락 껴안으며) 언니, 너무 미안하고 너무 고마워.
        다시는 언니한테 걱정 안 끼칠게. (흐느껴 우는) 나중에 빚

다 갚을 거야.

설하 (연우를 안고 등을 쓸어내리는) 바보같이 왜 울어. 영영 이별
하는 것도 아닌데. (설하의 눈도 젖어들고) 그리고 네가 잘
사는 게 빚 갚는 거야.

연우는 설하를 안았던 팔을 풀고 눈물을 쓱 닦은 뒤 자리에서 일
어난다.
설하도 양 손가락으로 눈을 콕콕 찍으며 일어선다.
작은방 앞에 세워놓은 트렁크 하나가 보인다.

설하 (트렁크가 있는 쪽으로 가며) 진짜 내가 안 따라가도 돼?

연우 (뒤따라가면서) 혼자 갈래. 택시 타고 터미널 갈 거니까 걱
정 마. 터미널에서 언니랑 헤어지는 거 진짜 싫어. 너무
슬플 거야.

설하 (돌아서서) 우리 연우, 한 번 더 안아보자.

설하가 연우를 안자 연우도 팔을 벌려 설하의 등을 감싼다.

S# 115 ─ 레스토랑 (저녁)

접시에 조금 남은 파스타를 포크에 돌돌 말아 입에 넣는 설하.
파스타를 절반가량 남겨둔 채 와인만 마시는 진욱.

설하   (파스타를 삼키고) 그래서?

진욱   (와인 잔을 내려놓으며) 그러니까 자긴 영화를 보고 절대 오해하지 말란 말이지.

설하   (포크를 내려놓고 물 마신 뒤) 실화를 바탕으로 했지만 많이 각색했다면서? 그럼 오해하고 말고 할 게 있나?

진욱   우리 주변 이야기니까 그렇지. 더 자세히 말하면…… (설하의 눈치를 살피며) 자기와 연우의 이야기야.

설하   (표정이 굳어지는) 나와 연우의 이야기? 의외네. 영화까지 만들 정도로 이야기랄 게 뭐 있다고.

진욱   (혀로 입술을 핥았다가 지그시 깨물고) 있잖아, 전에 성진이랑 연우가 잠깐 사귄 적이 있었잖아. 그때 걔가 성진이한테 과거 얘기를 했어. 그래서 그걸 우리가 영화로 만든 거야.

설하   (진욱을 한참 쳐다보다가 체념하는) 병원 이야기구나. 하긴, 세상에 비밀이 어딨어. 그래, 알았어. 오해 안 할게. 할 게 뭐가 있겠어? 지난 지 오래된 과거일 뿐인데……

진욱   (안도의 한숨을 내쉬고) 이해해 줘서 고마워. 이 영화, 왠지 반응이 좋을 것 같아. 느낌이 그래.

설하   영화사 차리고 일 년 만에 내놓는 첫 영환데, 당연히 그래야지.

진욱   (아주 흡족한 얼굴로) 다음 주 시사회 때 와서 봐. 기자들 반응도 확인하고. (와인 잔 들고) 자, 우리 건배하자. 성공을 위하여.

설하   (잔 들어 진욱의 잔에 부딪히며) 성공을 위하여.

와인 잔을 입으로 가져가는 설하는 왠지 불안하고 석연찮은 기분
에 휩싸인다.

26

은설

～～～～～～～～～～

은설은 숨을 쉴 수 없었다. 달아나고 싶었다. 달아나고 싶었지만 온몸이 뜨거운 납덩이가 되어 옴짝달싹 못했다. 차라리 더 뜨거워져서 녹아내리길 바랐다. 그러나 영화가 끝날 때까지 무슨 일이 있어도 견뎌야 했다. 그러려면 숨을 쉬어야 했고 달아나지 않아야 했으며 냉정해야 했다.

은설은 자신을 달래고 다독거렸다. 이건 영화잖아, 영화일 뿐이잖아. 그냥 실화를 바탕으로 한 영화, 그런 영화는 얼마든지 있어. 실화를 각색해서 눈요기로 만든 것뿐이라고. 상욱이 그랬잖아, 자기를 믿어야 한다고. 믿지 못할 이유가 없었다. 그럼에도 그녀는 고통스러웠다. 당장 영화관 밖으로 나가 연지에게 전화 걸어 확인하고 싶었다.

누군가는 종이비행기를 멜로영화라 생각하겠지. 그러나 은설에겐 몸서리쳐지는 공포영화였다.

***

상욱은 조감독 시절부터 십 년간 몸담아 일했던 영화 제작사를 떠났다.

폐암 판정을 받은 아버지를 보러 호주에 가면 얼마 동안 체류할 지 모르는 일이라 함께 가겠다는 상욱을 말리고 은설은 혼자 호주 행 비행기에 올랐다. 상욱은 부모님이 미리 물려주는 유산이라며 건넨 부동산을 처분하여 제법 번듯한 사무실을 얻고 영화사를 오 픈하느라 정신이 없을 때였다.

정밀검사 결과, 암이 2기에서 3기로 막 넘어간 단계라고 중국 계 호주인 의사는 은설의 가족에게 알려왔다. 은설이 호주에 도착 한 보름 뒤에 아버지는 수술을 받았다. 비관적이었던 아버지는 수 술이 잘 됐다는 의사의 말에 혈색을 되찾았다. 게다가 당신이 먼 저 나서서 항암치료까지 받겠다고 하자 엄마와 큰오빠 가족은 마 음을 놓았다.

은설은 일주일에 서너 차례 상욱과 통화했고, 연지와도 가끔 SNS로 문자를 주고받으며 그녀가 요양보호사 시험에 합격했다는 소식을 들었다. 은설은 아버지의 항암치료 일정이 잡힌 걸 확인한 뒤, 한국으로 돌아오는 비행기에 몸을 실었다.

은설이 서울로 돌아온 뒤 연지는 서둘러 그녀 곁을 떠났다.

연지는 보육원에서 큰이모라 부르며 따랐던, 어린 연지를 보육 원에 데리고 온 젊은 여자가 보령 사람이라는 것을 알려줬던, 그 주방 아주머니가 자신이 살고 있는 대구로 그녀를 불렀다고 했다.

은설은 연지의 새 출발을 축복했다. 떠날 때 연지는 말했다. 다시는 은설에게 짐이 되는 일이 없을 거라고, 다시는 자기 때문에 걱정하게 만들지 않겠다고, 만약 연락이 없으며 행복하게 살고 있는 거라고. 마치 영영 떠나는 사람처럼 말했다.

"연지야, 우린 지금 이별하는 게 아냐. 작별하는 거야."

"이별과 작별이 뭐가 다른데?"

"이별은 인연의 문을 닫고 떠나는 거고, 작별은 언젠가 다시 만날 수 있는 사람을 위해 문을 열어두고 가는 거야."

"알았어, 언니. 이건 작별이야. 어느 멋진 날, 멋진 모습으로 언니 만나러 올게."

그래서 둘은 이별이 아니라 작별을 했다. 그렇게 각자의 길을 가기로 한 뒤, 몇 번의 전화 통화로 안부를 교환했으나 연지는 늘 바쁘다 했고, 둘의 연락은 다시 뜸해지기 시작했다. 일 년의 시간이 어느 구멍으로 사라졌는지 모르게 흘러가버렸다.

상욱은 그가 설립한 영화사에서 첫 영화를 만들었다. 은설이 시나리오에 참여하지 않은 영화였다. 그녀도 호주에서 돌아온 뒤 다른 감독과 팀을 꾸려 시나리오를 쓰느라 정신이 없었다. 상욱이 어떤 종류의 영화를 만드는지도 몰랐다. 물어도 나중에 알려주겠다는 말만 되풀이했다. 은설은 상욱이 숨긴 비장의 카드가 궁금했으나 언젠가 영화로 오픈될 걸 알았기에 호기심을 덮어뒀다.

영화 시사회 전에 상욱은 은설을 밖으로 불러냈다.

상욱이 은설에게 연애하자고 말했던 그 레스토랑이었고, 내부 인테리어가 조금 바뀐 것 외엔 큰 변화가 없어 보였다. 세월은 오륙 년을 아무렇지도 않게 뺏어가면서 무심한 척을 했어도, 은설은 연애하자던 그들의 시절이 벌써 추억이라는 서랍 아래에서 서서히 빛이 바래가는 걸 느꼈다. 그것보다 더 아래에는 결코 기억하고 싶지 않은, 그렇지만 어느새 어떤 부분은 추억의 모습을 하고 있는 무지개 정신병원도 있었다.

상욱은 오래전에 주문했던 메뉴를 테이블 위에 재현시켰다. 파스타와 피자와 샐러드 그리고 와인을 시켜놓고 일 년이 더 지난 이야기를 꺼냈다. 그중에 연지와 성진이 짧은 기간 연애했었던 일을 두 차례나 상기시켰다.

그때 연지는 자신이 살아온 과거를 성진에게 이야기했고, 상욱은 무슨 이야기 끝에 성진에게서 연지의 과거를 전해 들었다고 했다. 그 이야기를 듣자 상욱은 영화로 만들고 싶다는 강한 욕구를 느꼈다. 결국 그는 어렵사리 연지를 구슬려 지난 이야기를 듣게 되었다. 정신병원에서 있었던 일을 은설이 말하고 싶어 하지 않기 때문에 혹시라도 그녀가 반대할까 봐 걱정이 컸다. 그래서 영화 내용을 미리 알려주지 못해 미안하다는 말을 덧붙였다.

"영화 제목은 뭘로 정했어?"

"종이비행기"

제목을 듣는 순간 은설은 흠칫했다. 종이비행기라니……

그녀가 들이마신 숨이 밖으로 나오지 못하고 갇혀버렸다. 은설이 호흡을 폐부에 가둔 시간은 상욱이 잔에 조금 남은 와인을 마저 마시고 다시 채우는 동안이었으니 상당히 길었다. 그래서인지 몰래 입으로 뱉어낸 숨도 길었다. 은설은 술 때문인지 숨 때문인지 어지러웠다. 남들에겐 흔해빠진 종이비행기일지 모르나 그녀에겐 간절했고 특별했던 상징이었다.

"고은설, 예전에 내가 했던 말 기억나? 뻐꾸기 둥지 위로 날아간 새, 내가 굉장히 좋아하는 영화라고 했던 말."

"응, 기억나. 나도 두 번 봤어. 좋은 영화 맞아."

"학교 다닐 때부터 그런 영화를 꼭 만들고 싶었어."

"이번에 만든 영화가 궁금하네. 뻐꾸기 둥지 위로 날아간 새에서 나오는 병원과 내가 있었던 병원은 많이 다르거든."

"물론 다르지. 그래서 병원 부분은 실화에 충실하려고 했어."

"그럼…… 거기에 나로 설정된 인물도 나오겠네?"

상욱은 대답 대신 은설을 가만히 바라보다가 고개를 끄덕였다.

은설은 즐기지도 않는 와인을 마시고 빈 잔을 내밀었다. 상욱은 은설의 잔을 채운 후 말했다.

"막상 영화사를 차렸지만 첫 영화로 무얼 내놓아야 할지 고민 많이 했어. 자기가 호주에 가 있어서 자세하게 의논하기도 어려웠고. 그동안 써놨던 기획서를 뒤져봐도 딱히 맨 앞에 내세울 만한 게 없더라고. 그러던 차에 연지 얘길 들었던 거야."

"그래, 내가 없었으니까."

"그냥 실화에서 모티브를 얻은 영화라고 봐주면 좋겠어. 원작이 있지만 각색해서 완전히 다른 영활 만들기도 하잖아. 그냥 영화일 뿐이야. 자기랑 처음 팀을 꾸려 쓴 시나리오가 그랬잖아."

세상에 그냥은 없다고 입버릇처럼 말하던 상욱이 두 번씩이나 그냥이라고 했다. 그는 그냥에도 다 이유가 있다고 말하지 않았던가. 그렇다면 그는 호기심이 컸다는 이유와 성공하고 싶다는 이유를 '그냥' 속에 녹였고, 은설이 그걸 홀짝홀짝 마셔서 이해해 주길 바랐나 보다.

그가 종종 하는 말 중에는 세상에 비밀이 없다는 것도 있었다. 그 말은 그가 맞는 것 같았다. 지난날 은설은 연지에게 그들이 공유한 장소와 시간들과 있었던 일들을 비밀이라 말하지 않았다. 그냥, 그냥, 그냥…… 잊고 살자고, 깊이 묻어두자고 했었다. 그러니 비밀이랄 수는 없었다. 그냥이라는 말속에 비밀을 녹여 넣은 건 은설 혼자였다. 연지가 아무에게나 고백했다 한들 그건 연지의 자유였다.

은설은 난데없이 밀려온 피로 때문에 눕고 싶었다. 자고 나면 뭔가 달라지지 않을까, 즐거운 꿈이라도 꾸고 나면 기분이 한결 가벼워지지 않을까, 상욱의 말을 들으며 잠시 그런 생각을 했다.

"난 그때 진짜 절실했고 또 절박했어. 이해하지?"

"응, 이해해."

"첫 작품을 망치면 아마 그 후유증은 오래갈 거야. 근데 종이비행기는 느낌이 좋아. 그냥 좋은 게 아니라, 바로 이거다, 그런 느낌이야."

"무슨 뜻인지 알아. 하지만, 사람이 절실하면 얻을 수 있지만, 절박하면 자칫 소중한 걸 놓칠 수 있다고 봐."

"난 아무것도 놓치지 않을 자신 있어. 난 고은설을 사랑하니까."

그 말이 은설의 가슴속으로 파고들지 않고 귓바퀴에 뱅그르르 머물다가 흩어져 버렸다. 그녀는 술 때문인지 자주 참다 뱉어낸 숨 탓인지 또 어지러웠다.

상욱은 영화 제작에 너무 몰입한 나머지 현실과 영화의 경계를 일부 무너뜨렸다고 고백했다. 그럼에도 은설이 영화로만 봐주길 원했다. 종이비행기라는 영화에 사실을 얼마나 담았기에 상욱이 이렇게 장황한 설명을 거듭하고 난처해하는 것일까. 은설은 점점 더 불안했다. 그녀는 영화를 보기 전에는 어떤 확답도 할 수 없었다. 당분간 대답을 보류하고 싶었으나, 은설은 그 자리를 벗어나고 싶어 약속하고 말았다.

당신은 내 남편이니까, 무조건 믿겠다고 말했다. 당신 말처럼 영화는 그냥 영화일 뿐이라고. 그리고 은설은 이 말도 했다.

"난, 김상욱을 사랑하니까."

27

꽁이비행기

S# 116 — 거리 (늦은 오후)

어둑해진 영화관 앞, 비가 내리고 있다.

영화관에서 사람들이 삼삼오오 나오기 시작한다.

우산을 쓴 사람들이 바삐 지나쳐 가고, 영화관에서 나온 사람들도 우산을 펼쳐 쓰고 여기저기로 흩어진다.

사람이 뜸해질 무렵 설하가 영화관을 나와 어두운 표정으로 하늘을 올려다본다.

숄더백에서 접이식 우산을 꺼내 펼쳐 쓰고 오른쪽과 왼쪽을 번갈아보며 잠시 갈등하다가 왼쪽으로 방향을 잡고 걷기 시작한다.

날은 차츰 어두워져 가고, 비는 조금씩 굵어진다.

정처 없이 천천히 걷고 또 걷는 설하.

어깨에 맨 숄더백에 넣어둔 휴대폰이 진동하지만, 그대로 걸어가는 설하.

S# 117 — 지하철 역사 안 (저녁)

대합실 의자에 앉아 휴대폰을 꺼내 만지작거리기만 할 뿐 통화를
망설이는 설하.
의자 옆 기둥에 기대어 놓은 우산에서 빗물이 흘러 바닥에 작은
물무늬를 그린다.
심호흡을 하고 통화 버튼을 누른 후 휴대폰을 귀에 대는 설하.

설하	(잠시 후, 가라앉은 목소리로) 응 나야. 오랜만이야. (잠시 후) 잘 지내. 너도 잘 지내니?
연우(E)	뭐, 그럭저럭. 근데 언니 목소리가 안 좋다. 무슨 일 있어?
설하	(심호흡하고) 연우야, 너 지금 어딨니? 혹시…… 문산에 있니?

수화기 너머 연우의 침묵이 길다.
설하는 눈을 꼭 감고 주먹 쥔 손으로 명치를 누른다.

설하	(눈 뜨고) 나 너랑 꼭 할 얘기가 있어. 아니 물어볼 게 있어.
연우(E)	그게…… 뭔데?
설하	전화로 하긴 곤란해. 네가 문산에 있다면, 내가 거기로 갈게.

S# 118 — 문산 연우의 방 (저녁)

허름한 단독주택, 창문을 통해 비가 내리는 마당이 보인다.
창가에 서서 밖을 내다보며 휴대폰 통화 중인 연우.

연우   (풀죽은 목소리로) 언니, 미안해. 내가 거짓말했어. 대구 간
다고 한 거, 거짓말이었어.

설하(E)   왜 그랬니?

연우   언니한테 짐이 되는 거 싫어서. 가까이 있다면 왠지 언니
가 늘 걱정할 것 같아서. 언니가 나 챙겨주는 거 그만하
게 하려고…… 그래서 그랬어. 정말 미안해.

설하(E)   내가 어디로 가면 되겠니?

연우   언니, 내일 내가 서울로 나가서 만나면 안 될까? 내일은
요양원에 일 없는 날이라 나갈 수 있어.

설하(E)   아니, 난 지금 만나고 싶어. 오늘 꼭 알고 싶어서 그래.

뇌졸중으로 왼쪽 편마비가 와서 거동이 불편한 큰이모(70대 후반)
가 연우의 방문을 열고 들어온다.

큰이모   (정확하지 않은 발음으로) 연우야, 배고픈데 언제 밥 먹냐?

연우   언니 잠깐만. (돌아서서 수화기 아랫부분을 손으로 가리고) 통
화 끝나고 차려드릴 테니 나가서 조금만 기다리세요. (다
시 돌아서서 휴대폰을 귀에 대는) 미안해 언니.

설하(E)	어디로 갈까?
연우	(걱정스러운 표정을 짓고) 시간이 늦었는데 괜찮겠어? 비도 점점 많이 오는데……
설하(E)	상관없어.
연우	(눈 꼭 감고 한숨 쉰 뒤 다시 뜨는) 여기 파티마 성당이라고 있어.
설하	알아. 찾아갈 수 있어.
연우	먼저 문산역 도착하면 전화 줘.

S# 119 — 버스 안 (늦은 저녁)

집중호우로 변한 비가 퍼붓는 가운데, 버스 차창 밖으로 물이 분수처럼 마구 튀어 오른다.

버스 운전사는 앞을 가리는 빗줄기 때문에 곤욕을 치르고 있다.

버스에는 승객이 여섯 명 정도 있고, 버스 중간에 위치한 하차 문 뒤에 앉은 설하는 창밖을 본다.

유리창에 비친 설하의 얼굴 위로 굵은 비가 세차게 흘러내린다.

설하(N)	이 얼굴이 진짜 내 얼굴일까? 지금까지 나는 내 얼굴을 직접 본 적이 없다. 남들은 내 얼굴을 본다. 나는 거울 같은 반사체를 통해서만 나를, 나라고 믿는 얼굴을 볼 뿐이다. 여기 이 창에 비친 얼굴이 진짜 내 얼굴이라고 누가

장담할 수 있을까. 살다 보면, 사실과 진실이 다른 경우가 있다. 사실 뒤에 전혀 다른 진실이 감춰져 있거나 내가 믿는 진실 뒤에 낯선 사실이 있다면, 그럴 때 나는 어떻게 해야 하지? 두렵다…… 아주 많이.

S# 120 ─ 버스정류장 (늦은 저녁)

거센 빗줄기 때문에 희미하게 보이는 성당의 십자가, 성당 아래에서 올라오는 빛이 몽환적이다.
성당 건너편 버스 정류장에 붙은 '파티마성당'이라는 도착지명이 보인다.
정류장 안 벤치에 오도카니 앉아 휴대폰을 만지작거리는 연우, 버스가 오는 방향으로 자주 시선을 보낸다.
정류장 투명 아크릴 칸막이에 붙어 있는 부동산 전단지가 비바람에 펄럭인다.

S# 121 ─ 버스 안, 도로 (늦은 저녁)

손에 쥔 설하의 휴대폰이 진동한다.
액정에 '강진욱'이 뜬다.
휴대폰을 한참 들여다보는 설하, 전원을 끈다.

버스는 빗물을 튀기며 삼거리를 향해 달려간다.

삼거리 신호등이 초록에서 황색으로 바뀌자 갑자기 속도를 내어 좌회전하는 버스.

삼거리 오른쪽에서 속도를 줄이지 않고 달려오는 덤프트럭.

버스의 옆구리, 하차 문 있는 부분을 그대로 들이받는 덤프트럭.

엄청난 소리와 함께 큰 충격이 강타하자 몸이 왼쪽으로 푹 꺾이는 설하.

설하의 손에 들려 있던 휴대폰이 허공으로 튀어 오른다.

S# 122 ─ 버스정류장 (밤)

(E)〈다시, 첫차를 기다리며〉 전주곡에 이어 박은옥의 노래가 잔잔하게 흐른다.

빗줄기가 조금 줄어든 정류장 안에서 왔다 갔다 서성이는 연우.

멀리서 오는 버스, 정류장에 잠시 정차하여 남자 승객이 내리자 다시 떠난다.

내린 승객은 우산을 펼쳐 들고 민가 쪽으로 사라져 간다.

연우는 휴대폰으로 설하에게 전화했다가 연결되지 않자 끄고 호주머니에 넣는다.

칸막이에 붙어 있는 전단지를 떼서 벤치에 앉는 연우.

전단지를 접어 종이비행기를 만든 연우, 잠시 어둠을 응시하다 밖으로 종이비행기를 날린다.

멀리 날지 못하고 바닥에 떨어져 젖어드는 종이비행기.

S# 123 ― 도로 (밤)

(E)〈다시, 첫차를 기다리며〉 노래가 계속 흘러나오고, 다른 모든 소리는 묻힌다.

비는 줄어들었고, 전복된 버스와 멈춰 서 있는 덤프트럭, 경광등이 바삐 돌아가는 경찰차와 앰뷸런스 두 대가 뒤엉켜 삼거리가 꽉 막혀 있다.

분주하게 오가는 경찰들과 구급 대원들.

의식을 잃은 채 머리에서 피가 흐르는 설하는 구급용 이동 침대에 눕혀져 앰뷸런스에 실린다.

S# 124 ― 병원 복도 (오전)

양손으로 머리를 감싸 안고 중환자실 앞 복도 의자에 앉아 있는 진욱.

복도 끝에 나타나 두리번거리는 연우, 진욱을 발견하고 그에게 다가간다.

인기척을 느낀 진욱, 천천히 고개를 든다.

연우	(진욱 앞에 서서) 언니는…… 어떤가요?
진욱	나흘째 의식이 없어.
연우	(깊은 한숨 쉬고 고개 푹 숙이는) 제가 잘못했어요.
진욱	그럴 필요 없어. 모든 잘못은 나한테 있으니까.
연우	아니에요. (눈물 흘리며) 저 만나러 못 오게 했어야 했는데……
진욱	(머리카락을 마구 헝클며) 내가 영화를 만들지 말았어야 했어. 내가 미쳤어. 내가 미쳤다고. 성공에만 눈이 멀었던 거야.
연우	(눈물 닦으며) 영화…… 라니요?

중환자실 문을 열고 급하게 나오는 간호사, 복도 끝에 있는 데스크 쪽으로 뛰어간다.

자리에서 벌떡 일어나는 진욱.

잠시 뒤 의사와 간호사 둘이 빠른 걸음으로 다가와 중환자실로 들어간다.

진욱	(끝에 들어가는 간호사의 팔을 잡고) 무슨 일이에요?
간호사	(뒤돌아보며) 약물 거부반응으로 쇼크가 왔어요.
진욱	(간호사를 밀치고 안으로 들어가려는) 제가 봐야겠어요.
간호사	(진욱을 제지하며) 보호자는 밖에서 기다리세요.

간호사는 들어가고, 진욱은 휘청거리다 의자에 털썩 앉더니 두 손

으로 얼굴을 가린 채 어깨를 들썩이며 흐느낀다.

연우는 깍지 낀 양손을 입까지 올리고, 두려운 눈으로 닫힌 중환
자실 문만 쳐다본다.

S# 125 — 거리 (오후)

영화관에서 나오는 연우의 모습이 몹시 창백하다.

마치 아무것도 보이지 않는 사람처럼 흐느적흐느적 길을 가는
연우.

휴대폰을 보면서 바삐 다가오는 남자가 연우의 어깨를 세게 부딪
친다.

연우는 몸을 심하게 휘청거리며 넘어질 뻔하다가 겨우 중심을 잡
는다.

미안해하는 남자를 무시하고 계속 걸어가는 연우.

지하철 입구가 나오고, 계단 맨 위에 쪼그려 앉는 연우, 호주머니
에서 작은 종이를 꺼내 본다.

영화 입장권에 적힌 제목 '종이비행기'가 확대된다.

종이를 구겨 계단 아래로 던져버린 연우는 무릎 사이에 얼굴을 묻
고, 잠시 뒤 흐느끼기 시작한다.

점점 연우의 울음소리가 커져가고, 행인들 중에 그녀를 이상한 사
람처럼 흘깃흘깃 쳐다보며 가는 사람이 있는가 하면, 잠시 발걸음
을 멈춰 연우를 불쌍하게 쳐다보는 여인도 있다.

S# 126 ― 빌딩 옥상 (밤)

요양원 간판이 중간쯤에 걸린 약 7층 높이의 빌딩.

옥상 바닥 여기저기에 신문지로 만든 종이비행기가 흩어져 있다.

난간 아래 등을 기댄 채 앉아 있는 연우, 아무런 표정이 없다.

맨발인 연우 옆에 아무렇게나 벗어놓은 운동화가 보인다.

연우는 손에 들고 있던 종이비행기를 힘없이 날려 보내고, 멀리 가지 못하고 근처에 툭 떨어지는 종이비행기.

휴대폰이 삐쭉이 나온 작은 핸드백이 연우 옆 바닥에 널브러져 있고, 쭉 뻗어 앉은 연우의 다리 위에는 여기저기 찢어진 신문이 펼쳐져 있다.

그 신문 맨 위에 강진욱의 사진과 영화 '종이비행기' 포스터 부분이 보인다.

개봉 닷새 만에 높은 흥행 성적을 올리고 있다는 격찬과 성공을 예감하는 기사의 일부가 보인다.

휴대폰을 집어 든 연우, 버튼을 누르자 액정이 밝아지고 전화 바탕 위에 '윤설하' 이름이 떠 있다.

통화 버튼을 누르는 연우.

(E)지금은 고객이 전화기 스위치를 끈 상태이오니 연락번호를 남긴 후 별표를 눌러주세요.

연우는 안내 멘트가 끝나자 휴대폰을 핸드백 위에 툭 던진다.

신문의 펼쳐진 부분을 손으로 네모나게 찢어내는 연우.

강진욱의 얼굴 사진이 접히면서 종이비행기가 만들어진다.

연우(N)　　(침통한 목소리로) 언니…… 죽으면 안 돼. 내가 잘못했어. 다 나 때문이야. 나 같은 건 태어나지 말아야 했어. 그랬다면…… 엄마가 날 버리지도 않았을 거잖아. 정식 오빠도 감옥 안 갔을 거잖아. 감독님을 좋아하지도 않았을 거고, 그런 영화도 안 만들었을 텐데…… 나 때문에 언니가 불행하지 않았을 텐데.

종이비행기를 쥔 채 일어나는 연우.

그녀는 가슴 높이까지 오는 폭 20센티미터 정도의 난간에 몸을 붙이고 하늘을 올려다본다.

유난히 달이 밝은 밤하늘이다.

잠시 뒤, 난간에 걸터앉아 있는 연우, 손에 쥔 종이비행기를 내려다본다.

거기에 진욱의 얼굴 일부만 보이는 신문 사진이 있다.

연우는 위태롭게 일어나 다리를 벌리고 발가락에 힘을 주어 난간 위에 꼿꼿이 선다.

연우　　(담담한 목소리로) 언니, 꼭 살아야 돼, 알았지? 내가 줄 수 있는 게, 이것뿐이야. 언니가 깨어날 수만 있다면…… 이렇게라도 갚고 싶어. (먼 하늘을 향해) 하나님, 딱 하나만 부탁할게요. 제 소원…… 꼭 들어주세요.

허공으로 종이비행기를 힘껏 날리는 연우.

밝은 달을 향해 유유히 날아가는 종이비행기.

고개를 뒤로 젖히고 눈을 감는 연우.

날아가던 종이비행기가 빙그르르 한 바퀴 돌고는 서서히 아래로,

도로를 향해 떨어지고, 세상은 암전된다.

S# 127 ― 파티마 평화의 성당 내부 (낮)

화려한 스테인드글라스와 촛불들, 엄숙한 분위기의 성당 내부가

차례로 보이는 가운데 정중앙 벽에 조각된 예수 상, 그리고 자리

에 앉아 있는 설하의 뒷모습.

    설하(N)   깊은 잠에서 깨었을 뿐인데, 열 달이 지났다고 한다. 단

           지 잠만 잔 것뿐인데, 시간은 어디로 갔을까. 이렇게 봄

           은 또 왔는데…… 연우는 어디로 갔을까.

잠시 후, 자리에서 일어나 육중한 성당 문으로 향하는 설하.

S# 128 — 성당 밖, 버스 정류장 (낮)

문을 열고 나온 설하, 빛이 지하 성당 입구까지 쏟아지자 눈을 감는다.

㉣〈다시, 첫차를 기다리며〉 중, 후반부 정태춘의 노래가 흘러나온다.

눈을 뜨고 천천히 계단을 올라가는 설하.

너른 성당 마당에는 단체로 견학 온 유치원생들과 그들에게 뭔가를 설명하는 수녀 그리고 유치원 교사 두 명이 있다.

설하는 잠시 재잘거리는 아이들을 바라보다가 성당 건너편 버스 정류장으로 시선을 돌린다.

종이비행기를 든 채 정류장에서 함박웃음을 짓고 손을 흔드는 연우.

설하도 얼굴 가득 미소를 짓고 정류장으로 간다.

아무도 없는 텅 빈 정류장.

낙담한 설하는 정류장 뒤로 펼쳐진 논을 보다가 벤치에 앉으려 한다.

그때 설하의 발아래로 떨어지는 종이비행기.

설하가 종이비행기를 주워 고개를 들자 성당 입구에서 쳐다보고 있는 남자아이 하나.

아이를 향해 힘껏 종이비행기를 날려주는 설하.

바람에 실려 위로 휘리릭 높이 날아가는 종이비행기.

설하(N)   나는 아무것도 확인하지 않았다. 세상에는 그냥도 있고,
비밀도 있다는 걸 알았을 뿐이다.

에필로그

영화는 끝났다.

영화가 시작될 때 스크린 위에 나타났던 종이비행기가 은설의 가슴으로 날아와 타박상을 입혔다. 그때 든 작은 멍이 영화가 끝났을 때엔 온몸으로 퍼졌다.

영화 속에서는 비가 내렸지만, 오월 중순의 하늘은 맑았다. 오히려 초여름을 흉내 내듯 조금 덥다는 느낌을 주는 날씨였다. 영화에서처럼 비가 내렸다면, 아마도 은설은 운명을 저주했을지도 몰랐다.

은설은 한 치의 의심 없이 연지가 대구에 있을 거라 믿었다. 그러나 만에 하나, 은설이 있는 곳에서 그리 멀지 않은 곳에 연지가 있다면, 아니다, 그럴 리 없다, 절대 그래서는 안 된다. 하지만 진짜라면…….

은설은 온갖 잡생각이 뒤범벅되어 들쭉날쭉 저절로 튀어나오는 걸 막아내지 못했다. 영화관에서 나온 은설은 어디로 가야 할지 방향을 잃어버렸다.

누군가가 엉망으로 엉켜버린 실타래를 풀라고 그녀의 손에 쥐여 줬나 보다. 누굴까. 상욱일까, 아니면 연지일까. 그들이 아니라면 도대체 누가 이런 혼란스러운 짓을 하는 걸까. 도대체 어디에서부터 풀라는 건지 은설은 알 수 없었다. 어쨌든 그녀는 혼자서 실마리를 찾아야 했다. 풀리든 더 엉키든, 그건 나중 일이었다.

혼돈은 아직 해석되지 않은 질서라고 했던가. 그렇다면 먼저 해석을 하는 것이 순서였다. 그러려면 연지에게 확인을 해야 했다. 바로잡던지 아니면 다시 혼돈 속으로 빠지든지, 질서는 그다음 문제였다.

정처 없이 걷던 은설은 어느새 문산행 경의중앙선 전철 안에 있었다. 창밖으로 스쳐가는 풍경은 그녀가 속하지 못한 세상인 양 낯설었고, 기우는 태양은 잔인하게 붉었다. 전철 안에서도 갈등에 붙들린 은설은 자기가 가고 있는 방향이 순서에 맞는지 아닌지 의심스러웠다. 그러다 어느덧 파티마 평화의 성당으로 가는 버스를 탔다는 걸 깨달았다. 그녀는 슬펐다. 영화를 현실에서 재현하고 있는 자신을 발견했기 때문이다.

은설은 파티마 평화의 성당 앞에서 내렸다. 상욱이 여기까지 와서 촬영했다는 걸 대번에 알 수 있었다. 영화에서 봤던 풍경이 그녀의 눈앞에 고스란히 펼쳐졌다. 은설은 연우 역을 맡은 배우가 앉았던 그 버스 정류장 그 벤치에 앉았다.

이런 걸 설마 운명이라고 하진 않겠지. 운명의 탈을 쓴 우연 몇 쪼가리가 겹쳤을 뿐이겠지. 머잖아 감쪽같이 사라질 거라고 은설은 오직 그렇게 믿고 싶었다.

그녀는 길 건너 성당의 십자가를 보는 순간 혼란스러웠던 머리가 단순해지는 걸 느꼈다. 더도 덜도 말고 연지에게 딱 두 가지만 확인하면 될 일이었다. 그러면 해석은 끝나고 혼돈은 질서가 될 것이었다. 은설은 성당으로 들어가 자신의 선택이 최악은 되지 않게 해달라는 기도를 올리고 싶었다. 설령 해석이 석연찮아도 혼돈이 말끔하게 사라지지 않아도 질서가 조금은 삐뚤어도 참을 수 있을 것 같았다.

그러나 그녀의 몸이 말을 듣지 않았다. 은설은 벤치에서 일어나지 못하고 한참을 망설이다가 휴대폰 연락처에서 연지를 찾아 버튼을 눌렀다.

"연지야, 나 지금 파티마 성당 앞에 있어."

"언니…… 어떻게 거기에……"

"너, 이 근처에 있니?"

은설은 기다렸다. 연지의 대답이 나오기까지 제법 시간이 걸렸지만, 언제까지라도 기다릴 작정이었다.

"내가 거기로 나갈게. 기다려 줄 수 있지?"

이번에는 은설이 바로 대답할 수 없었다. 긴 한숨만 남긴 채 첫 번째 혼돈이 너무도 허무하게 끝나버렸음을 알았다. 길게 해석할 필요조차 없었다.

상욱은 영화에서 그랬던 것처럼 연지가 문산으로 간다고 말했기 때문에 알았을 거다. 이곳 파티마 평화의 성당 근처에 있다는 걸 알았다면, 연지가 떠난 후에도 통화를 했거나 만났을지도 모른다. 영화를 위해 그럴 수 있는 일이다. 그렇지만 두 사람은 왜 은설에게 말하지 않았을까. 연지는 왜 거짓말을 해야 했을까. 그 답은 영화 속 연우가 설하에게 했던 대사처럼 은설이 걱정할까 봐 그랬는지도 모른다. 그렇다, 그게 진짜 이유임에 틀림없다. 그러니 더 이상 첫 번째 확인에 설명 따위를 붙이지 말자. 은설은 그렇게 다짐했다.

은설이 대답 대신 두 번째 질문을 하려는 순간, 휴대폰 안쪽에서 아기 울음소리가 들렸다. 그 소리에 은설은 커다란 쇠망치로 머리를 얻어맞는 충격과 온몸을 타고 내달리는 차디찬 소름을 느꼈다.

설마, 그건 아니겠지. 혹시, 상욱과 연지가 영화에서처럼 비밀을 만들었던 걸까? 상욱은 입버릇처럼 말하지 않았던가. 세상에 비밀은 없다고. 그런데 왜? 그는 영화에 삽입하지 않은 아기 울음소리의 비밀을 알고 있을까?

은설은 무엇을 의심하고 무엇은 의심하지 말아야 할지 방향을 잃고 말았다. 연지에게 딱 두 가지만 확인하고 해석하려 했었는데, 난데없이 하나가 더 끼어들고 말았다. 나머지 질문은 연지가 아니라 상욱에게 물으려 했었다.

영화는 영화일 뿐이라더니, 도대체 어느 것이 영화이고 어느 것이 현실일까. 어느 부분이 각색한 곳이고, 얼마만큼이 상상일까. 둘 중 어느 것이 진짜 허구인 걸까. 어쩌면 둘 다 허구일까, 아니면 둘 다 사실일까. 은설은 사실과 진실이 더러 별개라는 걸 알았지만, 이 정도로 그악스럽게 숨바꼭질할 줄은 몰랐다.

진실은 사실 뒤에 숨어 있는 지도 모른다. 그게 아니라면 사실이 진실 뒤에 숨은 건지도 모른다. 그 둘을 구분하는 건 그림자 속에서 다른 그림자를 찾는 일처럼 어렵다. 아는 것과 모르는 것 사이는 얼마나 넓을까. 아는 것이 병이라면 모르는 건 약일 터. 또 이런 말도 있지, 아는 것이 힘이라고. 그러면 모르는 건 뭐라고 해야 할까. 그래, 모르는 건 웃음거리가 되겠지. 바보인 거지.

은설은 저 자신에게 물었다. 넌 무엇을 알고 있으며 네가 모르는 건 뭐지? 영화에서 설하가 내레이션으로 했던 말처럼 거울이 보여주는 얼굴이 진짜 네 얼굴이 아니면 어떡할래?

은설은 심호흡을 한 뒤 긴장된 목소리로 연지에게 물었다. 어쨌든 두 번째 확인을 해야 했다.

"연지야, 너 이름…… 이은설로 바꿨니?"

휴대폰 너머 연지의 침묵이 길었다. 두 여자의 통화는 서로가 한마디씩 건네고 긴 침묵과 한숨을 주고받으며 위태롭게 이어졌다.

"맞구나, 그렇구나."

"언니…… 미안해."

　은설은 얼른 통화를 끝내고 싶었다. 침묵과 한숨이 너무도 버거웠다. 그녀는 마음을 다잡아 묵직한 숨을 토해냈다. 상욱에게 확인하려던 세 번째 혼돈까지 당장 풀고 싶었다. 차마 연지에게서 확인받고 싶지 않았던 혼돈이었다. 그랬는데, 아기 울음소리로 순식간에 전부 다 꼬여버렸다. 휴대폰을 쥔 은설의 손등 뼈가 도드라졌고, 그녀의 목소리는 심하게 떨렸다.

　"조금 전에 아기 울음소리가 들렸는데…… 혹시 그 아이……"

　은설은 도무지 말을 이을 수 없었다. 연지의 흐느낌이 시작되는가 싶더니 점점 커져갔기 때문이다. 그녀는 연지의 울음소리를 휴대폰에 가두어둔 채 전화를 끊었다.

　은설은 사람이 숨을 쉰다는 게 더러 참을 수 없이 힘겨운 일이라고 생각했다. 그녀를 더욱 힘들게 한 것은, 모든 감정이 하나의 감정으로 뭉쳐지는 걸 막는 거였다. 그 감정은 분노였다.

　은설은 영화 마지막 장면이 떠올랐다. 설하의 말처럼 아무것도 확인하지 말았어야 했다. 세상에는 그냥도 있고 비밀도 있게 내버려뒀어야 했다. 그걸 왜 미처 생각하지 못했을까. 은설은 자신이 없었다. 상욱을 볼 자신도, 이은설이 되어버린 연지도 만날 자신이 없었다. 그녀는 그냥 비밀처럼 사라지고 싶었다.

날은 어두워져 가고, 은설은 그곳에서 얼른 벗어나고 싶었으나 어디로 가야 할지 몰랐다. 무엇보다 영화 속 그 장소에 있는 게 싫었다. 어둠을 걷어내려는 듯 성당의 불빛이 선명해졌다. 불현듯 은설은 성당으로 몸을 숨기고 싶다는 생각을 했다. 어떤 기도를 해야 할지 몰라도, 하염없이 흐르는 눈물만 쏟아낼지라도.

저만치에서 짐 실은 트럭이 뿌옇게 달려오고 있었다. 벤치에서 일어난 은설은 망설였다. 저 트럭을 먼저 보내야 할지, 그녀가 먼저 재빨리 길을 건너 성당으로 가야 할지를.

몇 초의 시간이 아주 짧다고 하는 사람이 있을 것이고, 그 몇 초가 길다고 말하는 사람도 있을 것이다. 그 시간에 세상 모든 소리가 다 사라지고 급브레이크를 밟는 무지막지한 소리만 덩그러니 남을 수도 있다는 걸, 그들은 알까.

끝

종이비행기

2024년 4월 19일 초판 1쇄 발행

지은이 구소은

펴낸곳 봄의영토
등록 2023년 7월 21일 제2023-000135호
주소 경기도 고양시 일산동구 호수로 336
전화 · 팩스 0504-266-3516
이메일 kosandra@hanmail.net

편집 김지혁
표지 · 본문 디자인 박진범
마케팅 이선호

ISBN 979-11-987254-0-0 03810